后现代语境中的
村上春树

杨炳菁／著

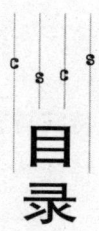

目录

中国"70后"的村上春树论 ………………………………… 001

绪　论 ……………………………………………………… 001
　　一、问题的缘起 ………………………………………… 001
　　二、村上文学的研究历史与现状 ……………………… 003
　　三、本书的目的及研究方法 …………………………… 012

第一章　后现代语境中的村上春树创作 ……………… 016
　第一节　村上春树的成长与日本后现代语境的形成 …… 016
　　一、爱读书的关西少年 ………………………………… 016
　　二、经营爵士乐酒吧的青年 …………………………… 021
　第二节　作家村上春树 …………………………………… 026
　　一、洗练的"都市文学"——第一个十年的创作 …… 027
　　二、从"不介入"到"介入"——第二个十年的创作 … 033
　　三、寻求责任与拯救——进入新千年的创作 ………… 039
　第三节　翻译家村上春树 ………………………………… 042

一、作为爱好的翻译 …………………………………… 044
　　二、翻译与创作 ………………………………………… 049
　小　结 ……………………………………………………… 055

第二章　村上春树小说的后现代特征与艺术突破 ………… 056
　第一节　村上小说的后现代特征 ………………………… 056
　　一、对现代性的反思 …………………………………… 057
　　二、书写历史的欲望 …………………………………… 064
　　三、自我主题的承继 …………………………………… 072
　第二节　村上小说对日本现代文学的叙事变革 ………… 079
　　一、二分法与日本现代文学的叙事传统 ……………… 079
　　二、"话语"的叙事变革 ……………………………… 084
　　三、"故事"的叙事变革 ……………………………… 089
　小　结 ……………………………………………………… 095

第三章　自我的形象化与他者化 …………………………… 096
　第一节　在形象中探寻自我——论《世界尽头与冷酷仙境》
　　 ……………………………………………………………… 096
　　一、从"失败之作"到探寻自我的鸿篇巨制 ………… 097
　　二、自我认识的多元化 ………………………………… 104
　　三、自我形象化的延伸 ………………………………… 110
　第二节　向他者投射自我——论《挪威的森林》 ……… 114
　　一、从"森高羊低"看《挪威的森林》的特殊性 …… 115
　　二、在他者的投影中找寻自我 ………………………… 122
　小　结 ……………………………………………………… 131

第四章　历史的桥梁化与隐喻化 …………………………… 132
　第一节　历史的桥梁作用——论《奇鸟行状录》 ……… 133
　　一、连带感与自我主题的深化 ………………………… 133

二、诺门罕战役的桥梁作用……………………………139
　　三、绵谷升——历史与现实的交集点………………………145
　第二节　历史的隐喻作用——论《海边的卡夫卡》　150
　　一、小森阳一的"精读"………………………………151
　　二、隐喻——解读《海边的卡夫卡》的钥匙……………160
　小　结………………………………………………………169

结　论……………………………………………………170
参考文献…………………………………………………178
附　录……………………………………………………187
后　记……………………………………………………216

中国"70后"的村上春树论
——写给《后现代语境中的村上春树》

我第一次见到本书的作者杨炳菁女士是在 2006 年的 5 月。她通过导师靳丛林教授的介绍到东京大学藤井研究室拜访我。我还记得那天我们谈论了村上春树在中国的被接纳和研究状况。她笑着说自己最喜欢的村上作品是《世界尽头与冷酷仙境》。之所以记得这么清楚，大概因为这部小说是村上文学中最难理解的一部作品。

那时杨女士刚刚被北京外国语大学派到日本的友好学校——大东文化大学做客座研究员，要在东京度过一年的时光。于是我邀请她参加东京大学文学部中文科主办的"20 世纪东亚文学史中的村上春树研究"的国际研讨会。之后于第二年 10 月和 2008 年 11 月，先后在东京大学召开了工作会议和研讨会。今年 6 月，论文集《东亚视野中的村上春树》出版，杨女士自然是作者之一。这本书是作为村上研究丛书"MURAKAMI Haruki STUDY BOOKS"中的一本，由东京若草书房出版的。

《后现代语境中的村上春树》是杨女士在参与研讨期间撰写的博士论文。过去三年里，我在东京大学和北京师范大学王志松教授主持的村上文学翻译研讨会上看过其中一部分。如今通读全书，佩服备至。

对村上春树的批评和研究，在日本出版了近100种书。在香港、台湾以及美国，村上研究的专著和论文也在一直增加（详见本书的绪论）。我的专业是中国现代文学，对于如此庞大的村上批评和村上研究只是略知一二。但在村上文学论这片广袤的森林中，可看到杨女士研究中的以下几点独创之处。

在本书第二章"村上春树小说的后现代特征与艺术突破"中，杨女士运用后现代诗学的理论，从"反思现代性"、"历史的桥梁作用"和"自我主题的处理"三个方面对村上作品中的后现代主义展开论述。在第三章"自我的形象化与他者化"中，杨女士将目光聚集在最喜欢的《世界尽头与冷酷仙境》和最先接触的《挪威的森林》上。她认为前者是"将自我意识世界形象化，通过非现实性的故事再现自我意识世界，并实现自我认识的多元化"，而将后者分析为"将主人公的多重自我投射到主人公以外的其他人物身上，运用现实主义表现手法，通过刻画他人进行自我观照，实现一种自我的他者化"。

围绕小说中的人物关系，清水良典先生曾说"直子是小说里所有人物的镜子"①；石原千秋教授也曾指出："渡边彻可以说是木月的镜子，只不过照出的是木月的反面。"② 但像杨女士这样用"自我的他者化"彻底地分析《挪威的森林》的主要人物的，我还是头一次见到。

实际上，在日本现代的村上研究中，"自我"这一概念很少被应用。所以，我看到这本书时感到很意外。但我终于想起村上春树在分析自己最喜爱的美国侦探小说家雷蒙德·钱德勒的代表作时说过的这样一段话：

> 通过确立小说主人公菲利普·马洛的存在，将自我的桎梏代之以有效的"假说系统"，钱德勒在侦探小说这种文学体裁上，发现了走出近代文学死胡同的方法，并将这种普遍的可能性向全世界宣

---

① ［日］清水良典：《我的村上春树论》，朝日新闻社，2006年，第142页。
② ［日］石原千秋：《解谜村上春树》，光文社，2007年，第284页。

布。……没必要一一证明行为受到自我的性质和用法的束缚，这就是钱德勒建立的故事风格中的一个纲领。①

对村上提及的钱德勒与自我的关系，杨炳菁女士在本书第一章里进行了详细的分析。杨女士使用的"自我"，虽然是个古老的文艺批评用语，但对于分析村上文学，恐怕是最有用的工具。

第四章"历史的桥梁化与隐喻化"论述了长篇小说《海边的卡夫卡》。杨女士在此谨慎地批判了小森阳一教授的《村上春树论》，这也是本书的独到之处。东京大学教养学部的教授小森阳一先生是日本现代文学论的第一人。他在2006年出版的《村上春树论》中专门分析了《海边的卡夫卡》，认为该书是否定历史的反动小说，给予了全面的批判。包括我在内，日本许多研究者和文艺批评家都认为小森教授下了轻率的论断，但是至今仍没有真正反驳他的论文出现。杨女士在本书中明确地向小森教授发问："与小森阳一所谓忘却的作用相反，村上春树实际上通过杀戮的隐喻提起了一个非常严肃的问题：当面对有形或无形的暴力时，我们是否可以用另一种暴力的形式将其终结？"

另外，下面这段对《海边的卡夫卡》中"非过去时"的分析也很有意思：

> 村上春树改变了以往小说中惯用的过去时文体，在《海边的卡夫卡》的奇数章节中采用"非过去时"恐怕正是受了这种英语时态的启发。不过，"非过去时"毕竟不同于英语的现在时态。……日语的"非过去时"一般能够产生一种临场感。……这样一来，就使得时态本身除了语法作用之外还具有了某种隐喻的作用。……村上春树试图通过文体的隐喻作用来强调，面对暴力究竟该有怎样的态度，其实答案就掌握在作为个体的每个人手中。

---

① ［日］村上春树：《译者后记 作为准古典小说的〈漫长的告别〉》，见［美］雷蒙德·钱德勒：《漫长的告别》，村上春树译，早川书房，2007年，第540—542页。

正因为杨女士是一位中国的日本文学研究者，才能从日语的语言特征来分析小说。

日本近代文学介绍到中国已经有一个世纪以上的历史。从1989年梁启超用文言翻译的《佳人奇遇》① 开始，20世纪20年代的鲁迅、周作人兄弟翻译并解读了夏目漱石、森鸥外、芥川龙之介、佐藤春夫、武者小路实笃、有岛武郎等人的作品，在30年代，即民国时期达到顶峰。1949年中华人民共和国成立后，作为国家事业，以中国社会科学院为中心继续研究和介绍日本现代文学。80年代以后，中国各地的大学纷纷开设日本文学专业，直到今天。

杨女士出生于"文化大革命"末期，90年代在日本文学研究的中心之一北京外国语大学学习日本文学，也就是所谓"70后"一代的青年研究者。本书的出版，如实地宣告了中国年轻一代现代日本文学研究者在学术上达到了世界级水平。我相信像杨炳菁博士这样的"70后"一代，将从前辈研究中汲取宝贵财富并实现超越，开创一个日本现代文学研究的崭新的时代。

2009年8月18日
写于一个像25年前冈田亨②去克里特岛之前的那个惬意的仲夏黄昏
藤井省三

附记：在杨炳菁女士提交博士论文期间，柴田胜二教授对小森教授的著作进行了批判。有关内容可详见《中上健次与村上春树》（东京外国语大学出版会，2009年3月31日，第270页）。此外，都甲幸治教授曾提出村上文学"后·后现代性"的问题。这部分内容可参考2007年7月号的《文学界》。

（原文为日语，北京外国语大学日语系本科生于壮翻译）

---

① [日] 東海散士著，1897年。
② 村上春树小说《奇鸟行状录》中的主人公。——译者注

绪 论

一、问题的缘起

在众多的日本当代①作家中，村上春树（1949—）是最为中国读者所熟悉的一位。自 1979 年登上日本文坛，村上春树先后创作了 12 部长篇小说，出版短篇小说集 10 册，除此之外还发表了大量的随笔和游记。在中国大陆，自 1989 年漓江出版社出版林少华翻译的《挪威的森林》（1987）以来，截至 2009 年 1 月，已翻译出版各类村上作品共计 34 种②。村上文学一方面使读者对日本当代文学产生兴趣，同时也在社会上引发了所谓"村上春树现象"③。

---

① 在日语中并没有"当代"以及"当代文学"的表述。历史学上，日本将明治维新（1867 年）至 1945 年称为"近代"，将 1945 年后称为"现代"。日语中的"近代文学"和"现代文学"通常是指创作于"近代"和"现代"的文学作品。本书在界定日本文学史时，参考了日本学者柄谷行人在《日本现代文学的起源》（日文原题为『日本近代文学の起源』，講談社，1980 年）一书中对"日本近代文学"的论述。同时参考中译本（赵京华译，三联书店，2006 年第二版）中的相关表述，将日本的"近代文学"及部分"现代文学"（1945 年至 1970 年代末）界定并表述为"日本现代文学"，将始于 1980 年代的日本文学界定并表述为"日本当代文学"。

② 数据来源于林少华 2008 年 5 月 28 日在北京外国语大学外国文学研究所所作的演讲以及笔者的统计。

③ "村上春树现象"首先是一种热读村上春树作品的现象，同时也包括由阅读文学作品而引发的其他文化、社会现象。有关"村上春树现象"的具体分析可参考拙文《村上春树现象引起的思考》，载《多样化日语教育研究》（西安交通大学出版社，2006 年）第 446—452 页。

从世界范围来看，目前已有36个国家和地区①翻译出版了村上春树的作品。2006年3月和9月村上春树先后获得了捷克的卡夫卡奖和爱尔兰的短篇小说奖。2009年2月，年满60岁的村上又获得了旨在表彰作品涉及人类自由、人与社会和政治间关系的耶路撒冷奖。应该说正如日本评论家沼野充义指出的那样："现在，与其说村上春树是日本作家，不如称其为世界作家更为妥当。"②

在宏大叙事缺失、文学的意义受到质疑的后现代语境中，出现这种全球范围热读村上文学的现象是非常耐人寻味的。对此，有研究者认为村上文学中的无国籍性特点起到了决定性作用。的确，在村上春树的作品中，读者很难找到传统的代表日本的符号。小说中的主人公喝威士忌不喝清酒；听爵士乐不听演歌；读菲茨杰拉德③（1896—1940）的《了不起的盖茨比》（1925）不读私小说。而世界各国的读者在阅读村上文学时也与阅读川端康成、大江健三郎等日本作家的目的有所不同，他们当中多数人并不是要通过村上春树的作品去了解日本特有的文化。不过，正如孙军悦在《日本文学翻译和研究到底能做什么》一文中所指出的那样：这种无国籍的"普遍性"背后，各国在接受村上文学时，反映出了本国的"特殊性"。④ 因此，所谓无国籍性的特点其实只是村上文学呈现出的表层现象，并不能成为其在世界范围被广泛阅读的最根本原因。

在我国，村上文学的热销被看作经济发展、城市化进程加速后人们对都市文学的渴求。研究界也多认为村上春树的作品反映了当今社会青

---

① [日] 国际交流基金会：《世界范围的春树文学》，载《远近》2006年8、9月号，第28页。

② [日] 沼野充义：《来自现场的报道 俄罗斯的村上春树——从"物哀"到世界文学》，载《文学界》2006年5月号，第108页。

③ 本书涉及欧美作家、作品名称时遵照以下原则：凡已有中文译本的作家、作品采用中译本所使用的作家、作品翻译名。没有中文译本的作家、作品将使用林少华中文译本中所使用的翻译名。

④ 参见孙军悦：《日本文学翻译和研究到底能做什么》，网刊《立场——教育对话》2008年1月号，第41—54页。http://www.lichang.org/2008/EduPositions%202008%2002.pdf。

年人孤独的心境以及失落的精神状态。村上文学在中国的流行不能否认其营销策略以及中国国内发展等外部要素所起的作用。不过，就文学自身的规律而言，外部因素往往不能起到决定性的作用。而那种单纯地将村上文学概括为"反映时代特征"、"流行元素为主"等做法，无疑会使文学研究简单化和程式化。问题的关键恐怕在于：在情报信息泛滥，文学作品已经由一种教养、或起着教化作用的读物贬值为一般商品的后现代语境中，人们为什么还能因阅读村上文学而引起内心的共鸣？如果说村上文学中的确存在着某种特质，那么这种不同于传统文学的特质究竟表现在哪里？而与此同时，村上文学的出现以及村上文学被广泛接受是否意味着它带给文学以某种新的可能性？这些，就是本书将要探讨的问题。

二、村上文学的研究历史与现状

1. 日本的村上文学研究

日本对于村上文学的研究由来已久。自上世纪 80 年代，日本文学研究界就开始关注村上春树和他的作品，其研究大致可分为三个阶段。第一阶段以文艺评论家川本三郎和被称为"全共斗一代"的批评家为代表。这一时期的研究虽然是一种全景式、粗线条的概括，但同时也奠定了村上文学研究的基调。

川本三郎是最早对村上文学进行研究的评论者之一。他在《『都市』中的作家们——以村上春树和村上龙为中心》（1981.11）一文中称村上春树的作品为"都市文学"。川本认为村上春树早期的作品如《且听风吟》（1979）、《1973 年的弹子球》（1980）等都表现出一种"都市的感受性"。在这些小说中，生活的现实感以及生活中的复杂情感均已消失殆尽，主人公无不享受着一种都市所带来的"令人愉悦"的消费生活。小说中出现的大量商品名称并非是作者要向人们描绘一种新的景观，而只是在叙述当今这个被"记号"所包围的都市。与沉重而复杂的生活相比，都市所提供的这些商品符号让生活在现代都市中的人们更有一种亲近感。川本认为村上春树正是热衷于表现这种现代都市特点的作家之一。①

继川本三郎之后,被称为"全共斗一代"的批评家成为研究村上文学的主流。他们是加藤典洋、竹田青嗣、笠井洁、黑古一夫等人。这些研究者的年龄与村上春树大致相仿,和村上一样都经历了所谓"全共斗"时代。"全共斗"是"全日本学生共同斗争会议"的简称。1967年,由新左翼和无党派学生组织了"全日本学生共同斗争会议",以区别于既有的学生自治组织并开展学生运动。"全共斗"是1968年至1969年学生运动的主体,其中东京大学的"全共斗"组织因为和守卫在安田讲堂的警察机动队发生攻防战而名声大噪。村上春树和那些与他同龄的文学研究者几乎都在20岁左右的时候经历了这场学生运动,因而这些文学研究者将村上文学与"全共斗"时代的共同感觉相联系也就不足为奇。加藤典洋在《自闭与锁国——村上春树的〈寻羊冒险记〉》(1983.2)一文中写道:"村上春树在此第一次尝试着将自己的'青春'与'全共斗'、'连合赤军'等为代表的60年代末至70年代初政治激进主义的时代体验相结合","60年代末期的所谓校园纷争而引申出的影响应该是贯穿《寻羊冒险记》等三部曲的一根红线"。②这里加藤较为敏锐地把握到了村上文学中所流露出的挫折感和丧失感。在日本的"政治季节"结束后,很多参加过"全共斗"运动的人都曾有政治热情消退后的无力感。"全共斗"经历以及其后的反思成为村上春树创作的原体验。

丧失感、挫折感以及此前川本三郎所提及的"都市文学"等不仅成为日本研究村上文学的一个基调,更对我国和其他周边国家的村上春树研究产生了巨大影响。1989年李德纯在《世界博览》上撰写《物欲世界的异化——日本的"都市文学"剖析》一文,对村上春树以及同时代作家田中康夫(1956—)、中上健次(1946—1992)等人的创作进行介绍。李德纯将这些日本当代作家的文学作品称为"都市文学",认为这

---

① 参见[日]川本三郎:《村上春树论集成》,若草书房,2006年,第43页。
② [日]加藤典洋:《论村上春树1》,若草书房,2006年,第8页。

种都市文学的兴盛"在相当程度上反映了日本社会生活的变迁,具有强烈的现实感和时代气息"。同时李德纯也指出:这种文学创作的变化实际上"蕴含了文学观念的内部深层嬗变"。①

　　上世纪80年代末,日本对村上文学的研究进入第二个阶段。这一时期的研究在前一阶段粗线条、全景式概括的基础上向着纵深发展。研究的深入首先体现在论文、专著以及杂志专刊的数量上。1990年代仅日本文学研究的权威杂志《国文学》就曾两次出版特集②,介绍村上春树的主要作品,刊登相关的研究论文。其他文艺杂志如《Eureka》、《文学界》也曾出版过研究村上文学的杂志专刊③。除文艺杂志的专刊外,这一时期出版的村上文学研究专著也将近40种④。在研究内容上,这一阶段的研究从全景式研究向作品内部细微结构的研究发展。其中栗坪良树和柘植光彦编辑的《村上春树研究》1~5卷(若草书房,1999)汇集了较有代表性的作品分析论文。加藤典洋的《村上春树黄页》(荒地出版社,1996)和吉田春生的《转向的村上春树》(彩流社,1997)则是较为优秀的个案分析专著。这两部研究专著不但详细分析了村上春树的主要作品,同时也为其后的个案分析研究提供了解读的方向。这一阶段的第三个特点还体现在研究者运用不同理论分析村上文学上。如铃村和成的《村上春树编年史1983—1995》(洋泉社,1994)就是以德里达的解构主义理论对村上文学进行解读的专著;小林正明的《村上春树·在塔和海的彼岸》(森话社,1998)则运用了弗洛伊德的精神分析理论。这些研究成果极大地丰富了村上春树研究。但同时,由于研究者更多地以诸多周边学科作为研究手段,因此或多或少地偏离了文学研究的核心

---

①　参见李德纯:《物欲世界的异化——日本"都市文学"剖析》,载《世界博览》1989年第4期,第60—62页。

②　《国文学》的两次特集分别为:1.《村上春树——预知文学》,1995年4月号。2.《超级文本·村上春树》,1998年临时增刊号。

③　《Eureka》曾出版两次专集。分别是1.《总特集　村上春树的世界》,1989年临时增刊号。2.《总特集　阅读村上春树》,2000年临时增刊号。《文学界》的专辑为《村上春树手册》,出版于1991年4月。

④　数据为笔者根据日本国立国会图书馆网站(http://www.ndl.go.jp)进行的统计。

内容，对村上文学的文学价值判断也稍显不足。

　　进入 21 世纪后，日本的村上文学研究迎来第三阶段。这一时期的研究产生了几点引人瞩目的变化。首先，这种变化体现在研究者的年龄上——一批年轻学者成为村上研究的中坚。他们多为日本各大学文学专业毕业的学者，普遍经过专业的文学研究训练，对村上春树的研究也基本是以文学的内部研究——即文本分析、价值判断等——为研究的重点。其中专修大学石仓美智子的博士论文《论村上春树——从"第一次"三部曲到"第二次"三部曲》（2001）是日本国内第一篇以村上春树作为研究对象的博士论文。这不仅打破了日本文学研究的传统，同时也极大地促进了对村上文学的研究。到目前为止，包括石仓的博士论文在内，日本国内共有 4 篇研究村上春树的博士论文[①]。分别为：专修大学林正的《村上春树论：关于交流行为》（2001）、广岛大学桥本牧子的《村上春树论：80·90 年代的轨迹》（2003）以及广岛大学山根由美惠的《村上春树研究：故事缺失时代的"故事"》（2003）。这些研究成果的出现为村上春树研究注入了新的活力。其次，随着村上春树的作品逐渐被其他国家的读者所接受，跨国研究也成为一种新的研究形式。2006 年 3 月在东京举行的"世界如何阅读村上文学"研讨会即是跨国研究的一例。在这一研讨会上，来自 17 个国家的 23 名村上作品的翻译者、出版社代表以及相关作家齐聚一堂，共同探讨村上文学在各国的阅读与接受情况，同时就翻译方面的诸多问题展开讨论。由世界各国翻译者参加，围绕一名日本作家的创作、接受和翻译而进行的研讨会在日本尚属首次。而记录这次研讨会的专著《世界如何阅读村上春树》（文艺春秋，2006）则为读者勾勒出一幅世界范围的村上文学接受图。此外，以日本学者藤井省三为核心，组织中国大陆、香港、台湾、新加坡、韩国以及美国的相关研究人员所开展的"东亚与村上春树"的国际共同研究也有着自己的鲜明特色。这个共同研究是将村上文学置于东亚这一大背景下，以村上文学作为参照系，反观 20 世纪东亚的文学史和文学思潮。

---

① 截至 2008 年 12 月 31 日。

跨国研究的形式体现出村上文学正在由一国走向世界的特点，而青年学者的加入则从一个侧面反映出村上文学所具有的超时代性特征。另外，这一阶段出现的新变化还表现在研究成果的快速传播上。相对于前两个阶段的慢热式辐射，进入21世纪后日本有关村上文学的研究成果几乎以同步的速度为东亚各国所接受。比较典型的一例便是小森阳一的研究。小森在2006年推出新作《村上春树论　精读〈海边的卡夫卡〉》（平凡社），转年中韩两国便出现翻译本。翻译速度之快为研究类图书中所罕有。这其中小森阳一本人的声望固然是重要原因，但同时也可以看出东亚各国对村上研究的重视，以及由此而引发的研究成果快速传播的特点。

2. 中国的村上文学研究①

与日本研究界对村上春树的研究有所不同，村上文学进入我国的图书市场后并没有马上引起太多读者和研究者的关注。通过中国知网（CNKI）进行检索可以发现，在村上文学进入中国的最初十年间，发表在各类研究型杂志上有关村上文学的论文不足10篇。应该说这与村上文学进入中国后并没有马上形成热销的情况基本吻合。不过，在这不足10篇的论文中，却有着对中国的村上研究产生重要影响的两篇文章。一篇是王向远发表在《北京师范大学学报》上的《日本后现代主义文学与村上春树》（1994.5）。在这篇文章中，王向远对村上文学所表现出的后现代主义文学特点进行了分析。他认为，在村上春树的作品中充分体现了后现代主义文化的总体氛围——消费性。"在那里，主人公都是不知餍足的消费者，以消费的态度面对周围的一切。"此外，王向远还认为村上文学表出了"消解性"，即"自我的消解，意义的消解"。这种"消解性"也是后现代主义文学作品的一大特点。② 应该说王向远是站在世界文学的高度审视当代日本文学和村上文学，且较为准确地概括出了村上文学中一些核心性内容。但遗憾的是，这篇论文由于成文较早，缺乏更为细致入微的文本分析，在某种意义上只是为村上文学贴上了一个

---

① 本书所论及的"中国的村上文学研究"指中国大陆地区有关村上文学的研究。
② 参见王向远：《日本后现代主义文学与村上春树》，载《北京师范大学学报》1994年第5期，第56—73页。

"后现代"的标签,没能更进一步深入挖掘村上文学中更为本质性的后现代要素。考察 2000 年以后有关村上文学的研究就会发现,在涉及村上文学中的"后现代性"这一问题时,大家普遍认同王向远的观点,但同时也存在着一些理解上的误区,对村上文学的后现代特征没能做更深层次的研究。

另一篇重要文章则是村上作品的翻译者林少华发表在《解放军外国语学院学报》上的《村上春树作品的艺术魅力》(1999.3)。在这篇文章里,林少华不仅介绍了《且听风吟》、《1973 年的弹子球》、《寻羊冒险记》(1982)、《世界尽头与冷酷仙境》(1985)、《挪威的森林》、《舞!舞!舞!》(1988)、《奇鸟形状录》(1994,1995)等村上文学中主要作品的内容,而且就村上春树的创作主题、语言特色等诸多问题发表了自己的见解。在讲到村上春树的创作时,林少华写到:"作者敏感、准确而含蓄地传递出时代氛围,扫描出 80 年代日本青年尤其城市单身青年倾斜失重的精神世界"[①]。在村上春树的作品中人们感受到的是孤独、空虚、无奈和怅惘。而这些表达出都市年轻人充满失落感的心境"正是村上一以贯之的创作主线"[②]。这一分析强调了文学反映时代、塑造典型人物等观点。勿庸讳言,这种批评虽有一定的立论根据,但其背后依然是传统的文学批评范式。值得注意的是,这篇文章后来作为上海译文出版社出版的《村上春树文集》总序,几乎出现在每部村上作品的正文之前。序言、后记以及封面宣传等在文学研究中被称为"准文本"。在阅读过程中"准文本"与正文一起构成了一部完整的作品,并且往往会起到暗示、诱导等作用。林少华的这篇文章不同于一般译者所撰写的内容简介,是具有一定学术水准的研究性论文。普通读者可以通过这样的序言更加深入地理解村上春树的文学世界,获得较高层次的阅读体验。但同时它所带来的负面效果也同样不容忽视。在中国不仅是普通读者在通过"准文本"了解村上文学,大多数日本文学的研究者也是透过林少华

[①] 林少华:《村上春树作品的艺术魅力》,载《解放军外国语学院学报》1999 年第 3 期,第 88 页。

[②] 同上书。

的解读去研究村上春树的作品的。考察2000年以后出现的大量有关村上研究的论文就会发现，尽管国内对村上春树的研究各有不同的切入点，但背后或多或少都可以找到"林式解读"的痕迹。

随着"村上春树现象"的出现，进入21世纪后，许多日本文学的研究者也将研究的目光投向了村上文学。大量有关村上春树的作品研究以及探讨村上文学整体风格的论文发表在各类专业杂志和高校学报上。一时间"村上热"不仅出现在图书销售市场，也出现在外国文学研究这一专业领域。以中国知网（CNKI）进行检索，有关村上春树的评论、论文以及学位论文目前已达228项①之多。从研究内容上看，所撰写的论文中数量最多的是对小说《挪威的森林》的研究。对其他作品，如《且听风吟》、《寻羊冒险记》、《舞！舞！舞！》、《海边的卡夫卡》（2002）等也有所涉及。另外，还有不少文章探讨了村上文学的整体风格以及"村上春树现象"。以研究方法来看，研究成果中有的从文本分析入手去探讨小说中的主题和内涵，如谢志宇的《解读〈挪威的森林〉的种种象征意义》（《外语研究》，2004.4）。有的从比较文学的角度出发探讨村上文学与其他作家作品之间的相互关系，如李柯的《试论〈挪威的森林〉与〈了不起的盖茨比〉中象征手法比较》（《东北亚论坛》，2002.3）。而有的则从小说的语言特色去挖掘村上文学中独特的表现手段，如刘信宏的《试论村上春树小说中的比喻》（《修辞学习》，2001.5）。可以说在我国对于村上文学的研究虽然起步较晚，但各类研究成果近年来不断涌现，为外国文学研究开辟了一个崭新的领域。

不过，与日本的村上研究相比，严格来讲中国尚未出现真正意义上的村上文学研究。这主要体现在以下两方面：

1）研究性专著欠缺。目前国内有关村上文学的图书共10种②。分别是《村上春树RECIPE：味之旅》（南海出版公司，2002）、《村上春树音乐之旅》（南海出版公司，2004）、《遇见100%的村上春树》（当代

---

① 截至2008年12月31日。
② 同上书。

世界出版社，2001）、《嗨，村上春树》（朝华出版社，2005）、《相约挪威的森林》（华夏出版社，2005）、《村上春树与后虚无年代》（新星出版社，2006）、《村上春树和他的作品》（宁夏人民出版社，2005）、《倾听村上春树　村上春树的艺术世界》（上海译文出版社，2006）、《村上春树论　精读〈海边的卡夫卡〉》（新星出版社，2007）以及《村上春树　转换中的迷失》（中国广播电视出版社，2008）。这其中，前两册"味之旅"和"音乐之旅"属于趣味性读物。稻草人编辑的《遇见100%的村上春树》和苏静等编辑的《嗨，村上春树》汇集了日本、香港以及台湾等地的研究成果，具有一定的参考价值。雷世文主编的《相约挪威的森林》以感想文、随笔为主，绝大部分很难称得上是研究性文章。在《村上春树与后虚无年代》的部分章节中，香港评论家岑郎天较为深入地剖析了村上文学。但应该说该书的主要目的是在于探讨虚无主义以及相关的文化现象，而非村上文学本身。

相比之下，笔者所列举的后四部著作是较为严格意义的研究之作。其中，译者林少华的《村上春树和他的作品》由独立论文和访谈组成，是国内研究者撰写的第一部有关村上春树的专著。这些独立论文虽具有较高的学术水准，但从整体来看，该书并没有形成系统性研究。后三部可以说是近年来引进速度最快的学术著作。虽然三部专著都存在着某些不容忽视的问题，但引进本身对我国的村上文学研究无疑是一个极大的促进。其中，美国学者杰·鲁宾的《倾听村上春树　村上春树的艺术世界》介绍并评论了村上春树的绝大部分作品。由于该书的目的是为了让西方读者更了解村上春树，进而引发阅读村上小说的兴趣，因此在进行作品分析时有点到为止之感。但书中披露了作者与村上春树私人往来的信件、村上未公开发表的演讲稿等，这些为进一步研究村上文学提供了宝贵的资料。日本学者小森阳一的《村上春树论　精读〈海边的卡夫卡〉》在出版后曾引起轰动，被认为是对《海边的卡夫卡》和"村上春树现象"最为深刻而精辟的论述。然而遗憾的是，这本书虽名为"精读"，但事实上仍没有破解小说中出现的一些谜团。另一位日本学者黑古一夫以"全共斗"共同体验为基础，结合村上文学近年来所呈现出的变化，对村上文学与时代的关联性及其未来走向进行了分析。不过，正如黑古本人所讲的那样：这一论著的长处也正是其不足。《村上春树转换中的迷失》一书，最终没能走出研究者本人的时代局限性。

2）各类论文的质量亟待提高。发表在各类学报、杂志上的论文以及相关的博士、硕士学位论文，除前面指出的其背后存在"林式解读"的问题外，低水平、重复性生产也是十分突出的问题。目前我国有一篇关于村上春树的博士论文，直接或间接研究村上春树的硕士论文共25篇[①]。其中，上海外国语大学张昕宇的《从"日本"的历史文脉中阅读村上春树》（2007）是我国第一篇专门研究村上春树的博士论文。张昕宇的论文用日语完成，探讨了村上文学与日本文学的关联性。作者将村上春树置于日本战后的文学史中，通过村上春树和其他同时代作家之间的相互关系去发掘村上文学的特质。应该说将村上文学放到日本文学大的脉络中，试图以动态的眼光去观察村上文学是一个非常好的切入点。文中大量使用第一手资料，对村上春树以及其他相关作家进行了较为详细的对比分析，显示出作者敏锐的观察和较强的语言能力。不过，张昕宇的博士论文在总体上缺乏一个理论框架，这使得文章在整体结构上显得较为薄弱。而其他硕士论文应该说在水平上参差不齐。以作品个案研究来看，北京外国语大学田丰的论文《〈挪威的森林〉中的直子世界》（2007）是比较突出的一篇。这篇论文突破了以往研究个案时静态、单一的情况，将《挪威的森林》中的直子形象与《且听风吟》等其他作品中若隐若现的女主人公相联系，突出了村上春树为什么会在《挪威的森林》中正面描写直子之死的深层文本构造。另一篇题为《对都市人生存困境的思考——村上春树中短篇小说研究》（梁彩丽，华东师范大学，2005）的硕士论文则是探讨村上春树整体创作论文中的佼佼者。值得一提的是，这篇论文将研究对象锁定为村上文学中的中短篇小说，可以说这在一定程度上填补了我国对村上文学中短篇研究的空白。不过，这篇选题颇有新意的论文依然没能突破译者林少华对村上文学的理解，这不

---

① 截至2008年12月31日。

能不说是一个极大的遗憾。博士以及硕士论文作为青年研究者踏入研究领域的第一步理应扎扎实实地做好基础工作,并以严谨的态度去对待研究本身。不过令人感到惊讶的是,有些论文的作者并没有真正深入到村上春树的文学世界中去。有的论文仅凭一两篇先行研究即展开自己的分析,更有甚者在引用其他论文时不加注释、不做说明,全盘照搬过来作为自己的研究,凡此种种不能不引起人们的担忧。倘若青年研究者在跨出研究的第一步时就不能走对方向,那么整个学术研究界的状况也就可想而知了。

此外,由于语言、资料等各方面条件的制约,我国研究者对于研究对象没有明确的认识也是一个不容忽视的问题。王向远在《二十世纪中国的日本翻译文学史》中提出了一个非常重要的观点:"翻译文学"不同于"外国文学",它是中国文学不可分割的一部分。[①] 笔者认为这一提法非常具有现实意义。不同的研究者应首先明确自己所要研究的对象,以确定不同的研究方法。这样做不但有助于推动我国"外国文学"与"翻译文学"两个不同领域的研究,而且也可以从根本上对一些文本的误读予以纠正。

三、本书的目的及研究方法

考察国内外对于村上文学的研究,可以发现尽管现阶段取得了诸多令人瞩目的成果,但仍然存在较为突出的问题。这些问题概括起来表现在以下三个方面:

1)重视村上春树所受外国文学、特别是美国当代文学的影响而忽视其与日本现代文学创作之间的关联性。村上春树不仅是一位高产作家,同时也是一名优秀的翻译家。他翻译的作品绝大部分是美国当代文学作品,而村上本人也曾不止一次地宣称自己从不看日本文学。因此,日本的多数研究者普遍轻视村上文学与日本现代文学之间的内在联系,

---

① 参见王向远:《二十世纪中国的日本翻译文学史》,北京师范大学出版社,2001年,第1—12页。

选择与美国当代文学之间关联性这一角度来研究村上文学。近年来，这一倾向虽然有所改变，出现了一些研究村上文学与日本现代文学之间关系的论文和专著①，但总的来说仍然停留在个案对比的研究层面上，并没有真正打通现当代文学之间的壁垒，做到在宏观的视野下审视村上文学与日本现代文学之间的关联性。

2）重视个别作品的研究而忽视对总体创作特征的把握。这一问题在国内外研究中普遍存在。绝大多数研究者在进行作品分析时虽然能抽丝拨茧，厘清文本中潜藏的故事脉络、重构文本结构，但对于作品在村上文学中所处的位置，以及村上文学整体的思想内容，艺术突破缺乏宏观把握。这就造成虽然研究村上文学中代表性作品的论文数量众多，但很多研究不能不说是一种重复作业。而且由于缺乏对村上文学的宏观把握，对一些作品的误读也相当严重。

3）重视文学的外部研究忽视文学的内部研究。就文学研究来讲，外部研究和内部研究是不可偏废的两个重要方面。从比较文学的角度来看，村上文学在我国的传播与接受不但是值得深入探讨的问题，而且通过这种比较文学的研究还可以对东亚地区的文化差异进行更进一步的探讨。不过，文学研究不能脱离开文学本身。过分注重外部因素，忽视或彻底抛开文学的内部研究，无疑会将文学研究引向歧途。在我国，有些研究者在没有进行文学内部研究的情况下，盲目将村上文学与社会外部因素相联系，这正是忽视文学内部研究的表现。

本书的研究正是从以上国内外研究现状中所存在的问题出发而展开的。研究对象锁定为村上文学中的小说部分。研究的目的在于：

1）将村上文学放到日本后现代语境，以及日本现当代文学的大背景中进行考察。梳理村上春树的生平、整体创作以及所受的外来影响。在此基础上从思想内容和创作形式两方面揭示村上春树小说的本质性特

---

① 论文如：[日] 三枝和子：《〈挪威的森林〉与〈青梅竹马〉》，载《Eureka》1990 年 9 月号，第 202—210 页。专著如：1. [日] 平野芳信：《村上春树与〈第一个丈夫之死的故事〉》，翰林书房，2001 年。2. [日] 半田淳子：《村上春树，与夏目漱石相遇》，若草书房，2007 年。

征以及艺术上的突破。

2）将村上春树小说中的重要作品放到村上文学的整体脉络中进行分析。通过个案研究的方式，探讨村上春树在后现代语境中，如何以敏锐的目光捕捉日本当代社会问题，并运用独特的叙事手法对一些重大的文学主题进行创作。

3）通过以上全景式和微观式的研究，思考后现代语境中村上春树小说存在的价值以及对其进行研究的意义。

在研究方法上，本书将以后现代诗学和叙事学为理论框架，综合运用文体学、主题学、文艺学、美学等方法，通过文本细读的方式进行研究。由于本书的研究对象是作为"外国文学"而存在的村上春树小说，因此在研究过程中将使用日文原作作为文本解读的依据。但鉴于目前国内已出版大量村上春树的小说、随笔、游记，且这些译本已成为国内研究村上文学时所使用的通行文本，所以原则上在引用相关内容时将使用译本[①]。引用未翻译的村上春树作品时，将依照讲谈社出版的《村上春树全作品1979—1989》[②]（1990—1991）和《村上春树全作品1990—2000》[③]（2002—2003）以及其他单行本，由笔者自译。所使用的其他日文原文研究资料如无特别说明均为笔者自译。

本书除绪论和结论外分为四章。第一章将全面梳理村上春树的生平和整体创作，探讨后现代语境的形成与村上春树整体创作之间的关系。第二章将从思想内容、创作形式两方面对村上春树小说的后现代特征以及艺术突破进行研究。在以宏观的视角探讨了村上春树小说的整体特点后，本书将在第三章和第四章进行文本的个案研究。第三章将选取《世界尽头与冷酷仙境》和《挪威的森林》这两部作品。着重研究村上春树如何以不同于传统的叙事手法去表现"自我"这一日本现代文学的重大主题。第四章将以《奇鸟行状录》和《海边的卡夫卡》这两部长篇小说

[①] 译本中因翻译技巧而出现的诸问题在本书的研究范围之外。但本书将涉及因文本解读而出现的翻译问题。

[②] 以下简称"第一次《全作品集》"。

[③] 以下简称"第二次《全作品集》"。

作为研究对象。通过分析这两部作品，探讨村上春树如何以历史作为特殊的工具，在自我与他者的关系中深化自我认识。在以上宏观研究与微观研究的基础上，本书将在结论部分探讨后现代语境中村上春树小说的存在价值以及对其进行研究的意义。

第一章
后现代语境中的村上春树创作

在研究村上春树的作品时，日本的后现代语境是一个不可或缺的文化背景。村上文学不但折射出后现代主义文化的整体氛围，而且具备后现代主义文学作品的本质性特点。日本后现代语境的形成以及发展具有后现代主义文化形成的一般特点和自身的特殊性。村上春树的青少年时代正处于日本后现代语境的形成期，而在其开始进行小说创作的时候，日本则进入了由后工业发展所带来的后现代文化成熟期。因此，梳理村上春树的青少年经历以及整体创作可以看出这一文化背景与村上春树创作之间的相互关系。同时，本章还将考察村上春树的翻译活动，从而探讨文化越境带给村上春树创作上的影响。

第一节 村上春树的成长与日本后现代语境的形成

一、爱读书的关西少年

村上春树生于1949年1月12日，属于日本战后大量出生的一代。这一代人在日本被称为"团块世代"。"团块"在日语中原本是很多东西聚集在一起之意，"世代"则是一代人的日语说法。1947年至1949年日本出现婴儿潮。由于这一时期出生的人口在日本当今社会中所占比例最大，故而出现了"团块世代"的称谓。有趣的是村上春树小说的主人公也多与村上一样属于战后大量出生的一代。例如《且听风吟》中的主人公"我"生于1948年12月24日，另一重要人物"鼠"则出生于1948年9月。《挪威的森林》中的"我"生于1949年11月，直子的生日则在1949年的4月。《海边的卡夫卡》中，虽然主人公成了一个15岁的少年，但他的父亲田村浩一则有"五十？岁"①，推算起来在年龄上也是与村上春树大体相仿的。尽管村上曾表示自己不喜欢以实际生活经历作为创作的素材，但在村上文学中，很多人物的身上都可以看到村上本人的影子。日本学者小森阳一在《村上春树论 精读〈海边的卡夫卡〉》一书中认为：《海边的卡夫卡》中村上春树对田村浩一的文本处理代表了作者对战后大量出生这代人的自我攻击意识。在小森看来，属于战后大量出生的一代人主导了战后的民主运动，他们"本应该朝着否定父辈的象征性弑父方向发展，在这里却发生了一个颠倒现象"②。日本学者所提出的是一个比较复杂的问题。它不但涉及了文本解读、还牵扯到日本这一特定语境中文学与文化、文学与历史之间复杂而紧张的关系。不过，就村上春树作品中很多人物的年龄设定来讲，村上的确有意无意地将他们这一代人所应承载的精神责任在小说中体现了出来。正如小森所分析的那样：战后大量出生的这一代人中，精英阶层在大学时代参加了被称为"全共斗"的学生运动。而当所谓"政治季节"终结后，他们又纷纷进入日本大型企业，成为推动日本经济增长，促使社会由现代向后现代转型的核心力量。尽管在个人经历上村上春树与大多数同龄人不同，但作为这代人中的一员，他的很多问题意识是可以溯源至日本后现代语境形成以及成熟期的。

村上春树生于日本的古都京都，出生后不久全家便搬到了兵库县西

---

① ［日］村上春树：《海边的卡夫卡》，林少华译，上海译文出版社，2003年，第210页。

② ［日］小森阳一：《村上春树论 精读〈海边的卡夫卡〉》，秦刚译，新星出版社，2007年，第176页。

宫市夙川。在日本，京都、大阪、神户等地区被称为关西地区。村上生于关西，少年时代也在这里度过，因此他称自己是"100％的关西种"①。对于什么是关西种，村上自己解释说："生活中理所当然讲关西话。所受教育相当地方主义色彩：视关西以外的方言为异端，讲标准语的人没有正经东西。棒球手则村山，食则清淡，大学则京大，鳗鱼则真蒸，余皆等而下之。"② 不过，村上自己也坦言，因为考上早稻田大学来到东京，"只一星期就几乎完完全全变成了标准语即东京话"③。尽管如此，村上似乎对关西还是怀有一种特殊的感情。处女作《且听风吟》的舞台就是他曾经生活过的芦屋地区，《挪威的森林》中"我"第一次到绿子④家，吃的也是地道的关西料理。

对村上来说关西背后还有一个重要的文化符号，那就是中国。中国以及中国人形象很早进入到少年春树的脑海，成为他日后创作时一个十分重要的意象。在接受台湾记者洪金珠的采访时，村上讲："我是神户人，那里有不少中国人，我的同班同学中有中国人，我生活的周围一直有中国人，'中国情结'对我而言是很自然的。"⑤ 可以说这种"中国情结"表现在村上文学的各个角落。如《且听风吟》中，主人公"我"共有三个叔叔，其中一个就是死于上海的战场。"我"和"鼠"经常去的杰氏酒吧，经营者也是一位中国人。在《去中国的小船》（1980）这一短篇小说里，不但作品的标题就出现了"中国"这个特定的文化符号，而且内容也是描写主人公所邂逅的几个中国人，以及与他们发生的故事。在《寻羊冒险记》、《奇鸟行状录》、《海边的卡夫卡》、《天黑以后》（2004）这几部长篇小说中，与中国相关的历史记忆以及现实情景

---

① ［日］村上春树：《村上朝日堂的卷土重来》，林少华译，上海译文出版社，2004年，第9页。
② 同上。
③ 同上。
④ 在林少华的译本中将原文中的人名"小林绿"译为了"小林绿子"。笔者认为：人名作为固有名词，不能在翻译时进行再创作。但鉴于目前"小林绿子"的称谓已为研究者和大众所接受，如将其改译为"小林绿"，很可能造成阅读时的混乱。因此，本书在涉及这一人物时，将使用"绿子"的称谓。
⑤ 稻草人编：《遇见100％的村上春树》，当代世界出版社，2001年，第61页。

更是成为解读文本的关键。应该说在村上文学中"中国"是一个潜在的他者,而如此高频率地出现与中国相关的内容与少年春树成长的环境不无关联。

村上春树6岁进入西宫市立香栌园小学就读,初中在芦屋市立精道初中,15岁进入兵库县神户高级中学。少年时代的春树与大多数日本的同龄人没什么两样。在他母校的校史资料室里能够看到这一时期他的照片。照片上的村上光着头、一副嬉皮笑脸的样子①,让人不禁联想到现在日本高中生的形象。然而村上春树却是个不折不扣的"书虫"。在他和读者交流的网站上,曾有一位13岁的少年说自己看完了村上的《奇鸟形状录》。村上在表示敬佩的同时也提到自己在13岁的时候读过陀思妥耶夫斯基(1821—1881)、卡夫卡(1883—1924)等。② 实际上村上春树的父母不但允许他从书店赊账购买自己喜欢的图书(除漫画书),而且还订了《世界文学》和《世界历史》两套丛书。这一切都使村上春树早早地成了一名可以自由徜徉于书海的少年。

谈起自己的父母,村上在随笔《村上朝日堂的卷土重来》(1986)中写到:"父亲是京都一和尚之子,母亲是船厂商家之女"③。村上的父亲村上千秋是高中的国语教师④,母亲美幸也曾经教过国语。生长在这样一个家庭中或多或少应该对少年春树产生某种日本文学的影响,但村上曾不止一次地表示他从不看日本的小说,在整个成长过程中,更是"从来不曾被日本小说深刻感动过"⑤。而且值得注意的是,在村上文学中几乎看不到有关父母、家庭的描写。虽然有日本研究者认为《海边的卡夫卡》中,从大阪来的那对"短歌⑥夫妇"身上有村上父母的影子⑦,

---

① 参见林少华:《村上春树的教育"迷惘"》,载《新京报》2006年12月8日,C17版。
② 参见[日]村上春树:《来,试一回村上式的》,朝日新闻社,2006年,第22页。
③ [日]村上春树:《村上朝日堂的卷土重来》,林少华译,上海译文出版社,2004年,第9页。
④ 即中国的语文教师。
⑤ [日]村上春树:《为年轻读者的短篇小说导读》,文艺春秋,2004年,第30页。
⑥ 日本古诗的一种形式。
⑦ 参见[日]加藤典洋编:《村上春树黄页 第2部》,荒地出版社,2004年,第172页。

但这终究只是一种猜谜式的联想。事实上,在村上文学中,父母、特别是父亲的形象几乎是不存在的。作为社会的细胞——家庭的影子也显得十分淡薄。主人公多为单身,即使结婚也多像《寻羊冒险记》或《奇鸟行状录》中的主人公一样,妻子离家而去。这种情况某种程度上与日本当今社会的现状有关,而更主要的原因恐怕在于村上春树个人的一些禁忌。在接受川本三郎的采访时,村上曾表示:自己有些东西可以写,有些东西却不能写。创作的过程是一个"可以写的范围慢慢扩大的过程"①。由此看来,父母、家庭对村上来说很可能是一个不愿触摸的领域。在《海边的卡夫卡》之前的长篇小说《奇鸟行状录》里,夫妻关系第一次以较为直接的方式出现。如果确如前面日本研究者所推测的那样,"短歌夫妇"的背后隐含了村上父母的形象的话,那么在"出道"将近30年后,村上春树终于向自己最后的禁区迈出了一步。

但无论这种创作上的禁忌是否曾经存在以及是否被打破,村上春树的父母还是使少年春树很早就进入到了文学世界中。只是他没有如父母所期待的那样对日本古典文学产生兴趣。村上的兴趣在前面提到的由河出书房出版的《世界文学》丛书,喜欢外国作家如司汤达(1783—1842)、托尔斯泰(1828—1910)以及陀思妥耶夫斯基。高中后,村上的阅读范围扩展到美国小说。村上曾讲:对他影响最大的三位作家是菲茨杰拉德、雷蒙德·钱德勒(1888—1959)和陀思妥耶夫斯基。自己没有受过什么"文学修炼",写文章的方法得益于前面提到的几位作家。②其实,村上春树并非如他自己所说的那样完全不看日本作品。他曾说自己喜欢古典文学中的《平家物语》(1309之前)、《方丈记》(1212)和《徒然草》(1330—1331)。③ 同时在他的文学作品中,我们也常常可以感觉到他是有意以日本文学巨匠夏目漱石(1867—1916)作为自己的

---

① [日]村上春树:《访谈 为了『故事』的冒险》,载《文学界》1985年8月号,第73页。
② 参见[美]司各特·菲茨杰拉德:《了不起的盖茨比》,村上春树译,中央公论新社,2006年,第333页。
③ 参见[日]村上春树:《访谈 为了『故事』的冒险》,载《文学界》1985年8月号,第81页。

参照。

除小说外，历史也是少年春树的兴趣所在。他在随笔集《终究悲哀的外国语》（1994）中这样写到：

> 社会课程方面世界史最拿手。这是因为，从上初中时我就反复看——真可谓十遍二十遍——中央公论社出版的全套《世界的历史》。记得上面有句广告词说"比小说还有趣"，这并非言过其实，实际上读起来也引人入胜。读的过程中自然而然记住了世界史的主要事项，无需过多用功。历史这东西，只要头脑有其前后左右的粗线条关系图，就能猜出十之八九。①

对历史的兴趣无疑反映在村上春树日后的创作中。不但某些重要作品中出现不同程度的历史指涉，而且村上本人也表现出强烈的书写历史的欲望。不过，与其他后现代作家在创作中出现的历史指涉不同，在村上春树的小说中，历史本身并不是目的。让历史成为桥梁和隐喻，勾连起历史与现实、历史与未来的关系才是村上文学的着眼点。应该说村上春树文学中之所以出现与历史相关的描写，与少年时代他对历史的强烈兴趣是成正比的。

作为战后大量出生的一代，少年时期的春树就这样徜徉在自己的阅读世界里。1967 年，18 岁的村上春树高考落榜，在复读一年之后考进了位于东京的早稻田大学。由此，也开始了他在东京的新生活。

二、经营爵士乐酒吧的青年

1968 年，19 岁的村上春树进入早稻田大学第一文学部戏剧专业。同时也离开生活了 18 年的关西地区，开始在东京生活。村上开始在东京独自生活时曾入住位于目白的私立宿舍"和敬塾"。这一段经历后来

---

① ［日］村上春树：《终究悲哀的外国语》，林少华译，上海译文出版社，2004 年，第 177—178 页。

成为村上春树最畅销的小说——《挪威的森林》的素材。小说中以"和敬塾"为原型的学生宿舍描写，典型地反映出村上式幽默。

> 寄宿院内的一天是从庄严的升旗仪式开始的，当然也播放国歌。如同体育节目离不开进行曲一样，升国旗也少不得放国歌。升旗台位于院子正中，从任何一栋寄宿楼的窗口都可看见。
> （中略）
> 《君之代》
> 旗一蹿一蹿地向上爬去。
> "砂砾成岩兮"——唱到这里时，旗升到旗杆中间，"遍覆青苔"——音刚落，国旗便爬到顶尖。两人随即挺胸凸肚，取立正姿势，目光直视国旗。倘若晴空万里，又赶上阵风吹来，那光景便甚是了得。①

和敬塾的庭院里的确有升国旗的旗杆，但并没有小说中所描写的什么升旗仪式。不过，村上入住的这个私人宿舍的确与小说中所描写的一样为右翼所经营，"寮长是毕业于陆军中野学校的汉子"②。

村上进入大学的 1968 年不仅在日本历史上，在世界史上也是极不寻常的一年。由新左翼诸党派和无党派学生组成的"全日本学生共同斗争会议"策划并展开的学生运动在这一年激化，几乎所有大学都卷入了这场被称为"全共斗"的学生运动。1969 年 1 月东京大学的学生更是因为与守卫在安田讲堂的警察机动队发生攻防战而名声大噪。这一时期的大学生几乎都参与了学生运动。村上在随笔《搬家杂记》中这样回忆了当时的情景：

> 时值一九六八年，正是闹学潮的时期，我也正血气方刚，很多

---

① [日] 村上春树：《挪威的森林》，林少华译，上海译文出版社，2007 年，第 16—17 页。
② [日] 村上春树：《村上朝日堂》，林少华译，上海译文出版社，2005 年，第 33 页。

事都让我愤愤不平，有时因担心右翼学生偷袭，睡觉时枕下还放了把菜刀。①

其实从全球来看，1960年代末不仅是在日本，很多国家都爆发了学生运动。例如法国的五月运动和芝加哥的街垒战士。伊曼努尔·沃勒斯坦在《有托之乡》中，从世界体系的角度出发，认为1968年发生在世界范围的学生运动是对旧世界体制的愤怒，但随即被旧的世界体系的支持者压制下去。②这种看法有一定的合理性。不过，在日本，"全共斗"实际上是日本战后体制崩溃的体现。它代表了一种价值观和一个时代的终结。这场运动后，日本从工业社会逐渐向后工业社会发展。产生于后工业文明的后现代文化也悄然成为一种新的价值观和思考范式。战后大量出生的一代恐怕正是看到经济高速发展后个体必然为整个后工业文明所异化，宏大叙事即将化为后现代语境中的多元化价值观，才进行了最后一次抗争。而事实也的确证明，在1960年末1970年代初的学生运动后，日本的"政治季节"几乎结束。1972年发生的连合赤军浅见山庄事件③则更加速了日本向着后现代语境转换的步伐。1979年村上春树的处女作《且听风吟》发表后，曾被认为是一部"青春小说"。但村上自己却并不以为然。他讲："最初的小说并没有刻意去描写青春，（中略）70年代的十年间是60年代的'残物整理'。写点这个'残物整理'比起直接写60年代对我个人来说有更正确的意义。"④"全共斗"的经历不仅仅是村上文学的素材，对这段经历的反思更成为村上春树创作的一个光源。而笔者认为，这也成为理解村上文学后现代本质特征的一把

---

① ［日］村上春树：《村上朝日堂》，林少华译，上海译文出版社，2005年，第33页。
② 转引自程巍：《中产阶级的孩子们——60年代与文化领导权》，三联书店，2006年，第16页。
③ 连合赤军指1971年7月15日，由原共产主义者同盟赤军派中央军和日本共产党革命左派神奈川县委员会下人民革命军连合组成的统一军事组织。1972年2月19日，连合赤军的5名成员在位于长野县的浅见山庄挟持山庄管理员妻子为人质。10天后警察强行进入山庄营救人质，并逮捕了连合赤军的所有五名成员。
④ ［日］村上春树：《访谈 为了『故事』的冒险》，载《文学界》1985年8月号，第36页。

钥匙。

青年春树与同龄人一起参加了"全共斗"学生运动，但其个人经历却与大多数"团块世代"的人颇为不同。村上进入早稻田大学是在 1968 年，毕业则是 7 年以后①，比同龄人整整晚了三年。对此，村上自己说"当时天天去电影院"②，因为学校闹学潮停课，"于是绕着宿舍、打工地点、电影院这个三角团团转"③。其实大学时代的春树虽不用功，但的确曾想写点什么。1969 年 4 月他在早稻田大学的校刊上发表影评《问题只有一个，那就是没有交流——68 年电影观感》。虽然高中时代村上曾编过学校的报纸④，但这恐怕应该是他发表的第一篇作品。村上说自己进入早大的戏剧专业是想写电影脚本。"脚本写不成写小说也未尝不可"，"但中途觉得电影不适合自己，遂放弃了写脚本的念头"⑤。尽管如此，大学时代的春树还是每天跑到早大的戏剧博物馆，闷头看古今东西的脚本。成为作家后，村上春树回忆起这段经历时曾感叹那种阅读让他获益匪浅。⑥

可以说写文章曾是青年春树的一个梦想。然而，从大学毕业到 29 岁开始写小说，村上几乎没写过什么文章。村上春树在 22 岁的时候以学生的身份与同龄的大学同学高桥阳子结婚。1974 年，两人用打工的积蓄和借来的钱在国分寺开了一家名为"彼得猫"的爵士乐酒吧。与大多数大学毕业后进入大型企业的"团块世代"不同，村上夫妇的选择毋宁说颇有反时代精神，在当时显得非常异类。关于这段经历，随笔《国分

---

① 村上春树毕业于 1975 年，毕业论文的题目是《美国电影中的旅行思想》。
② [日] 村上春树：《村上朝日堂的卷土重来》，林少华译，上海译文出版社，2004 年，第 15 页。
③ [日] 村上春树：《村上朝日堂的卷土重来》，林少华译，上海译文出版社，2004 年，第 15 页。
④ 参见 [日] 村上春树：《村上朝日堂的卷土重来》，林少华译，上海译文出版社，2004 年，第 122 页。
⑤ [日] 村上春树：《终究悲哀的外国语》，林少华译，上海译文出版社，2004 年，第 153 页。
⑥ 参见 [日] 村上春树：《终究悲哀的外国语》，林少华译，上海译文出版社，2004 年，第 153 页。

寺》中是这样记载的：

> 一开始我觉得找工作也未尝不可，转了几家有关系的电视台，但工作内容委实无聊之极，遂作罢。干那个还不如自己一个人开一家小店正正经经做事——亲手选材料、亲手做东西、亲手端给客人。不过说到底，我所能做的无非开一家爵士乐酒吧。我就是喜欢爵士乐，想干多少跟爵士乐有关的工作。①

村上喜爱音乐，尤其喜欢爵士乐。2001年他与和田诚（1936—）出版了随笔集《爵士乐群英谱》，对爵士乐手做了非常精道的点评。只要稍一留意就会发现，在村上春树的文学世界里音乐是无处不在的。在《挪威的森林》中，不但标题就取自甲壳虫乐队的歌曲，小说最后更有为直子举行的独特的音乐葬礼。在《世界尽头与冷酷仙境》中，《少年丹尼》这首脍炙人口的歌曲则起到了连接两个不同世界，找回少女失落之心的神奇作用。而在《海边的卡夫卡》中，卡车司机手星野由一个与音乐无缘的青年变成了《大公三重奏》的忠实听众不说，更在小说中着实对音乐的奇妙作用感叹了一番。这一段感慨如果与村上本人的经历两相对照，就不难理解为什么村上文学中会出现如此数量众多的音乐描写。

> 大约二十几年前，我去涩谷NHK音乐厅听了一次钢琴手斯维亚托斯拉夫·李赫特的演奏会。是我当小说家之前的事。那天我也好我家太太也好都累得浑身瘫软，根本不是想听音乐的状态，精神上也一蹶不振。（中略）
> 开头是法国号沉静的序曲，继而钢琴加入。倾听之间，不知何故，觉得全身的疲劳不翼而飞，清楚地意识到"此刻自己正接受治疗"。（中略）

---

① ［日］村上春树：《村上朝日堂》，林少华译，上海译文出版社，2005年，第45页。

演奏完毕，我几乎开不得口。何等神奇的体验啊！

（中略）走出音乐厅时，春夜温情脉脉，世界和人生重新在我们面前绽开笑脸。①

对村上来讲，音乐不单是消遣或经营酒吧的一个背景，更是可以起到"治疗作用"的神奇之物。在那种并非借助语言而存在的表现里，村上感受到的恐怕应该是一种类似于古希腊悲剧的净化作用。尽管村上春树后来成为使用文字进行创作的作家，但如何在文字中体现语言表达之外的某种体验，成为村上文学有别于传统文学的一个特点。也正是这种对语言之外体验的再现欲望，使村上春树在叙事方面进行了变革。

此外，音乐之于作家春树还有另一层更为特殊的含义。村上认为任何一种语言表达或文体都必须富有节奏感，文章的整体则要有一个类似于音乐的流势。如果少了这种流势便不能称之为好文章。应该说正是在这种原则下，村上文学在语言和文体方面独树一帜，与传统的日本文学表达有了很大的区别。

青年春树在几乎整个 20 几岁的时间里一直埋头于工作。"彼得猫"爵士乐酒吧后来从国分寺迁至涩谷的千驮谷。而就在千驮谷附近的明治神宫棒球场，28 岁的春树萌生了创作小说的念头，于是作家村上春树开始出现在世人面前。

第二节 作家村上春树

1979 年 6 月，村上春树以《且听风吟》获得由文艺杂志《群像》主办的"群像新人文学奖"。作家村上春树从此走入人们的视线。提起为什么会开始写小说，村上讲："开始写这部小说的契机其实十分简单。就是突然想写点什么，仅此而已。"② 虽然村上对自己创作生涯的开始轻

---

① ［日］村上春树：《村上朝日堂是如何锻造的》，林少华译，上海译文出版社，2005年，第98—99页。

② ［日］村上春树：《村上春树全作品 1979—1989①》，讲谈社，1990年，月报第Ⅱ页。

描淡写，但时至今日，作家春树的文学创作已经进入了第 30 个年头。这期间，村上共创作长篇小说 12 部，出版短篇小说集 10 册，与人合作或单独创作的随笔、对谈集 21 本，其他类型的文学作品共计 16 种①。作为一名作家，村上春树的创作形式十分多样。然而遗憾的是，有些文章由于各种原因没能得到完整的保留，这多少为研究村上文学增加了一些困难。不过，1990 年和 2002 年，村上春树曾出版两次自选的《全作品集》，这在一定程度上为研究村上文学提供了有利条件。两次《全作品集》所收录的作品分别创作于第一个十年，即 1979 年至 1989 年，以及第二个十年——1990 年至 2000 年。而这两个十年中的作品恰好体现出村上文学前后两种不同的创作风格。

一、洗练的"都市文学"——第一个十年的创作

村上春树的第一次《全作品集》收录了 1979 至 1989 年间发表的作品。这一时期村上文学的整体风格可以用洗练的"都市文学"加以概括。如果将这十年间的创作加以分类的话，可以有以下几大类：

1. 长篇小说

村上春树曾自认为是一位"长篇小说作家"②。在走上文坛的第一个十年里，村上总共创作了六部长篇小说。分别是《且听风吟》、《1973 年的弹子球》、《寻羊冒险记》、《世界尽头与冷酷仙境》、《挪威的森林》以及《舞！舞！舞！》。这六部长篇小说在今天看来哪一部都堪称村上文学中的精致之作，也是国内外探讨村上文学时所重点研究的对象。其中，处女作《且听风吟》不但获得第 22 届"群像新人奖"，而且和《1973 年的弹子球》一起被提名为日本最具权威的纯文学奖项"芥川奖"的候补作品。《寻羊冒险记》是村上卖掉酒吧成为专业作家后所创作的第一部作品。小说不但获得为鼓励新人作家而设立的"野间文艺新人奖"，而且成为村上第一部被译为英语的小说。出版于 1985 年

---

① 统计根据［日］宫胁俊文：《村上春树的奇妙世界》，伊索社，2006 年，第 236—237 页。

② ［日］村上春树：《村上春树全作品 1990—2000③》，讲谈社，2003 年，第 261 页。

的《世界尽头与冷酷仙境》获得了同年度的"谷崎润一郎奖",两年后的《挪威的森林》则在整个东亚地区掀起一股"村上旋风"。1988 年的《舞!舞!舞!》也由于"村上春树现象"的出现而成为读者关注的焦点。

考察这一阶段村上春树的长篇小说就会发现,这些作品的确带有川本三郎所指出的"都市文学"色彩。首先,小说的舞台无一不是都市。上世纪 60 年代末到 70 年代初正是日本经济高速发展,城市化进程加速的时期。而到了 1980 年代,整个日本则进入到所谓"高度发达的资本主义"[1] 阶段。村上小说中的都市描写,无疑再现了这一过程中城市的方方面面。小说中出现频率极高的是酒吧、超市,这些能够表现现代都市特点的场所。而大量出现的商品名称、食物名称、唱片名称以及进口酒、饮料、香烟的名称则让人仿佛被这些消费符号所包围。在城市这一舞台中,小说的主人公也无一不是生活在城市中的青年。如果认为作品反映了日本当今社会都市青年的生活以及精神状态其实没有错。小说中的主人公就生活在由商品构建起的世界里,以一种消费的心态享受着城市以及商品所带来的一切。而村上春树也似乎有意通过这种城市生活的细致描写展现个体的微观世界。在《舞!舞!舞!》中,他借主人公之口讲:"其近乎病态的详细而客观的叙述,对研究人员想必有所帮助——城里一个三十四岁独身男性的生活光景在其眼前历历浮现出来。虽说没有代表性,但毕竟是时代的产儿。"[2] 尽管"文学反映时代"这一批评范式显得过于程式化和简单化,然而不能否认,通过村上文学,读者的确可以感受到日本的后工业文明以及都市青年的生活、精神状态。

不过,村上春树对将自己的文学定位为"都市文学"颇不以为然。他认为自己实际上是被推到了都市化、轻快表达的最前沿,但自己"决

---

[1] [日]村上春树:《舞!舞!舞!》,林少华译,上海译文出版社,2002 年,第 24 页。
[2] 同上,第 219 页。

不是追求那样的东西"①。都市生活的描写在村上文学中是一种结果而非创作本身的目的。村上之所以如此细致入微地描写外部生存环境，是因为在他看来，正是在与周遭发生联系时个体才认识了自己。小说中所有对于外部环境的细节性描写，以及无关紧要的琐事是如何成立的过程描述，恰好是个体与世界怎样发生联系的纽带。不过，应该承认的是，不论都市在村上小说中占有怎样一种地位，都市以及生活在都市中的个体正是村上文学第一个十年创作的核心内容。

这一时期村上文学中的长篇小说还体现出另一个特点，那就是语言的"洗练"。其实这不仅仅是长篇小说的特点，"洗练"的语言也表现在短篇小说以及其他形式的文学创作中。"洗练"的特点是村上所自觉追求的。在与川本对谈时，提到自己所追求的小说境界，村上用"更加洗练、更加复杂、更具有小说力量、更能打动人"② 加以概括。"洗练"与"复杂"看来自相矛盾，但在村上文学中这二者却做到了矛盾的统一。林少华曾用"洗尽铅华，玲珑剔透"③ 来形容村上的文体特点。这一概括的确抓住了村上文学中的精髓。村上的绝大部分小说没有传统日本文学中的拖泥带水和纠缠不清。他形容自己是"洗掉了本来附着在语言周围的那些附属物"，"洗掉后又直接了当地抛出来"④。也正因为如此，村上的语言风格极为洗练而简洁。不过，洗练并不意味着简单。毋宁说村上式的洗练结果恰好是不简单。在洗练的语言背后，语意的丰富性得到最大程度的发挥，由此村上文学中"洗练"与"复杂"获得了高度的统一。

2. 短篇小说

我国当代作家邱华栋认为：存在着一个一流的村上和一个二流的村上。意思是创作长篇小说的村上春树只能算是个二流作家，但在短篇小

---

① ［日］村上春树：《访谈 为了『故事』的冒险》，载《文学界》1985 年 8 月号，第 40 页。
② 同上书。
③ 林少华：《村上春树和他的作品》，宁夏人民出版社，2005 年，第 36 页。
④ ［日］村上春树：《访谈 为了『故事』的冒险》，载《文学界》1985 年 8 月号，第 55 页。

说的创作方面,他绝对可以媲美世界级大师。① 如果将个人的好恶抛开,应该说认为创作长篇的村上春树属于二流作家的观点多少受到传统文学价值观的影响。但不可否认的是,村上春树的短篇小说的确如邱华栋所言是可以媲美世界级大师的上乘之作。其实,村上正是通过短篇小说的创作不断磨砺自己的写作技巧,而他的长篇小说也多是在短篇的基础上发展而来。

在第一个十年里,村上春树共有5部短篇小说集出版。分别是《去中国的小船》(1983)、《袋鼠佳日》(1983)、《萤、烧仓房和其他短篇》(1984)、《旋转木马鏖战记》(1985)、《羊男的圣诞节》(1985)以及《再袭面包店》(1986)。这几个短篇小说集基本囊括了1979至1986年间村上发表在各类杂志上的短篇小说。这些作品中虽有一小部分是作家春树为维持生计的卖文之作,但绝大部分具有相当高的水准。这一时期村上短篇的整体风格依然与长篇小说一样,可以用"洗练"和"都市文学"予以概括。不过就短篇小说自身而言却有长篇小说所不具备的显著特点,即创作短篇小说的目的在于锤炼写作技巧。

村上的每个短篇小说集都会有一个相对明确的创作手法蕴含其中。例如第一个短篇小说集《去中国的小船》中共收录7篇小说,意象描写是这几个短篇的共同特点。小说集的标题"去中国的小船"源于一首歌谣。中国之遥与小船之慢形成一种强烈的对比。实际上这正体现了这个小说集所要表现的人与人之间的疏离感。而在1985年出版的《旋转木马鏖战记》中,村上则多少有意将意象描写的手法抛开,尝试一种写实性的创作技巧。他在序言中这样写到:

> 将这里收录的文章称为小说,对此我多少有点抵触感。再说得明了些,这并非真正意义上的小说。
>
> (中略)

---

① 参见邱华栋:《二流的村上春树》,邱华栋博客,2005年11月21日。http://blog.sina.com.cn/qiuhuadong

但是，这里收录的文章原则上是与事实相符的。我从很多人口中听到了各种各样的故事，将其写成文章。为了不给当事人带来麻烦，细节上我当然作了种种加工，因此不能说完全属实，但主要内容是有根有据的，既没有夸张以求有趣之处，又不曾添枝加叶。我的想法是实话实录，尽可能不损坏其氛围。①

这里，村上春树特别强调了自己创作的写实性。不过，在收入第一次《全作品集》时，村上则坦白这些故事全都是他的杜撰，是百分之百的虚构。②那么村上为什么要在这一短篇小说集的序言中"说谎"呢？其实与其后畅销的《挪威的森林》联系起来看便不难得出答案。村上曾将《挪威的森林》作为他文学世界中的一部"现实主义小说"，而这种现实主义的创作技巧其实正来源于《旋转木马鏖战记》中各个短篇的磨练。

此外，村上春树的短篇小说与长篇小说之间还有一种更为有趣的紧密联系：那就是若干个长篇小说正是从短篇小说发展而来。短篇《萤》（1983）就是《挪威的森林》的雏形；《小镇与不确切的墙》（1980）基本上构成了《世界尽头与冷酷仙境》中"世界尽头"的部分；《奇鸟行状录》也是在短篇《拧发条鸟和星期二的女郎们》（1986）的基础上延伸而成。而耐人寻味的是，这些短篇尽管发展成了后来的长篇小说，但村上春树依然将它们视为相对独立的作品。其实，如果仔细比对长篇与短篇，还是会发现二者之间的很多差异。这不但体现出作家春树的思想变化，也在一定程度上丰富了文本解读的可能性。

3. 随笔及其他

1979 到 1989 年的十年间，除长篇小说和短篇小说的创作外，村上春树出版的随笔集也多达 9 本。这其中的大部分随笔集都配上了画家安西水丸（1942—）的画，只有《波画波语》（1984）是和摄影师稻月功

---

① ［日］村上春树：《旋转木马鏖战记》，林少华译，上海译文出版社，2002 年，第 1—2 页。

② 参见［日］村上春树：《村上春树全作品 1979—1989⑤》，讲谈社，1990 年，月报。

一（1941—）合作完成的。与画家或摄影师合作出版随笔集使村上文学多了些轻松的色彩。也许正因为如此，在随笔集中村上尽情展现了语言的幽默与诙谐。而从几个以"村上朝日堂……"①命名的随笔集中，读者也可以窥见青少年春树的不同侧面。

村上春树其他形式的作品主要是对谈集。包括与作家村上龙（1952—）的对谈《慢慢走，别跑》（1981）、与广告撰稿人系井重里（1948—）的对谈《梦里相会》（1981）以及与文艺评论家川本三郎（1944—）的对谈《电影冒险记》（1985）。其中，与作家村上龙的对谈《走路，不跑》无疑是最重要的一本。与《梦里相会》中近乎语言游戏式的谈话，以及《电影冒险记》中对文学以外问题的关注相比，《慢慢走，别跑》收录的是两位作家之间的谈话。对谈话题从个人生活到文学经历，更多的则涉及到创作态度和对对方作品的评价。在日本，村上龙是与村上春树同时代的作家。有人曾形容当今"是村上龙和村上春树的时代"②。早期的村上春树研究也曾将其与村上龙对比，认为二者都在各自的文学中表现出"都市的感受性"。③ 不过两位村上虽然在文学上有某些共通之处，但彼此还是清楚地意识到与对方的差异性。在这个对谈集的最后是两位村上的简短随笔。村上龙写到：

> 有时候某位作家的出现会令自己的工作变得更为轻松。
> 因为他者（的存在）可以将自己清楚地反衬出来。
> 只是，要做到这点，自己必须要有与他者相对应的能力。
> （中略）
> 小说家不可能演奏同样的曲子。④

---

① 主要包括：《村上朝日堂》（若林出版企画，1984 年）、《村上朝日堂的卷土重来》（朝日新闻社，1986 年）、《村上朝日堂 嗨嗬！》（文化出版局，1989 年）。
② ［日］川村凑、大杉重男：《村上龙与村上春树——近 25 年的文学空间》，载《群像》2000 年 7 月号，第 133 页。
③ 参见［日］川本三郎：《村上春树论集成》，若草书房，2006 年，第 43—66 页。
④ ［日］村上龙、村上春树：《慢慢走，别跑》，讲谈社，1981 年，第 152—154 页。

两位村上的差异表现在多方面。如果概而言之，或许可以说村上龙的作品是纯文学式的、依靠语言表现本身的丰富性而完成的创作；而村上春树则是一位哲思式的、通过寓意式故事、多义性语言来进行创作的作家。在第一个十年的时间里，作家春树通过各种形式的创作为我们充分展示了他的这些特点。

二、从"不介入"到"介入"——第二个十年的创作

"不介入"与"介入"的英文分别是"detachment"和"commit"。1995年11月，村上春树在与心理学家河合隼雄（1928—2007）对谈的时候提到了这两个词，并讲他现阶段的创作是要向着"commit"，即"介入"的方向发展。① "detachment"在英语中原为"超脱、客观、独立"等意。不过从村上文学的创作特点来讲，译为"不介入"恐怕更为妥当。纵观村上春树前后两个十年的创作风格，从"不介入"到"介入"他者的转变显得十分突出。

在村上第一个十年的创作里，除了洗练的"都市文学"这个特点之外，超然的、"不介入"他者式的创作特征也很明显。这主要体现在人与人、人与物之间的距离感上。中文译者林少华在谈到这种距离时讲："阅读中我们不难察觉，作品中甚至找不到一行对'我'以外之人的心理描写"，"作者绝不允许'我'踏入别人的精神领土和私生活禁地。"② 林少华在这里是以此说明村上春树的创作从不居高临下。但实际上，这种"不踏入别人精神领土"正是村上文学中那种"不介入"他者的姿态。小说中的主人公很多时候不仅是"不踏入别人的精神领土"，甚至对自己的精神世界也保持着一定的距离。在多数情况下，主人公的视线似乎只是起到一台摄像机的作用——记录下身边所发生的一切，包括人物自己所采取的行动。这种人与人之间、人与物之间的距离感无疑在结果上产生出"不介入"他者式的村上文学。关于这一点，村上春树在他

---

① 参见［日］村上春树：《村上春树全作品1990—2000⑦》，讲谈社，2003年，第253页。
② 林少华：《村上春树和他的作品》，宁夏人民出版社，2005年，第31—32页。

和河合的对谈之后补充道:

> 我最初成为小说家的时候之所以主要关注不介入式的东西并不是要用"没有沟通"的行文描写"不存在介入"。只是由于不断追求一种个人的不介入侧面,就抛弃掉很多外部价值(那其中很多一般被认为是"小说性价值")。我觉得我可能是打算以自己的方式明确把握自己存在的场所。①

尽管在村上春树看来,刻画非介入式的个体,保持与外部世界的距离不失为一种把握自我、认识世界的方式,但就其结果来看,这种"不介入"他者式的、带有疏离感的自我把握难免使人对村上文学产生一种过于关照封闭个体的感觉。大江健三郎就曾希望村上在其作品中能够突破内闭式个体的失落、孤独、空虚和惆怅等颓废情绪的图谱,赋予作品中的人物以更多的社会意义。② 村上春树第一个十年的自我关照其实并非完全是消极意义上的"不介入"他者式创作。与日本现代文学和后现代文学作品不同,村上文学中的自我指涉具有自身的独特性。这一自我既非日本现代文学中寂寞小屋中自明的封闭个体,也与后现代文学作品中彻底消解自我意义的特点相左。关于这点,本书将在第二章的第二节中做更为详细的阐述。

与第一个十年中那种"不介入"他者式的创作相比,在进入第二个十年的创作期后,村上春树有意尝试了"介入"他者式的创作。从《奇鸟行状录》到其后展开的对东京地铁沙林事件受害者、奥姆真理教信众的采访,我们都可以看出村上从"不介入"他者式向"介入"他者式创作的转变。之所以会出现这种变化,根本原因恐怕在于村上将近10年的海外生活。

---

① [日]村上春树:《村上春树全作品 1990—2000⑦》,讲谈社,2003年,第256页。
② 参见许金龙:《从大江健三郎眼中的村上春树说开去》,载《外国文学评论》2001年第4期,第152页。

1983年村上夫妇首次赴海外旅行，而从1986年到1995年，两人更是有将近10年左右的时间断断续续地生活在国外。去国外旅游或生活的目的原本在于避开令村上感到困扰的人际关系。但正是由于身处异国文化之中，反而使村上重新认识了日语以及产生日语的日本文化。在《终究悲哀的外国语》（1994）① 这一随笔集中，村上不再仅仅描述自己的所见所闻，更多地用随笔这一创作形式反思日美之间的文化差异。在与河合的对谈中，他这样讲到：

> 在写完《奇鸟行状录》以后，不知为什么我想"该回日本了"。（中略）倒也不是特别怀念什么，也不是文化式的日本回归。我觉得作为小说家我理应存在的场所是日本。
> 这是因为，我用日语写作，归根结底其思考模式是日语。而日语本身就是从日本繁衍出来的，所以不可能和日本分离开。②

从刻意脱离日本到主动回归日本，可以说村上春树的思想发生了一个根本性的转变。而促成这一转变的应该是异文化中那种文化之间的相互碰撞。从另一方面来讲，当"不介入"他者式的创作到达一定阶段后，对于自我问题的再认识必然使村上从正面去把握自我与他者之间的关系。这时，只有通过"介入"他者才能在对他者的关照中实现更进一步的自我把握。这也正是村上文学进入第二个十年之后更多地关注历史、关注现实，并力图打通历史与现实之间壁垒的主要原因。

从整体来看，1990年至2000年村上春树的小说创作不如第一个十

---

① 1990~2000年村上春树出版的游记及随笔集数量较多，主要包括：《远方的大鼓》（讲谈社，1990年）、《雨天炎天》（讲谈社，1990年）、《终究悲哀的外国语》（讲谈社，1994年）、《无用的风景》（朝日出版社，1994年）、《漩涡猫的找法》（新潮社，1996年）、《村上朝日堂是如何锻造的》（朝日新闻社，1996年）、《爵士乐群英谱》（新潮社，1996年）、《边境·近境》（新潮社，1996年）。

② ［日］村上春树：《村上春树全作品1990—2000⑦》，讲谈社，2003年，第270页。

年间数量众多①，但其中却有堪称村上文学代表作的巨著《奇鸟行状录》，以及仅有的两部纪实性文学作品——《地下》（1996）、《在约定的场所》（1998）。在与河合隼雄进行对谈时，村上表示他写完《奇鸟行状录》之后希望能更多地以"介入"他者的方式进行创作。其实在长篇小说《奇鸟行状录》中，"介入"他者的倾向就已经表现得十分明显。虽然故事本身似乎还在延续着村上文学惯用的"失去，寻找"的模式，但与前一个十年相比出现了明显的不同之处。小说的主人公并非被动地去寻找，而是以一种积极的姿态去面对一切。村上春树在第二次《全作品集》第4卷的解题部分中讲："《奇鸟行状录》与以前的作品不同之处在于，主人公是自己积极地渴求着寻找，并为此而斗争。"② 这种积极地找寻实际上就是一种"介入"他者的过程。小说中的主人公不再是那种与一切都保持距离的观察者，他要通过自己的行动为别人做些什么。不仅如此，在小说的第三部里，主人公"我"接替了赤坂"肉豆蔻"的"试缝"工作，为前来寻求治疗的"顾客"提供服务。其实"我"以及"我"的前任"肉豆蔻"所做的工作是一种极为特殊的"介入"式治疗——通过让那些所谓的顾客走入"我"的自我意识世界而达到治愈的目的。而"我"在开放内部世界的同时，也实现了自我治愈的可能。这种与他者之间的互动关系可以说是一种相互的"介入"。

除了"介入"他者式的小说创作外，回到日本后，村上春树还在寻求另一种介入他者，介入社会的方式。他在1996年对62位东京地铁沙林毒气事件的受害者进行了采访。这些采访的记录后来成为村上文学中第一部纪实文学《地下》。谈到为什么要做这个采访的工作，村上讲：

事件发生后很长一段时间里，有关地铁沙林事件以及奥姆真理

---

① 这一时期的长篇小说有《国境以南 太阳以西》（讲谈社，1992年）、《奇鸟行状录》（直译应为《发条鸟年代记》，新潮社，1994、1995年）、《斯普特尼克恋人》（讲谈社，1999年）。短篇小说集包括：《电视人》（文艺春秋，1990年）、《夜半蜘蛛猴》（平凡社，1995年）、《列克星敦的幽灵》（文艺春秋，1996年）、《神的孩子全跳舞》（新潮社，2000年）。

② ［日］村上春树：《村上春树全作品1990—2000④》，讲谈社，2003年，第557页。（旁点系原文）

教的新闻在各种媒体上大量出现。电视台也是从早到晚几乎不间断地连续报道。报纸、各种杂志更是为这一事件增添了相应的版面。

但我想知道的事却没有在其中找到。

1995年3月20日早晨在东京的地下究竟发生了什么？

这是我的问题。是一个非常单纯的疑问。①

这虽然是一个简单的疑问，但在村上看来却是一个值得深入思考的问题。奥姆真理教无疑是一个邪教组织。由这一邪教组织策划、实施的东京地铁沙林毒气事件也无疑是一种邪恶的、加害者对没有任何防备的受害者的巨大戕害。然而，在村上眼中，加害者与被害者并不是完全对立的关系。孕育出奥姆真理教这一邪恶组织的土壤其实就存在于被害者这一方。村上认为，在地铁沙林事件之前，人们之所以对奥姆真理教有一种厌恶感，不愿去正视它，归根结底是因为那里面有被害者自己的影子，是"我们有意识地将其排斥"②了。奥姆真理教的荒诞无稽其实与被害者自认为正确的社会伦理存在互为表里的影像关系。深入被害者的内部也就是介入到这种影像关系的伦理之中，同时也是一个深入理解日本社会的过程。

《地下》出版后一年，村上春树又做了一次更具有挑战性的"介入"他者式创作。他采访了8名奥姆真理教的信众（原信众），出版了第二部纪实文学《在约定的场所　地下续集》（1998）。《在约定的场所》获得了1999年度第二届"桑原武夫学艺奖"③。不论是《地下》还是《在约定的场所》，村上春树都没有把采访对象所说内容的真实性放到第一位。他希望得到的是被害者与加害者对于事件本身以及奥姆真理教的一种认识。不过与《地下》有所不同，在对奥姆真理教信众（原信众）的

---

① ［日］村上春树：《村上春树全作品 1990—2000⑥》，讲谈社，2003年，第639页。（旁点系原文）

② ［日］村上春树：《村上春树全作品 1990—2000⑥》，讲谈社，2003年，第645页。

③ 桑原武夫学艺奖，简称"桑原奖"或"桑原武夫奖"。为纪念法国文学研究者桑原武夫而于1998年设立的学术奖项。授奖对象为人文科学的优秀著作。

采访过程中，村上使采访变成双向式的交流。例如下面这样的回应：

——等等，你刚才用了"在强烈的宗师主义中"这样的表达。那么，你本人就是站在宗师主义以外了，对吧。奥姆真理教信仰的本质是宗师主义，这样作为理论（你说的）不是前后矛盾吗？①

从上面这段话可以看出，与创作《地下》时所进行的采访相比，村上在对奥姆真理教信众（原信众）的采访中采取了更为积极的"介入"方式。这是因为在村上看来，对信众（原信众）的采访即使不以所说内容的真实性作为前提，也应避免使采访本身成为一种对奥姆真理教教义的宣讲。

对村上春树这两次"介入"他者式的创作，评论界的反映不尽相同。有评论者认为：村上春树在采访中没有明确肯定或是否定的态度，这种"中立的原则"归根结底不能称之为"介入"。②但也有评论者，包括后来对《海边的卡夫卡》提出严厉批评的小森阳一高度评价了村上春树的采访以及由此而创作的纪实文学。他们认为村上春树改变了以往文学中"不介入"他者的态度，明确提出要"介入"到社会组织中，这是一种非常积极的转变。③

村上春树尽管没有在这两部纪实文学中明确表明自己的态度④，但所提示出来的问题正是村上作为作家在新时期所思考的内容。他在《地下》的后记中这样写道：

那是奥姆真理教＝"那一侧"拿出来的故事。你也许会说何其荒诞不经。的确如此。我们中很多人都会鄙夷、嘲笑麻原编造的那

---

① ［日］村上春树：《村上春树全作品 1990—2000⑦》，讲谈社，2003 年，第 183 页。
② 参见［日］山城睦：《中性的立场?》，载《群像》1999 年 2 月号，第 492—493 页。
③ 参见［日］井田真木子：《未约定的语言》，载《Eureka》2000 年临时增刊号，202—203 页。
④ 在笔者看来，村上春树在两部纪实文学中的态度并非完全中立。在提供人们思考的素材的同时，这种非虚构性文学创作本身就表明了作者的一种态度。

一套荒诞的故事。鄙夷、嘲笑麻原本人以及被他吸引的信众。（中略）

但对此我们"这一方"又能拿出怎样有效的故事呢？不管是在亚文化领域还是在主流文化领域，我们到底有没有可以将麻原那些荒诞不经的故事驱赶走的、真正有力的故事呢？①

作为作家，村上春树所思考的问题已不仅仅限于文学本身。放逐荒诞不经的故事其实正是后现代语境中如何构建精神家园的问题。可以说村上文学从"不介入"他者向"介入"他者转变，不光是一个作家在创作风格上的变化。这些变化更多地反映出村上春树希望在后现代语境中重构、重拾文学力量的愿望。也正是基于这样一种思考，在进入新千年后，村上春树更多地在文学中表现出了责任感和拯救意识。

三、寻求责任与拯救——进入新千年的创作

论述一位健在作家的现阶段创作多少有些不合时宜，但作为村上文学的重要组成部分，新千年之后的创作也同样不容忽视。2000年出版的短篇小说集《神的孩子全跳舞》中有一篇名为《蜂蜜饼》的小说。小说最后这样写道：

要写和以往不同的小说，淳平心想。天光破晓，一片光明，在那光明中紧紧地拥抱心爱的人们——就写这样的小说，写任何人都在梦中苦苦期待的小说。但此刻必须先在这里守护两个女性。不管对方是谁，都不允许他把她们投入莫名其妙的箱子——哪怕天空劈头塌落，大地应声炸裂……②

这本出版于世纪之交的短篇小说集每一篇都描写了1995年阪神大

---

① ［日］村上春树：《村上春树全作品1990—2000⑥》，讲谈社，2003年，第653页。
② ［日］村上春树：《神的孩子全跳舞》，林少华译，上海译文出版社，2002年，第135页。

地震后发生的故事。而在小说集的最后,作家淳平的出现也许正是村上春树自己的投影。淳平在面对不可触摸的危险之时,下定决心要保护所爱的人,去"写任何人都在梦中苦苦期待的小说"。这实际上也可以说是村上在新时期所下的一个决心——在宏大叙事缺失的时代重拾文学的力量,使精神迷茫的人们摆脱痛苦。2000年出版的这部短篇小说集,预示着村上春树希望在新千年中更多地肩负起一些责任。

从2001年至今的几年时间里,长篇小说《海边的卡夫卡》恐怕是引起话题最多的一部作品了。这部小说在某种意义上可以看做是村上春树与日本文学的"和解"。以往村上春树接受采访时曾多次表示自己从来不看日本文学,但在《海边的卡夫卡》中,不论日本古代文学作品,如《源氏物语》、《雨月物语》等;还是现代小说,如夏目漱石的《三四郎》、《矿工》等都有所涉及。事实上,1991年至1995年,村上春树在旅居美国期间曾集中阅读了日本的文学作品。这一系统性阅读不但使村上重新认识了日本文学,而且他表示这对他来说是"非常宝贵的语言体验"①。《海边的卡夫卡》中这种与日本文学的"和解",也许正象征了村上作为一名用日语进行创作的日本作家的自觉。

除了与日本文学的"和解",《海边的卡夫卡》还表现出了村上的责任意识。小说中的重要人物——大岛既是甲村图书馆的管理员,同时也充当起少年卡夫卡引导者的角色。在小说中大岛与少年卡夫卡多次就文学、音乐、哲学以及其他问题展开对话,引导小说的主人公——15岁的少年思考人生、思考外部世界。在2003年接受共同通信社的采访时,村上讲:

> 对我来讲,这些引用非常重要。为什么呢?还是因为主人公是一个15岁的少年,他要经历各种各样的事情。这很重要。我自己就是一个从各方面吸收知识而成长起来的人,特别是在那个年龄,

---

① [日] 村上春树:《村上春树全作品1990—2000⑦》,讲谈社,2003年,第275页。

这些知识吸收得很快。①

小说中大岛与卡夫卡少年的各种讨论，以及对文学作品的种种引用让人读来不免有些说教的气息。但不能否认，村上春树更希望通过这部长篇小说尽到一个作家的责任，使那些与主人公处于同一年龄的青少年有所收获。

除责任感外，拯救也是村上春树进入新千年后创作的一个着眼点。其实村上文学自处女作《且听风吟》开始就有"自我诊治"、"自我救赎"的意识。而随着创作的深入，写作已不再是村上个人的自我拯救，拯救他人同样成为村上文学一个重要目的。长篇小说《海边的卡夫卡》自不待言，从其他2001年以后出版的作品，如《天黑以后》、《东京奇谈集》（2005）以及几个与读者往来的随笔集②中，都能看出村上春树由"介入"他者而引导出的拯救意识。不过，由于与心理学家河合隼雄的互动，村上春树的拯救在很多时候表现为一种治愈个体心灵创伤的特点。对此，日本学者小森阳一非常严厉地指出：村上春树的这种治愈式创作没有让发动侵略战争的日本彻底反省。《海边的卡夫卡》的出现就是村上为迎合大众的普遍心理需求而做的一次"具有危险性的文学转向"③。对长篇小说《海边的卡夫卡》的解读以及对小森阳一相关评论的分析，本书将另辟章节进行探讨。不过，应该承认的是，在日本这一特殊的语境下，拯救的目的以及拯救的方法的确是一个值得思考且非常关键的问题。

2008年3月，村上春树再次接受日本共同通信社的专访。他明确提

---

① ［日］村上春树：《长篇访谈 谈〈海边的卡夫卡〉》，载《文学界》2003年4月号，第31页。

② 村上春树不定期地开设个人网站，与读者通过邮件的方式进行交流。这些邮件后来由画家安西水丸配画，结集出版。包括：《对，问问村上》（朝日新闻社，2000年）、《少年卡夫卡》（新潮社，2003年）、《来，试一回村上式的》（朝日新闻社，2006年）以及《就对村上说说这些》（朝日新闻社，2006年）。

③ ［日］小森阳一：《村上春树论 精读〈海边的卡夫卡〉》，秦刚译，新星出版社，2007年，第5页。

出自己作为战后大量出生的这代人,应该做好"善后工作",承担起反思日本战后精神史的任务。而对于创作,村上则讲:

> 每个人都有自己的故事,都活在各自的故事中。人就是这样获得拯救。我想写的就是那样的故事。故事虽不明朗,但可以通过在某种昏暗中发现共鸣以获得拯救。①

也许对村上春树来说,拯救是一种明确的责任,而拯救的方法依然在摸索之中。但无论如何,作为作家的村上春树都将担负起自己的责任,以小说创作为后现代语境中的文学寻找新的可能性。

第三节 翻译家村上春树

在村上文学日益为大家所关注的今天,村上春树的方方面面自然也成为读者的焦点。在上节中,本书集中探讨了作家春树不同时期的创作特点,本节将对村上春树的其他身份加以分析。

旅行者:

村上春树自称喜爱搬家,"每次收拾行李从此街此家走往彼街彼家都有一种实实在在的幸福感"②。在村上看来,"搬家的好处是什么都能'了结'。"③ 也许正是这种此地到彼地的迁移感,使村上春树不但在日本居住的时候就曾数次搬家,1986 年起更是有近十年的时间主要在海外生活。这期间,除了在美国是以普林斯顿大学客座研究员的身份外,其他时间都是作为旅行者。而由此所撰写的游记,如《远方的大鼓》(1990)、《雨天炎天》(1990)、《边境·近境》(1998)也同样受到读者的好评。

---

① [日] 村上春树:《故事是全世界的语言》,载《参考消息》2008 年 4 月 9 日,第 10 版。
② [日] 村上春树:《村上朝日堂》,林少华译,上海译文出版社,2005 年,第 29 页。
③ 同上书,第 30 页。

长跑爱好者：

与其它作家不同，村上春树是一个"注重身体"的作家。1981年，村上决定将自己所经营的爵士乐酒吧卖掉，专心从事写作。在移居千叶县船桥市后，他便开始了长跑的锻炼。1983年，村上春树首次赴海外旅行，并在希腊参加了雅典的全程马拉松比赛。此后，村上几乎每年都要参加各种距离的长跑比赛，而每天清晨的长跑锻炼，则成为他必做的"功课"。在大多数人眼中，"作家"与"长跑爱好者"似乎是没有任何关联之可能性的两个身份，然而村上春树却认为他"写小说的许多方法，是每天清晨沿着道路跑步时学到的"①。在《当我谈跑步时 我谈些什么》（2007）一书的后记中，村上写到：

> 我认为这本书乃是类似"回想录"的东西。（中略）在我，是想以"跑步"为媒介，对自己作为一个小说家，同时又是一个"比比皆是的人"，是如何度过这约莫四分之一世纪的，动手进行一番整理。②

长跑在现实意义上带给村上春树充沛的体力，使其可以长时间集中精力从事长篇小说的创作。但对作家春树来讲，如此重视长跑与身体恐怕更在于方法论上的意义。被称为"国民作家"的夏目漱石有一部非常著名的小说《心》（1914）。小说刻画了现代化进程中日本知识分子内心复杂的纠葛与两难的困境。不过，在文学中注重探讨精神世界的漱石却长期受困于身体的疾患——胃溃疡。相对于现代文学重精神轻身体的倾向，村上春树对身体的重视，也许正是一种文学创作方法论上的反拨。

翻译家：

作家兼翻译家不论中外都不在少数。不过，像村上春树这样在创作之余大量从事翻译的作家还不多见。在日本，村上的译作与他创作的小

---

① [日] 村上春树：《当我谈跑步时 我谈些什么》，施小炜译，南海出版社，2009年，第90页。

② 同上书，第194页。

说一样受到读者的青睐。在作家以外的其他几个身份中,翻译家的身份无疑是最重要的一个,也是与创作关系最为紧密的一个。因此,这里将对翻译家春树做更为详细的探讨。

一、作为爱好的翻译

对村上春树来讲,翻译是他的爱好,"是因为喜欢翻译这一行为本身才不厌其烦孜孜矻矻搞翻译的"①。村上对翻译的兴趣来源于高中时代。他讲,高中时的参考书里有杜鲁门·卡波特(1924—1984)《无头之鹰》中开头的片段。虽说当时只是为了应付考试而将其译成日语,但却留下了深刻的印象。因为那篇文章实在太精彩了,以至于自己感觉"在将其转化成日语的过程中,似乎主动参与到了那种精彩里"②。也许正是最初所体验到的这种参与感,使村上春树在创作的同时几乎不间断地从事翻译工作。

从 1979 年登上文坛至今,如果仅统计成书的译作,村上已经翻译了 54 种各类作品③。这其中包括了名作的重译,如《麦田里的守望者》(2003)、《了不起的盖茨比》(2006)、《漫长的告别》(2007)和《蒂儿尼的早餐》(2008)。更多的则是首次译成日语的作品,如《牧熊》(1986)、《大教堂》(1990)、《利穿心脏》(1996)、《狗的人生》(1998)等。此外,村上所翻译的作品中还包括一些绘图本,如《西风号遭难》(1985)、《特快列车"北极号"》(1986)、《天鹅湖》(1991)等。村上翻译的作家以美国当代作家为主,包括司各特·菲茨杰拉德、雷蒙德·钱德勒(1888—1959)、塞林格(1919—)、雷蒙德·卡佛(1939—1988)、约翰·欧文(1942—)、杜鲁门·卡波蒂、比尔·克劳(1927—)、蒂姆·奥布莱恩(1946—)、格雷斯·佩利(1922—2007)、

---

① [日]村上春树:《村上朝日堂是如何锻造的》,林少华译,上海译文出版社,2005年,第34页。
② [日]村上春树、柴田元幸:《翻译夜话》,文艺春秋,2000年,第58页。
③ 根据日本国立国会图书馆网站(hettp://www.ndl.go.jp)统计。时间截至 2008 年 12 月 31 日。不包括重复出版。

马克·斯特兰德（1934—）等。其中，雷蒙德·卡佛的作品几乎全部被翻译成了日语，并出版《雷蒙德·卡佛全集》1—8卷①。

创作之余翻译出如此大量的作品，即使是专业译者恐怕也会望尘莫及。有人曾质疑村上春树是否请人翻译第一稿，而后以作家的技巧加以润色。对此，村上讲：

> 我个人认为若雇人译第一稿，那么翻译这个活计的最好吃的部分就错过了。翻译中最让人心情激动的，无论怎么说都是从头把横写的改成竖写的那一瞬间②。脑袋里的语言系统一下接一下地收缩肌肉的感觉委实妙不可言，而所译文章的鲜活节奏便从这最初的收缩中产生出来。③

能够畅游在外语与母语之间，这种语言系统之间的转换无疑具有很大的吸引力和成就感。而事实上，在语言转换的背后，那种可以依靠语言转换进行文化"越境"才是产生这一快感的根源。不过与其他翻译家不同，村上春树从不否认自己在外语能力上的欠缺，毋宁说村上认为自己翻译的最大问题就在于外语能力的不足。因为自己并非学习英语出身，基本上是在离开学校走上社会后才一点一点掌握英语的，所以村上说自己缺少"那种作为正统学问的英语的能力"④。然而这种外语能力的先天不足似乎并没有影响到村上春树的翻译。这其中最大的原因恐怕在于村上春树对翻译的态度与专业译者不同。在村上看来，翻译并不单纯是语言技巧的问题，它是一个介入他者、破解作者意图的过程。用村上自己举的例子来讲那就是：

---

① 《雷蒙德·卡佛全集》第一卷至第八卷的详细内容请参见附录中村上春树译文目录。
② 日本至今大部分竖写。——原译文注释。
③ ［日］村上春树：《村上朝日堂是如何锻造的》，林少华译，上海译文出版社，2005年，第34页。（旁点系原文）
④ ［日］村上春树、柴田元幸：《翻译夜话》，文艺春秋，2000年，第34页。

例如我一点一点地翻译菲茨杰拉德这个作家（的作品），我自己就一下进入了他生存的世界，想他所想的，感受他所感受的。就好像是进到一个空屋子里的感觉。①

翻译不仅仅是语言的转换，通过翻译介入他者才是村上春树从事翻译的最终目的。应该说正是这种对作家或文本的介入，使村上春树的翻译成为一种深入解读文本内部结构的过程。古今中外各个时期，很多研究者都在探讨有关翻译的问题。但不论翻译理论如何发展，翻译、特别是文学翻译归根结底应该是一个超越语言技术层面而到达文学审美的工作。翻译的结果——译本不应该仅仅是语言系统转换后的文字符号，而应成为译者创造性劳动的结晶，即是一种"翻译性创作"②。换言之，文学翻译的过程应该成为一种特殊的文本研究的过程；文学翻译的结果也应成为一个特殊的文本阐释的结果。如果不能达到这样一种境界，那么无论多么华丽的文体、多么漂亮的辞藻也只能是一个高级匠人的工作，不能称之为"翻译家"。对这一点，村上不但十分清楚，而且付诸于翻译的实践。

2006 年，村上春树重新翻译了司各特·菲茨杰拉德的小说《了不起的盖茨比》。在译者后记中村上讲：《了不起的盖茨比》对他来说意义非同寻常，是影响他人生以及创作的最重要的一本书。但遗憾的是，在将近四分之一的世纪里，他看了几个《了不起的盖茨比》的译本，尽管有的译本质量很高，但总觉得那些翻译与自己想的这个故事有一点（或相当多的）距离。③ 这次重新翻译就是要将自己"对这个小说的印象明晰化。将那种轮廓、色调、质感，尽可能具体地、以令人可以感知的文笔

---

① ［日］村上春树、柴田元幸：《翻译夜话》，文艺春秋，2000 年，第 38 页。
② 王向远：《二十世纪中国的日本翻译文学史》，北京师范大学出版社，2001 年，第 3 页。
③ 参见［美］司各特·菲茨杰拉德：《了不起的盖茨比》，村上春树译，中央公论新社，2006 年，第 331 页。

呈现在读者面前"①。从这段译者后记中,我们不难感觉到村上春树进行文学翻译的目的。应该说喜爱翻译、在创作的同时不间断地进行翻译工作,不仅仅是因为可以感受到那种语言系统转换中所得到的快感。在快感的背后,文化"越境"、介入他者,并且将自己介入他者后所感受到的、异质文化下的文学以译本的形式表达出来,才是村上进行翻译的真正目的。这既是一个深度阅读、解读文本的过程,也可以说是一个破解作家创作意图的过程。因此,如何以母语表达出自己对文本的理解,如何更好地进行文本阐释就成为村上所译译本的最大特色。

日本研究者三浦雅士曾指出:村上春树的翻译是日本翻译文体的分水岭。在那之前所谓"翻译文学"是蹩脚文章的代名词,而现在的情况则完全不同。② 在三浦看来,之所以会产生这种变化是由于日美文化的趋同,文化的均质化使村上的翻译很好地体现出美国文化的特点。不能否认,文化间差异的减小的确带来译本成功的可能,但更重要的恐怕还是在于村上对文学翻译本身的认识。因此,相对于文体,村上对文本结构的处理就更值得关注。

2006年重译的《麦田里的守望者》中,村上春树是这样翻译小说的第一句的:

こうして話を始めるとなると、君はまず最初に、僕がどこで生まれたとか、どんなみっともない子ども時代を送ったとか、僕が生まれる前に両親が何をしていたかとか、その手のデイヴィッド・カッパフィールド的なしょうもないあれこれを知りたがるかもしれない。③

---

① [美]司各特·菲茨杰拉德:《了不起的盖茨比》,村上春树译,中央公论新社,2006年,第332页。
② 参见[日]三浦雅士:《文化的变异——趋于成熟的日语》,载《读卖新闻》2003年4月14日,晚报。
③ [美]塞林格:《麦田里的守望者》(平装本),村上春树译,白水社,2006年,第5页。
译文:你要是真想听我讲,你想要知道的第一件事可能是我在什么地方出生,我倒楣的童年是怎样度过,我父母在生我之前干些什么,以及诸如此类大卫·科波菲尔式的废话……——[美]塞林格:《麦田里的守望者》,施咸荣译,译林出版社,1998年,第1页。

与旧版本相比，这句话中最引人注意的就是将原来忽略掉的第二人称——"君（你）"刻意添加了上去。传统日本文学作品一般不会在叙述过程中出现第二人称。旧版本的《麦田里的守望者》也基本上遵循了日本文学的创作规律，没有对原文中出现的第二人称进行处理。但村上认为：这里的第二人称非常重要，对这一人称的处理直接关系到小说的整体文本结构。如果忽略了"你"这一架空的人物之存在，小说便与日本传统创作方式没什么不同，成了个人的回忆。反之，如果将小说中的"你"突出出来，就使故事成为一个叙述者向假定的叙述对象进行讲述的过程。而这个"你"实际上可以有多种阐释，其中之一便是小说主人公霍尔顿的"纯粹投影"。换言之，他是这个16岁少年的"另一个自我"。[①] 可以说，村上春树的新译本实际上颠覆了《麦田里的守望者》在日本的传统接受方式。谈到这一点，村上讲：

很长时间以来，大家都认为这是一个16岁少年与现实社会发生冲突、社会以及成年人不理解他的故事。但是仔细阅读就会发现不是那么回事。最终这个故事是他如何面对自己内心的困惑，（中略）我这次在翻译过程中真切地感受到这一点。[②]

在翻译时通过人称的不同处理，村上春树将大家普遍认同的文本结构进行了转换。由于突出了"you"这个人称代词，《麦田里的守望者》就不再是主人公与社会、与他人发生冲突的故事，而变成了一个少年如何面对自我内部世界的故事。较之文体的与众不同，这种通过细节处理构建文本结构，并进而达到重新解读的译本效果才是村上翻译的最大特点。

---

① 参见［日］村上春树、柴田元幸：《翻译夜话2 塞林格战记》，文艺春秋，2003年，第24—26页。
② ［日］村上春树：《长篇访谈 谈〈海边的卡夫卡〉》，载《文学界》2003年4月号，第22—23页。

村上春树曾将翻译比喻为浸泡在温泉里①,还讲"所谓翻译,换言之是效率极低的读书"②。不论是浸泡在温泉里还是"低效率"读书,与之相伴随的必然是对文本的理解与对作家创作的解密。与此同时,站在一个作家的角度,也许通过翻译汲取创作的灵感或借鉴创作的方法才是更为重要的。事实上,村上文学也的确得益于翻译这种"深度阅读"。如果说长跑之于作家春树是方法论上理念的影响的话,那么翻译则带来方法论上实践的意义。

二、翻译与创作

早在村上春树的处女作《且听风吟》获得"群像新人奖"时,评选委员丸谷才一就指出:这部小说是在美国当代小说的影响下而产生的③。村上春树自己也从不讳言美国小说对自己写作的影响。而谈到翻译之于自己的创作,他讲:"我的文章写法的很大部分在结果上都是从如此劳作中学得的。"④ 绍兴文理学院的朱颖曾就翻译给予村上春树创作的影响进行分析。她认为村上通过翻译学到的应该是一种"风格"⑤。这种概括应该说是比较准确的。但朱颖的论文却并没有进一步展开对"风格"这一概括的详细分析。笔者认为,探讨翻译带给村上文学的影响可以从表层形式和内部构造两方面入手。即这种影响一方面体现在村上文学的文体特点上,另一方面则体现在村上文学的小说内部结构上。

1. 翻译对文体的影响

文体这一概念包含着两种含义。狭义上文体指文学文体,即文学语言的艺术特征、作品的语言特色或表现风格,作者的语言习惯以及特定创作流派或文学发展阶段的语言风格等。而在广义上,文体则指一种语

---

① 参见[日]村上春树、柴田元幸:《翻译夜话》,文艺春秋,2000年,第37页。
② [日]村上春树、柴田元幸:《翻译夜话》,文艺春秋,2000年,第111页。
③ 参见[日]丸谷才一:《美国新小说的影响》,载《群像》1979年6月号,第118页。
④ [日]村上春树:《村上朝日堂是如何锻造的》,林少华译,上海译文出版社,2005年,第35页。(旁点系原文)
⑤ 参见朱颖:《试论翻译对村上春树创作的影响》,载《绍兴文理学院学报》2005年第2期,第48页。

言中的各种语言变体。如日语中"敬体"和"简体"的不同,以及口语与书面语的区别等。这里所讨论的翻译对村上文学文体的影响,是指狭义文体的概念,即探讨其文学语言的艺术特色等。

对村上文学的文体,中外研究者都曾有过论述。日本评论家川本三郎在《村上春树论集成》的后记中不仅讲到村上春树独特的文体,还谈及所产生的影响:"新的故事产生于新的文体。村上的文体正如大江健三郎的文体一样,具有创造出新鲜故事的魅力。此后陆续登上文坛的年轻作家有不少都受到了村上文体的强烈影响。"① 在川本看来,村上的文体不仅已成为其文学的标志和创作原动力,更成为变革当今日本文坛的一种力量。美国学者杰·鲁宾也在《倾听村上春树 村上春树的艺术世界》一书中这样写道:"他成为日本文学风格的一场'一个人的革命'。他在日本文学中培育出一种全新的、城市的、国际化并且明显美国风味化了的文学趣味。"② 其实村上春树的文体简单地说正如译者林少华所概括的那样:"是日语又不像日语,即不像传统日语"③。在《村上春树的小说世界及其艺术魅力》一文中,林少华进一步将村上的文体特色具体阐发为"幽默"、"简洁"和"行文的流畅"。④ 而在笔者看来,与传统的文学创作相比,村上春树文体的第一个特点在于句式的简短。

村上春树在创作中特别强调节奏感,这种节奏感其实正来源于每个句子的跃动。在村上的作品中,很多句子是以单句的形式出现的。即使出现复句也基本上是一种排比的形式。应该说这种简短的句子无疑与村上所进行的翻译有关。笔者曾将村上春树的译本与其他译者的译本进行比较。结果发现,在处理同一个长句时,村上往往将其分解为几个单句,而其他译者则更多地按照原句的句读进行翻译。村上的这种翻译策略其实是外语学习者在进行翻译时的一个基本策略。当对外语的掌握尚

---

① [日] 川本三郎:《村上春树论集成》,若草书房,2006 年,212—213 页。
② [美] 杰·鲁宾:《倾听村上春树 村上春树的艺术世界》,冯涛译,上海译文出版社,2006 年,第 84 页。
③ 林少华:《文体的翻译和翻译文体》,载《日语学习与研究》2009 年第 1 期,第 120 页。
④ 参见林少华:《村上春树和他的作品》,宁夏人民出版社,2005 年,第 35—37 页。

未达到一定的熟练程度时，与修饰性相比，准确性是第一位的。翻译长句时，使用复句的形式往往容易出现歧义，而使用单句则可能将意思更为准确地表达出来。作为非专业出身的翻译家，村上直言自己所欠缺的是外语功力，因此，他巧妙地利用了外语学习者进行翻译时的基本策略，同时又将这种翻译上的句式特点应用到了小说的创作之中。

村上文体的第二个特点在于非常规式的比喻和非常规式的日语表达。台湾研究者刘信宏在《试论村上春树小说中的比喻》一文中认为：村上作品中"比喻最大的特点就是，几乎和所有的比喻原则背道而驰"①。刘信宏的概括可谓一语中的。作为一种修辞手段，比喻的一般原则在于喻体与本体之间的关联性。且喻体必须比本体更易为读者所接受，更能够被理解与认同。但村上的比喻却完全背离了这些原则。请看《寻羊冒险记》中这段对建筑的描写：

怎么说呢，建筑物实在孤独得可以。比方说这里有一个概念，其中无须说多少存在着例外。但随着时间的推移，这例外如污痕一般扩展开来，最后竟成了另外一个概念，而其中又产生一个新的例外——简而言之，便是给人这样一种感觉的建筑，又像是不知归宿而一味盲目进化的远古物种。②

这段描写可以说是典型的村上式比喻。小说意在刻画建筑物的"孤独"，然而在其后的比喻中却没有任何一个与一般可以联想到"孤独"的事物有关的。这里所用的喻体——"概念"、"例外"，较之本体——"建筑"、"孤独"还要抽象和费解。这样的比喻很难使读者一下子将喻体与本体联系起来。即使联系在了一起也不免产生诧异之感。某种意义上村上式的比喻意不在"比"，而在于一种气氛的调动。说它是一种语言游戏，或者是语言组合的新尝试也不为过。这种比喻的运用如果没有

---

① 刘信宏：《试论村上春树小说中的比喻》，载《修辞学习》2001年第5期，第27页。
② ［日］村上春树：《寻羊冒险记》，林少华译，上海译文出版社，2001年，第75页。

文化的"越境"体验恐怕很难做到，因为它们已明显地突破了传统日语的思维模式。至于"像黄瓜一样酷"之类的比喻，则更是直接来自于英语的"as cool as cucumeber"。除比喻外，非常规式的日语表达也是村上文体中的显著特点。例如小说主人公经常说的口头蝉「それは悪くない（不错）」就不是一个正常的日语表达。这很有可能就是英语中"not bad"的直接翻译。而小说中频繁使用的第一人称「僕（我）」，也是传统日本文学创作中极少出现的人称。之所以使用这一表达是因为在村上春树看来，「僕（我）」所代表的"我"最接近英语中的"I"。它是一个没有固定阶层感，更具民主色彩的词汇。①

村上文体的第三个特点在于文字背后的多义性。多义性似乎与"简洁"相矛盾，然而这既是村上文体的根本性特点，也是与简洁密切相关联的一个特点。简洁并不意味着简单。莫如说在村上文学中简洁的文体其实很不简单，它是以背后的多义性为原则而存在的。村上春树在第一次《全作品集》的解说里曾这样讲："将单纯的语言组合在一起就变成了单纯的文章，而单纯的文章组合在一起结果就刻画了不单纯的现实。"② 与其他作家的语言表达相比，村上春树的文体的确缺少阅读时的冲击力与表现力，显得过于简单，甚至有些没有味道的感觉。但这种没有冲击力的文字背后却仿佛隐藏着些什么，令人颇费琢磨。例如《且听风吟》的第二章就是由下面这样一句话构成：

　　故事从一九七〇年八月八日开始，结束于十八天后，即同年的八月二十六日。③

从第二章中仅有的这句话出发，以实证性方法对 1970 年 8 月 8 日至

---

① 参见［美］杰·鲁宾：《倾听村上春树村上春树的艺术世界》，冯涛译，上海译文出版社，2006 年，44 页。
② ［日］村上春树：《村上春树全作品 1979—1989①》，讲谈社，1990 年，月报第 V 页。（旁点系原文）
③ ［日］村上春树：《且听风吟》，林少华译，上海译文出版社，2001 年，第 6 页。

8月26日之间发生的历史事件进行考察①，或以结构主义的方法对小说中18天的故事进行重构②，意义都不是很大。因为事实上，《且听风吟》所描写的并不仅仅是这十八天里发生的故事。在上面那句叙述中，时间的限定性与故事的扩展性形成了一种紧张关系。由此，语言的多义性成为解读该小说的关键和前提。而这恐怕才是这句话所起到的真正作用。

其实这种简洁背后的多义性特点正是村上春树对司各特·菲茨杰拉德以及雷蒙德·卡佛的吸收与借鉴。在《了不起的盖茨比》的译者后记中，村上说自己如果不与《了不起的盖茨比》这一作品邂逅，很有可能会写出来与现在不同的小说。因为这是一部"所有情景都被极其细腻而鲜明地描写出来，所有情感都极其精致化，而且用多义性的语言表达出来的作品"③。而在翻译雷蒙德·卡佛的过程中，村上春树所感受到的也是一种以单纯化语言去表现不单纯现实的努力。④ 因此，多义性既是村上文体的根本特点，也是翻译（所代表的外国文学）带给村上文体方面的最大影响。

2. 翻译对小说内部结构的影响

对村上小说内部结构影响最大的作家应首推雷蒙德·钱德勒。这里需要说明的是：研究翻译给村上文学所带来的影响，事实上是在探讨文化"越境"与村上文学之间的关系。也就是说，村上文学所受的外来文化影响究竟表现在哪里。因此，尽管村上春树是在2007年才将钱德勒的长篇小说《漫长的告别》重新翻译出来，但阅读钱德勒的作品却始于高中时代。所以钱德勒的作品对村上小说的内部结构产生影响也就不言而喻了。

1992年，村上春树在美国加州大学伯克利分校发表演讲。他说自己的长篇小说《寻羊冒险记》在结构上深受侦探小说家雷蒙德·钱德勒的

---

① 参见［日］黑古一夫：《村上春树转换中的迷失》，秦刚、王海蓝译，中国广播电视出版社，2008年，第3—11页。
② 参见［日］加藤典洋编：《村上春树黄页》，荒地出版社，1996年，第8—14页。
③ ［美］司各特·菲茨杰拉德：《了不起的盖茨比》，村上春树译，中央公论新社，2006年，334—335页。
④ 参见［日］村上春树：《村上春树全作品1979—1989①》，讲谈社，1990年，月报。

影响。① 钱德勒在他的长篇小说中塑造了一个私人侦探菲利普·马洛的硬汉形象。故事多以寻找什么而开始,但当主人公终于找到那样东西的时候,"它已经要么毁掉要么永远失去了"②。在大多数研究者看来,村上文学多数作品在结构上正是钱德勒小说的模式:"失去—寻找—失去"。《寻羊冒险记》如此,《舞！舞！舞！》也是如此。《奇鸟行状录》中虽然主人公具有主动寻找的意愿,但在小说结束时,主人公的妻子也没有真正回到主人公的身边。不过与小说"失去—寻找—失去"的模式相比,钱德勒是在侦探小说这一领域中实践其独特的"自我表现"的作家。用村上总结的话来讲那就是:"钱德勒通过打造行为与行为之间的关联性,在读者的观念中切实构建起'假说性自我'。"③ 而这恐怕才是对村上小说内部结构产生影响的关键。

正如现代化的过程是一个不断理性化的过程一样,现代文学也是一个不断彰显自我,力图刻画人物是怎样在自我意识的支配下进行活动的过程。文学作品的描写很多时候成为一种认识自我的方式,也成为表现自我的一个途径。但村上春树认为,钱德勒在小说中并没有将人物的自我与行动结合在一起。换言之,在钱德勒的作品中,很难看到作家的自我表现,以及人物行动背后的意志性。然而,钱德勒的这种自我表现的稀薄感却与后现代作品中所谓"自我的消解"有所不同。钱德勒并没有放逐自我的意义,也没有否认自我的存在。他的自我游走于确定存在与消解之间。他一方面对自我存在的可能性持肯定态度,但同时,在刻画人物行动时,并不介意描写是否与认识自我存在着某种必然联系。"自我"在钱德勒的文学中犹如一个封闭于黑匣子中的概念——期待认知,但同时拒绝提供认知的必然途径。钱德勒这种对自我的处理方式在很大程度上影响了村上春树的创作。在村上的文学世界里,表面看来自我的

---

① 参见［美］杰·鲁宾:《倾听村上春树　村上春树和艺术世界》,冯涛译,上海译文出版社,2006年,第90页。
② 同上。
③ ［美］雷蒙德·钱德勒:《漫长的告别》,村上春树译,早川书房,2007年,第543页。

意义似乎被消解了，但同时主人公又会不断追问"我到底在哪里"。这种自我追问使人感到村上春树并没有放逐自我的存在，只是在后现代的语境中，村上文学中的自我追问少了几分现代文学中的紧张感。也许正是这种若隐若现式的对自我主题的处理才引起了多数读者的共鸣。

以上，笔者对村上春树的翻译与创作之间究竟存在着何种关系进行了探讨。准确地讲，研究翻译家春树的目的在于研究外来文化、文化越境对其创作的影响。而事实上不论在文本的表层结构，还是在文本的深层结构上，翻译所代表的外来文化以及文化越境之于村上春树的影响都是巨大的。但笔者同时也认为，尽管村上春树的创作受到外来文化的巨大影响，但不能据此将村上文学简单定性为美国当代小说的翻版，或美国文化为代表的国际均质文化在日本当代文坛的表现。这种外来文化的影响无论从何种意义上讲，都是作为文学创作的方法论而非本体论而存在的。

小 结

在本章，笔者梳理了村上春树的个人成长经历，探讨了其整体创作以及翻译带给创作的影响。村上春树的少年、青年时代是日本社会逐步过渡到后工业社会，后现代语境产生的时期。村上春树的创作与日本的后现代语境有着密不可分的关系。后现代社会形成过程中的思想裂变带给村上春树创作的动力，后现代语境又为思考村上春树小说的后现代特征提供了文化背景。与此同时，文化越境使村上春树在创作上实现了方法上的变革。所有这些为研究村上春树小说的后现代特征与艺术突破奠定了基础。

第二章
村上春树小说的后现代特征与艺术突破

在全面梳理了村上春树的生平、整体创作以及所受的外来影响后，本章将把研究的重点放到村上文学中的小说部分。从思想内容上看，村上春树的小说具有后现代主义文学的本质性特征；而在创作形式上，相对于日本传统的文学创作，村上春树实现了艺术上的突破。

第一节 村上小说的后现代特征

关于村上春树小说是否属于后现代主义文学的问题，国内外研究界的看法不尽相同。日本的理论批评界一般认为柄谷行人的出现代表了日本后现代主义批评的开始。不过在文学创作方面，评论家们却始终没有用"后现代"这一称谓对村上春树的小说进行评论。与此相反，我国外国文学研究界在论及村上春树的小说时，普遍认为村上小说不但是后现代主义文学作品，而且是"后现代主义文学的典型文本"①。诞生于日本后现代语境中的村上小说的确具有后现代主义文学的特点，但究竟什么才是后现代主义文

---

① 王向远：《日本后现代主义文学与村上春树》，载《北京师范大学学报》1994 年第 5 期，第 72 页。

学的本质特征还需作进一步的探讨。笔者认为村上春树的小说虽然没有采用后现代主义文学创作的一些典型手法，但却具有后现代主义文学的本质性特征。同时如果以"后现代诗学"的相关理论来考察村上春树的小说就会发现：在历史指涉和自我的主题表现上，村上春树的小说既有后现代文学的一般特点又有自己的独特之处。

一、对现代性的反思

1. 后现代主义文学的本质特征

美国学者詹明信认为："后现代主义的出现和晚期的、消费的或跨国的资本主义这个新动向息息相关。"[①] 作为一种不同于以往的文化形态，后现代主义是与社会经济生活的转型联系在一起的。在日本，1955年至1973年是一个经济处于高速发展的时期。到1970年代的上半期，第三产业人数已经超过全国人口的一半。在经过第一次石油危机之后，日本经济进入稳定的发展时期。到1985年，通过产业结构的调整等措施，日本经济稳步发展，不仅成为仅次于美国的第二经济大国，而且全面进入大众消费社会。村上春树在小说《舞！舞！舞！》中将背景时间设定为1983年，并称那时的日本为"高度发达的资本主义社会"[②]。同时借主人公之口讲："所谓浪费，在高度发达的资本主义社会里是最大的美德。"[③] 应该说日本的后现代主义文化正是由这种大众消费社会孕育而生，与日本经济生活的转型有着紧密的联系。村上春树的小说中充斥着大量时尚的商品名、电影名、唱片名，而这些无一不是一种消费符号。这些消费符号以及生活在其中的个体可以说直观地将日本消费社会呈现在我们面前。作为文学作品，村上小说既是日本后现代社会的产物，同时也折射出日本社会的后现代主义文化氛围。在这个意义上，村上小说的确表现出后现代主义的文化特点。

---

① [美]詹明信：《晚期资本主义的文化逻辑》，张旭东编、陈清侨等译，三联书店，1997年，第418页。
② [日]村上春树：《舞！舞！舞！》，林少华译，上海译文出版社，2002年，第24页。
③ 同上书，第33页。

不过，就文本策略而言，村上春树的小说却与一般后现代主义文学作品不同。后现代主义文学的文本特点表现在：文学作品不再是原创，而是许多其他文本的混合；读者可以在文本的众声喧哗中选择一些声音而抛弃一些声音，从而实现读者的解放；文学不再是给自然提供镜子，而是给其他文本和自己的文本提供镜子等等。村上春树在创作中很少使用戏仿、拼贴等后现代作品所惯用的表现手法。那么，如果说村上春树的小说的确是后现代主义文学作品的话，其后现代特征究竟体现在何处就成为一个值得深入探讨的问题。

事实上，后现代主义理论并不是一个统一的、相对固定的理论体系，后现代文学也很难以某种特定的流派特点加以界定。不过在探讨后现代的诸多问题时，很多都要与现代以及现代性联系在一起思考。简而言之，现代性可以说是欧洲启蒙学者有关未来社会的一套抽象哲理设计。它既为人类历史带来变革的力量，同时也在发展过程中带来种种焦虑和危机。与此相对，后现代强调"现代之后"。尽管目前人们仍无法为后现代做一个准确的定义，然而各种批判、修正、超越现代性的努力都可以理解为"后现代"。在《西方文论讲稿 从胡塞尔到德里达》一书中，赵一凡用了两个颇为形象的比喻来说明现代性与后现代：现代性是马克思在《印度起义》中描述的印度神车，它负载毗湿奴大神，象征着世界之主的意志，所到之处圣徒纷纷以血肉之躯的粉碎换取灵魂的超度；后现代则象一款概念新车，狂奔突兀，反复改装且一再转向。① 现代性犹如泰坦尼克号这一超级巨轮；后现代则象福柯在《疯癫与文明》中描述的愚人船。② 车与船都是交通工具，也兼具渡人于苦海的象征意义。将现代性与后现代分别用船作比显得更为精妙。"泰坦尼克"的命名意在比喻希腊神话中的泰坦巨人。这艘巨轮是人类凭借现代化而打造的工业成果，承载了凭借科技力量而实现的现代文明之梦想，在建成之后曾号称不可能沉没。然而在初次航行中，这一庞然大物竟遭遇海难而

---

① 参见赵一凡：《西方文论讲稿从胡塞尔到德里达》，三联书店，2007年，第33页。
② 同上书，第63—66页。

一沉到底，成了现代文明的噩梦。而另一方面，《疯癫与文明》中描画的愚人船虽然远没有巨人船规模庞大，但搭载的却是一些癫狂哲人。这些癫狂者的疯言乱语在现代化的理性过程中曾被放逐，然而泰坦尼克号的沉没为这条曾被放逐的愚人船归来创造了条件。换言之，现代文明的确在理性的光辉下创造了一个又一个奇迹，现代化进程也使人们对人类自身充满信心。然而随着时代的变迁，现代化所造成的危机逐渐显现，人们开始对理性进行思索，由此也便带来了后现代的转向。在这个意义上，应该说后现代主义文学的本质性特征在于对现代性的反思与批判。而村上小说恰好在这一点上体现了后现代文学的本质性特征。因此，尽管村上春树的小说中极少出现典型的后现代主义文学创作手法，但村上的小说依然是具有后现代主义特征的文学作品。

2. 反思现代性的处女作——《且听风吟》

村上春树小说的后现代文学本质特征突出地表现在处女作《且听风吟》中。小说开篇即表达出对"语言"的怀疑。

> "不存在十全十美的文章，如同不存在彻头彻尾的绝望"。
> （中略）
> 问题是，直言不讳是件极为困难的事。甚至越是想直言不讳，直率的言语越是遁入黑暗的深处。
> （中略）
> 对我来说，写文章是极其痛楚的事情。有时一整月都写不出一行，有时又挥笔连写三天三夜，到头来却又全都写得驴唇不对马嘴。①

研究中国文学的学者藤井省三认为，村上春树的创作受到鲁迅的影响。"不存在……"一句与鲁迅的"绝望之为虚妄，正与希望相同"有

---

① [日]村上春树：《且听风吟》，林少华译，上海译文出版社，2001年，第1—4页。

相通之处。① 村上春树是否受到鲁迅的影响目前还不能妄下定论。在多数研究者看来，上面这几段话表达了村上春树对于"语言"的不信任感。山根由美惠在《村上春树〈故事〉的认知系统》一书中讲："村上的写作建立在对语言的怀疑与绝望上。"② 另一位文学评论家清水良典也在《我的村上春树论》中认为：《且听风吟》的主人公对写作抱有一种矛盾心情。③ 其实这种对"语言"的怀疑或者说是不信任感不仅表现在《且听风吟》中。在早期作品，如《小镇与不确切的墙》，以及与作家村上龙的对谈中，村上春树也流露出了对"语言"的怀疑。一个对"语言"有所怀疑的人最终选择从事专业文学创作，这不能不说是一件耐人寻味的事。

仔细分析一下这种对"语言"的怀疑就会发现："语言"的含义并不像想象的那样简单。究其根本，"语言"所代表的是与现代文明相伴随的现代性。对"语言"的怀疑正是对现代性本身的怀疑与反思。

《且听风吟》的第 7 章里描写了主人公接受精神科医生治疗的情景。少年时期，"我"是一个沉默寡言的孩子。父母担心"我"是否存在心理问题，于是每个周日"我"都要到精神科医生那里去接受治疗。面对一个沉默寡言的 14 岁少年，医生讲："文明就是传达"，"假如不能传达什么，就等于不存在，明白吗？就是零。"④ 这里，医生所采取的是"文明的传达＝语言的使用"的治疗模式。这个文明当然就是受理性支配的现代文明。在精神科医生的治疗逻辑里，语言的缺失不但意味着现代文明的终结，而且对于人类来讲也意味作为个体的消亡，即自我的丧失。换言之，语言——这一文明传达的工具便是人类存在的理由。医生的治疗逻辑与小说第 23 章中出现的比喻——法文专业女孩称"我"的阴茎为"你存在的理由"——形成了一个鲜明对比。如果将人体中代表生理

---

① 参见 [日] 藤井省三：《村上春树心底的中国》，朝日新闻社，2007 年，第 11—19 页。
② [日] 山根由美惠：《村上春树〈故事〉的认知系统》，若草书房，2007 年，第 8 页。
③ 参见 [日] 清水良典：《我的村上春树论》，朝日新闻社，2006 年，第 92 页。
④ [日] 村上春树：《且听风吟》，林少华译，上海译文出版社，2001 年，第 20 页。

本能的阴茎理解为一种感性的话，那么精神科医生所强调的人类存在理由无疑是一种基于现代文明的理性自觉。精神科医生的治疗正是以现代性为依托的语言的治疗。这种治疗使主人公在14岁那年的春天突然开口，"犹如河堤决口般"的滔滔不绝，一连说了三个月，并发了40度的高烧。"烧退之后，我终于成了既不口讷也不饶舌的普通平常的少年"。①"我"由沉默寡言到滔滔不绝，而后恢复正常，表面看来是精神科医生的治疗发挥了作用——现代性光辉普照，获得了决定性胜利。然而这种"犹如河堤决口般"的滔滔不绝无疑是一种病态的表现。与其说少年时的主人公被医生治愈了，不如说人这一个体存在在现代文明理性的光辉下受到扭曲，变得失去了自我。

如果说少年主人公接受精神科医生治疗的描写表现出现代性是如何扭曲个体的话，那么小说中对电台主持人〈ON〉与〈OFF〉两个不同空间的刻画，则揭示了现代性虚伪的一面。《且听风吟》中第11章是电台DJ主持节目的描写。这一章展现了两个不同的空间。〈ON〉代表了开启话筒，主持人面向听众传达信息的外部空间。在这一空间里，主持人滔滔不绝，心情愉悦。

> 喂，诸位今晚都好？我可是高兴得不得了神气得不得了，恨不得分给诸位一半共享。（中略）今天实在热得叫人心烦，让我们听一支流行音乐冲淡一下，好吗？音乐的妙处就在这里，同可爱的女孩一样。OK，第一支曲！安安静静地听着，实在妙不可言，热浪一扫而光。②

电台DJ的主持可以说非常敬业也非常专业。在通过广播面向听众的传达世界里，他使人相信此时此刻他也和收音机前的听众一样，享受着音乐带来的夏日清凉。不过，令人难以想象的是，当话筒关闭，处于

---

① ［日］村上春树：《且听风吟》，林少华译，上海译文出版社，2001年，第21页。
② 同上书，第37—38页。

非传达的〈OFF〉这一空间时,DJ却完全成了另一副模样。

　　……啊……简直热死了……
　　……喂,空调不能再放大点?……这里快成地狱了……喂喂,算了算了,我都给汗浸透了……
　　(中略)
　　……胡说,怎么好用牙齿来开?……喂喂,唱片快放完了,没时间了,别开玩笑……听着,开瓶器!
　　……畜生……①

　　小说的第11章就这样不断转换在电台主持人〈ON〉与〈OFF〉的世界中。这些读来令人忍俊不禁的描写背后,我们不但可以看到村上春树讽刺、幽默的创作手法,更能体会到他对现代文明虚伪性的批判。正如电台主持人所言,广播"就是文明孕育的最好的器械"②,它的基本功能在于文明的传达作用。而〈ON〉的世界无疑就代表了以现代性为支撑的文明的传达空间。在这一空间里,语言作为一种工具本应传达真实的信息,但对比〈OFF〉的空间就会发现:〈ON〉的世界里充满了不实与虚伪。由"文明就是传达"这一现代文明的伦理性而构建起的语言世界反而为文明本身所捉弄。电台主持人〈ON〉与〈OFF〉两个空间的巨大反差正是现代性之虚伪的表现。
　　村上小说中那种对"语言"的质疑,正是对"语言"所代表的现代文明以及现代性的怀疑。从这个意义上讲,村上小说不但具有后现代主义文学作品的本质特征,而且村上春树通过创作对现代性本身进行了深刻的反思与批判。值得注意的是,在村上的小说中,不仅有对现代文明、现代性的反思与批判,对于后现代文化、消费社会,村上春树也同样有所反思。这一点较为集中地反映在长篇小说《舞!舞!舞!》中。

---

① [日]村上春树:《且听风吟》,林少华译,上海译文出版社,2001年,第38—39页。
② 同上书,第41页。

《舞！舞！舞！》出版于 1988 年。小说描写 34 岁的"我"回到位于北海道札幌的海豚宾馆后所经历的种种奇遇。4 年前，"我"曾为寻找一只背部有星号的羊去了北海道。在海豚宾馆"我"意外邂逅羊博士，了解到有关羊的故事，并在"鼠"的别墅与这位昔日好友见了最后一面。而这次重返故地则是因为在梦中"我"时常梦到海豚宾馆，感觉有人在为"我"流泪。从文本的结构看，故事似乎依然延续了"失去—寻找"的模式。而且由于与"青春三部曲"[①] 在内容、人物上存在关联性，《舞！舞！舞！》也被认为是"青春三部曲"之后青春的完结篇。应该说《舞！舞！舞！》并不只是对过往青春的回忆与感伤。小说中包含着个体与社会、自我与现代化以及后现代进程之间复杂而紧张的关系。不过就小说的表层结构来看，作者所表达出的对"高度发达的资本主义社会"的反思与批判还是非常引人瞩目。例如主人公说到自己所做的工作时就用了一个很特别的比喻——"文化积雪清扫工"[②]。"为广告杂志或企业广告册写一些填空补白的小文章"[③] 这类劳作，实际上与"收垃圾扫积雪是一回事"[④]。尽管自己也清楚写出的稿件有一半毫无意义，纯属浪费纸张和墨水，但是每次又都做得十分认真，正如"每当下雪，我就把雪卓有成效地扫到路旁"[⑤]。"文化扫雪工"的比喻形象地描绘出消费社会中，文化不再具有宏大叙事的意义，与其他消费品一样也成为一种商品的现实。而对资本投资，小说则这样写到：

> 与过去不同的是，今天的投资网络要细密得多，结实得多，（中略）通过集约和分化，资本这具体之物升华为一种概念，说得极端一点，甚至是一种宗教行为。（中略）
> 这就是所谓高度发达的资本主义社会。我们高兴也罢不高兴也

[①] 一般将村上春树的前三部长篇小说《且听风吟》、《1973 年的弹子球》和《寻羊冒险记》称为"青春三部曲"。
[②] ［日］村上春树：《舞！舞！舞！》，林少华译，上海译文出版社，2002 年，第 17 页。
[③] 同上书，第 24 页。
[④] 同上书，第 17 页。
[⑤] 同上书，第 25 页。

罢,都要在这样的社会里生活。①

小说《舞!舞!舞!》中的背景时间是 1983 年。1980 年代正是日本消费社会趋于成熟的时期,资本也以更为强有力的方式渗透到社会生活的各个角落。上面的这段议论正揭示出日本当时的社会现状,从中我们不难感受到消费社会所特有的后现代氛围,同时也能体会出村上春树对其所进行的反思和批判。

村上小说的这种后现代主义文学本质特征为研究其作品所具有的其他后现代主义文学特征提供了前提。那么,以琳达·哈琴的"后现代诗学"考察村上小说就会发现:在内容上,村上春树的小说创作既有后现代主义文学作品的一般特点,又有自己的独特之处。

二、书写历史的欲望

1. "历史叙述式小说"与村上春树的历史指涉

加拿大学者琳达·哈琴在描述后现代小说时提出了一个"历史叙述式小说"②的概念。根据哈琴的解释,"历史叙述式小说"是后现代小说的主要形式,"是一种强烈感受到自己虚构性,却又涉及真实历史事件的小说。"③ 象福尔斯(1926—2005)的《法国中尉的女人》(1969)、翁贝托·艾柯(1932—)的《玫瑰之名》(1980)、拉什迪(1948—)的《午夜之子》(1980)、马尔克斯(1927—)的《百年孤独》(1967)以及托马斯·品钦(1937—)的《万有引力之虹》(1973)等都可以称之为"历史叙述式小说"。在哈琴的"后现代诗学"理论里,后现代小说的历史指涉不是对真实历史的回归,历史是以含混、暂时和不确定的面目出现的。也就是说后现代小说的历史指涉使"历史知识的本质以及

---

① [日]村上春树:《舞!舞!舞!》,林少华译,上海译文出版社,2002 年,第 74 页。
② 又称"编史元小说",原文为 historiographic metafiction。参见赵一凡等编:《西方文论关键词》,外语教学与研究出版社,2006 年,第 188—200 页。
③ 袁洪庚:《后现代主义文学琳姐·哈琴笔谈录》,载《当代外国文学》2000 年第 3 期,第 124 页。

我们对历史的认识都被问题化了"①。后现代小说运用戏仿、互文性等手法将历史纳入到自己的创作之中是与新历史主义所强调的"文本的历史性与历史的文本性"② 相吻合的。新历史主义者主张拆除文学与历史之间的人为分界。所谓"历史的文本性"是指我们无法回归并亲身体验真实的历史事件（events），因此，我们所认识的历史就只是一种历史事实（facts）。而这些历史事实则是经过阐释和情节编排的"残片"，历史已不再是没有争议的绝对性存在，历史本身具有"文本性"。后现代小说中的历史指涉与历史小说的不同就在于：前者的目的是利用后现代创作的种种技巧暴露历史的悖谬性、质疑历史的连续性。

哈琴提出的"历史叙述式小说"概念为认识后现代小说中的历史指涉开辟了一个新的视角。这一概念的提出以及她关于后现代小说中戏仿技巧的论述，纠正了那些认为后现代小说中的历史指涉没有意义、苍白无力的片面看法。如果以此来观察村上春树的小说就会发现，对历史的关注一直是村上小说中的重要内容。

长篇小说《寻羊冒险记》发表后曾有人指出：小说中没有正面登场的右翼大人物"先生"与洛克希德事件的涉案人员有关。③ 洛克希德事件是美国洛克希德公司为出售飞机向日本前首相田中角荣等政界、财界要人行贿的事件。④ 1976 年这一行贿丑闻被揭穿，在 1978 年开始的审理过程中，人们注意到以儿玉誉志夫为首的右翼、民族派、旧高级将领等人在二战中曾暗中活跃于政界。小说中所描写的"先生"这一人物与现实中儿玉誉志夫的经历极为相似。不仅如此，小说还用了相当多的篇幅描写北海道十二瀑镇的历史和一个阿伊努族的小伙子。阿伊努族居住于

---

① 赵一凡等编：《西方文论关键词》，外语教学与研究出版社，2006 年，第 194 页。
② 同上书，第 670—681 页。
③ 参见［日］坪井秀人：《程序化故事——论〈寻羊冒险记〉》，载《国文学》1998 年 2 月号，第 69—75 页。
④ 洛克希德事件与昭和电工事件、造船丑闻事件、里库路特事件一起并称为日本战后四大丑闻事件。洛克希德事件也可以说是美国水门事件的案外案。水门事件爆发后，参议院外交委员会中的多国企业小委员会在聆讯时揭发洛克希德公司向日本的政界人物儿玉誉志夫提供金钱，藉以疏通丸红、全日空等航空公司购买 L-1011 三星客机。美国向日本查证时，这一丑闻被揭发。

远离日本中心的北海带地区，属于日本的少数族群。有研究者认为，《寻羊冒险记》由于描写了阿伊努族青年以及为逃避战争而进入森林生活的"羊男"，使其在某种意义上成为一部少数族群视野中的历史，而这种对历史的关照也延续到村上春树其后的文学创作中。[①]《寻羊冒险记》是否就是一部少数族群眼中的历史是值得商榷的。不过，正如日本研究者所指出的那样，村上春树在其后的多部小说中都涉及到了历史的内容。例如在《世界尽头与冷酷仙境》中，当提到有关独角兽的记载时，就讲到了第一次世界大战和1941年的列宁格勒攻防战。独角兽的头骨最早就是在第一次世界大战的乌克兰战线中被发现，又在"一九四一年列宁格勒攻防战的白热化阶段下落不明"[②]。1994年出版的长篇小说《奇鸟行状录》，日文原题为"ねじまき鳥クロニクル"。其中，"クロニクル"直译应为"年代记"或"编年史"。这部小说不但标题本身具有历史传记的色彩，1939年发生在日俄之间的诺门罕战役更是通过主要人物间宫中尉的叙述以及信函的方式展现在读者面前，进而成为小说中起着桥梁作用的历史事件。2002年《海边的卡夫卡》出版。在这部引起大家诸多话题的长篇小说中尽管没有正面的历史场面描写，但二战时期发生在日本山梨县小学生集体昏迷的事件却以美军调查资料的方式出现在偶数章节的前几章。而对于历史的记忆则在小说中起着某种隐喻的作用。如果将视野放大到非小说类作品，那么纪实文学《地下》和《在约定的场所》更是一种直接的历史书写。而且与后现代小说中有关历史指涉的特点相类似，村上春树在这两部纪实文学希望再现的不是历史"事件"本身，而是对当事者来说那是怎样一种历史"事实"。

在村上春树的小说创作中，历史指涉无疑是一个非常重要的内容，也是其作为后现代文学的一个主要特征。不过，与哈琴所描述的"历史叙述式小说"有所不同，村上小说中的历史指涉其目的并不仅仅在于将

---

① 参见［日］山根由美惠：《村上春树〈故事〉的认知系统》，若草书房，2007年，第90—111页。

② ［日］村上春树：《世界尽头与冷酷仙境》，林少华译，上海译文出版社，2002年，第102页。

历史文本化。换言之，在村上春树的小说中，虽然历史以虚构的形式参与了文本，但历史本身却不是最终的目的。村上春树的历史指涉并非只是想暴露历史的悖谬性或非连续性，也并非试图将历史本身和对历史的认识问题化。村上的历史指涉以及历史关照最终的目的在于认识自我，而这一认识的途径是通过与他者——历史的相对化而实现的。历史指涉在村上的小说中既是一个重要的主题，但更是一种有效的手段。小说中的历史、特别是战争史往往起着勾连起历史与当下，历史与未来的作用。而这种作为手段和工具的历史指涉尤其突出地表现在90年代以后创作的作品中。

2. 独特的历史书写——《寻羊冒险记》

不过作为一名男性作家，村上春树依然具有强烈的书写历史的欲望。① 这种书写历史的欲望以极为特殊的方式表现出来，它使作品在后现代小说的历史指涉特征之外，增添了独特的叙事特点。

探讨这种独特的历史书写依然要回到长篇小说《寻羊冒险记》上来。在日本，曾有研究者严厉批评《寻羊冒险记》不过就是个"探宝"的故事。认为它不但与同时代作品，如井上厦（1934—）的《吉里吉里人》（1981）、村上龙的《寄存柜中的婴儿》（1980）、中上健次的《枯木滩》（1977）等属于同一种故事类型，而且强调村上春树的这部小说是"探宝"故事的典型，小说本身缺乏独创性。② 《寻羊冒险记》讲述主人公"我"受右翼大人物的秘书之托，前去北海道寻找一只背部有星斑的特殊的羊。在北海道，主人公不但邂逅羊博士，而且见到了"羊男"和已经死去的老友"鼠"。小说描写了一个追寻的过程，却在最后一无所获。或者说在找到的时候所找寻的对象已经损毁或永远失去。从这个意义上讲，《寻羊冒险记》在结构上的确是个"探宝故事"。不过如

---

① 国内有研究者认为村上春树的创作与张爱玲有相似之处。笔者认为，尽管二人在描写都市生活这一点上有着某种相似性，但二者的差异性更为明显。作为一名女性作家，张爱玲所关注的是大历史下某个夹缝中所闪现出的人性。而村上春树则更多地关注历史本身，以及历史进程中个人与他者碰撞的状态。

② 参见［日］莲實重彦：《远离小说》，日本文艺者，1989年，第11—25页。

果就此认定小说只是在描写历险,便将文本结构简单化了。事实上,小说解读的关键在于为什么寻找的一定是羊,而非其他动物。因为在日本大家对于羊普遍感觉陌生,多数日本人对羊的感觉和对虚拟的动物龙的感觉相似。甚至有人在批评村上春树的另一篇小说《1973年的弹子球》时就认为用羊比喻灌木是一个错误,因为在日本根本就没有羊。[①] 而事实上日本不但有羊,且养羊的历史与日本明治维新后的现代化进程紧密相连。

资料显示,羊确实不是日本本土存在的动物。日本正式开始大规模养羊是在1877年。1873年,日本明治政府从美国聘请专家,并引进种羊在日本北海道的真驹内牧场开始饲养。直到今天,北海道依然保留着重要的观光项目——品尝被称为"成吉思汗"的涮羊肉。但明治政府当年大规模养羊的目的却不是肉食。养羊是为了获取羊毛。明治维新后越来越多的日本人改穿西式服装,这样一来必然增加对毛织品的需求量。而更主要的是,羊毛多用于军需品。1945年以前,每当日本发动战争的时候,政府就会推行相应的羊毛增殖计划,养羊业也在特定的时期成为严格管制的产业。随着战后日本经济高速增长,羊毛纤维以及羊肉均可以自由从澳大利亚进口。于是养羊业受到极大的冲击,羊的数量也从100万头锐减至现在的1万多头。而这1万多头羊中,又有将近一半在远离日本中心地带的北海道地区养殖。养羊业的快速衰落不但使羊彻底退出了人们的视野,而且使大家几乎忘了它曾在日本存在过。日本这段特殊的养羊历史在《寻羊冒险记》中是通过"先生"的秘书传达出来的:

> 即使今天,日本人对于羊的认识也是极其肤浅的。总之,从历史上看,羊这一动物一次也没有在生活层面上同日本人有过关系。羊被国家从美国引进、饲养,并被弃之不理。这便是羊。战后由于

---

① 参见[日]川村二郎、高桥多佳子、菅野昭正:《创作合评—52—》,载《群像》1980年4月号,第323页。

从澳大利亚和新西兰可以自由进口羊毛羊肉,因此日本养羊几乎无利可图。不觉得羊够可怜?说起来,这也就是日本现代本身。①

养羊的历史集中反映了日本现代化的进程。对近代东方国家来讲,现代化的过程就是一个不断西方化的进程。在这一过程中,外来文明,即现代性的种种表征通过各种渠道涌入东方社会。而现代性正如马克思在《印度起义》(1857)中所描述的神车一样,具有空前强大的变革力量。小说中养羊业正是日本走上现代化的一种象征——努力接受外来文明并使之本土化。这一过程并非出自社会内部的变革,而是以外力形式强加在明治维新后的日本社会上。养羊的历史浓缩了日本现代化过程中的暴力倾向和极端性特征,而这一过程又与日本军事化进程密不可分。在日本这一特殊的历史语境下,养羊业无疑就代表了日本现代化进程被扭曲的一面。而羊在日本反反复复、最终没能成为大众所接受的动物这一现实,也表明了日本现代化空洞的一面。

如果说"寻羊"其实就是书写日本现代化进程的话,那么小说中"羊男"的登场则表现了现代化过程中,现代性与个体之间的相互关系。

小说中"羊男"首次出现是在第八章的第7小节。"羊男"的形象是人与羊的结合:

> 羊男把羊皮一直披到头顶,(中略)四肢部分则是接上去的仿制品,头罩也是仿制品,其顶端探出的两根环状角则是真的。②

"羊男"自称因为不想去打仗而躲进森林成为"羊男"。这个"外羊内人"的形象象征了现代化初期个体与外部世界冲突后,个体的一种选择。但《寻羊冒险记》中还存在着"内羊外人"的另类"羊男",他们就是羊博士、先生和鼠。这三个人没有披着羊皮,但那只特殊的羊却

---

① [日] 村上春树:《寻羊冒险记》,林少华译,上海译文出版社,2001年,第119页。
② 同上书,第264页。

进入到他们的身体并掌控了他们的思想。因此，刻画这三个另类"羊男"就成了刻画现代性与个体的一种相互关系。

羊博士出身于旧士族①家庭，从小就在学习成绩方面出类拔萃。在以首屈一指的成绩从东京帝国大学农学系毕业后，他"作为超级精英进入农林省"②。在农林省，羊博士曾提交过"朝鲜半岛水稻种植业试行方案"并被采用，其后又参与了为保证羊毛自给自足的"绵羊增殖计划"。那只特殊的羊进入其身体正是在他参与"绵羊增殖计划"期间。羊博士后来回忆道："是我、是**这个我**把它弄醒过来"③，并把它带到了日本。羊博士可以说是日本战前典型的精英知识分子，而那只野心勃勃、想要彻底改变人和人世的羊正是西方现代性的寓意化。④ 特殊的羊进入羊博士的身体，并随同羊博士回到日本，正如明治维新后大批日本知识分子留学西方，将所谓先进的西方文明、西方价值观带回日本一样。近代国家的现代化进程正是由这些精英知识分子所推动的，而他们在接受现代性洗礼的同时也为现代性与个体之间发生的冲突所困。这些精英普遍缺乏行动力，在现代性与个体冲突之间，只能痛苦于观念的挣扎。这正像羊博士因无法释放羊的思想而承受了长达42年的折磨一样。换言之，在现代性与个体的冲突中，羊博士所代表的战前一代知识分子因自身的无力而痛苦挣扎于个体与现代性的冲突之中。

与羊博士不同，在羊进入"先生"的身体之前，右翼大人物先生"只是个平庸的现行右翼分子"。而在羊进入了其身体之后，"先生在所有方面都一跃成为右翼首领。"⑤ 先生不但在战后的日本构建起了庞大的地下王国，而且操控着政界、财界、舆论以及文化等所有领域。不仅如

---

① 士族：日本明治维新以后给武士出身者的族称，1947年废除。
② ［日］村上春树：《寻羊冒险记》，林少华译，上海译文出版社，2001年，第192页。
③ 同上书，第201页。（黑体系原文）
④ 日本研究界对《寻羊冒险记》中那只背部有星斑的羊给出了种种解释。这部分内容可参见村上春树研究会编写的《村上春树作品研究事典》（鼎书房，2001年）中183至184页。笔者认为如果养羊的历史代表了日本推进现代化进程的话，那么这只背部有星斑的特殊的羊无疑就是与现代化进程密切相关的现代性。因为小说中羊的目的在于主宰世界，这正如现代性以无比强大的变革力量向世界各个角落延伸一样。
⑤ ［日］村上春树：《寻羊冒险记》，林少华译，上海译文出版社，2001年，第126页。

此，先生在"自我变革"后拥有了左右人心的非凡能力，其中特别表现在他可以利用民众的弱点驱动整个社会。先生的情形和战前属于精英阶层的知识分子不同。应该说对于现代化进程，以及背后的现代性本身，这些战后操控日本社会的幕后政客从没有真正理解。正如"鼠"在和主人公交谈时所提到的那样：先生"是个牺牲品，思想上他是零"①。但这些人与羊博士那样的精英知识分子不同，他们利用大众的盲从强行推进现代化进程。联系日本战后所走的所谓民主式现代化道路，我们便不难看出羊所代表的现代性在日本从来没有真正本土化和民众化。战后的现代化之路，正如小说中先生所构建的地下王国一样，是一个外部无所不包而内部虚空的东西。在个体与现代性之间，先生所代表的正是日本战后的政客。他们利用现代性理念，却从没有在个体的思想层面予以变革。

作为现代性的象征，羊在离开先生后找到了另一个宿主——"鼠"。从《寻羊冒险记》与前两部作品《且听风吟》、《1973 年的弹子球》之间的人物关联可以看出："鼠"实际上一直是主人公"我"的另一个侧面。"鼠"和"我"都出生于二战结束之后，属于战后大量出生的一代。在日本逐渐进入消费社会的转型过程中，正是出生于战后的这一代人成为日本社会的中坚。而"鼠"和"我"不但与同龄人一样成长于战后的民主体制，而且受到美国文化的洗礼。羊选择这样一个新的宿主，实际上正是小说欲在刻画先生之后的这一代人如何面对现代性作出自我抉择的问题。与羊博士、先生二人不同，"鼠"在面对这种冲突时选择毁灭个体。不仅如此，"鼠"还拜托"我"在离开时将挂钟后面的软线接好。"鼠"的目的是要引爆挂钟与先生的秘书同归于尽。"鼠"所要引爆的挂钟其实正是工业社会机械的代表。因此"鼠"的选择不仅在于个体毁灭，同时也含有埋葬代表工业文明的现代性的含义。战后饱受民主与美国文化洗礼的一代作出这样一种选择似乎显得非常矛盾。实际上在现代性那种"美丽得令人眩晕，邪恶得令人战栗"的强大面前，"鼠"的选

---

① ［日］村上春树：《寻羊冒险记》，林少华译，上海译文出版社，2001 年，第 300 页。

择正是自我个体的伸张。正如他自己讲到的那样：

> 我喜欢我的懦弱，痛苦和难堪也喜欢。喜欢夏天的光照、风的气息、蝉的鸣叫，喜欢这些，喜欢得不得了。还有和你喝的啤酒……①

"鼠"喜欢的一切都来源于个体原初的生命冲动。代表个体原初梦想的"鼠"选择了自我毁灭，泛泛论王国中的国王——"我"留了下来。小说通过这样一种处理表现了现代向后现代的过渡，也预示着战后出生的一代在矛盾冲突时所表现出的无奈选择。

《寻羊冒险记》一方面通过养羊业的变迁书写日本现代化的历史进程，另一方面又通过刻画不同的"羊男"形象展现现代性与个体之间的相互关系。应该说《寻羊冒险记》的确是一个冒险。不过，这是一个"围绕现代化进程的冒险"。它以一种独特的叙事方式书写了日本的现代化进程，探讨了现代性与个体之间的矛盾冲突，是一部特殊的"现代化进程史"。

三、自我主题的承继

在哈琴提出"后现代诗学"理论以前，欧美学者在研究有关后现代主义文学时，多认为后现代小说消解了自我以及文学的意义，创作本身具有语言游戏的特点。例如詹明信就在《现实主义、现代主义、后现代主义》一文中认为：后现代主义在艺术上表现为一种"平淡感"。与现代主义相比，后现代主义作品"拒绝任何解释，它提供给人们的只是在时间上分离的阅读经验，无法在解释的意义上进行分析"②。而这种新的平淡其实意味着"缺乏深度的浅薄"，"它已不再是上述现代主义理论的这种深层解释，而只是在浅表玩弄指符、对立、文本的力和材料等概

---

① [日] 村上春树：《寻羊冒险记》，林少华译，上海译文出版社，2001年，第300页。
② [美] 詹明信：《晚期资本主义的文化逻辑》，张旭东编、陈清侨等译，三联书店，1997年，第288页。

念，它不再要求关于稳定的真理的老观念，只是在玩弄文学表面的游戏"①。詹明信对后现代艺术的评价很大程度上左右了研究者对后现代小说的看法。特别是在论及村上春树的小说时，我国研究者普遍认为村上在创作中消解了传统文学中有关自我的主题。然而正如琳达·哈琴在《后现代主义诗学》中所指出的那样：后现代文学作品并非没有意义的文字游戏。后现代小说不但保留了自我指涉、形式革新、反讽和含混等现代主义小说的特点，同时也挑战了现代主义小说的诸多信条，例如强调审美自律、张扬创作主体、培植精英文化以拒斥通俗文化和资产阶级的庸俗文化等。现代主义文学与后现代文学作品之间不存在纯粹的断裂关系。②尽管琳达·哈琴的后现代诗学本身尚存在争议，但这一理论的提出对全面认识后现代艺术、特别是后现代小说中有关自我的问题仍有着十分重要的意义。从现代文学与后现代文学之间的关联性出发考察村上文学就会发现：村上春树的小说非但没有消解自我，反而在主题上与日本现代文学呈现出一种承继的关系。

美国学者杰·鲁宾在《倾听村上春树　村上春树的艺术世界》一书中全文征引了小说《且听风吟》的第一章内容。他认为这一章可以作为讨论《且听风吟》后一系列作品的原点和参照，因为在这一章中"已经预示了村上春树其后几部重要作品的主题和形象"③。村上春树自己在接受采访时也曾表示："自己想说的话几乎全写在小说开头第一章那几页里了。"④处女作《且听风吟》的重要性不仅在于它集中体现了反思现代性这一后现代文学的本质性特征，小说的第一章更是出现了贯穿村上春树小说创作的重要主题。村上借主人公之口讲：

---

① [美]詹明信：《晚期资本主义的文化逻辑》，张旭东编、陈清侨等译，三联书店，1997年，第290页。
② 参见赵一凡等编：《西方文论关键词》，外语教学与研究出版社，2006年，第199—200页。
③ [美]杰·鲁宾：《倾听村上春树　村上春树的艺术世界》，冯涛译，上海译文出版社，2006年，第47页。
④ [日]村上春树：《访谈　为了『故事』的冒险》，载《文学界》1985年8月号，第38页。

(前略)说到底，写文章并非自我诊治的手段，充其量不过是自我疗养的一种小小的尝试。

(中略)

我无意自我辩解。能够在这里诉说，至少我已尽了现在的我的最大努力。我没有任何添枝加叶之处。但我还是这样想：如若进展顺利，或许在几年或十几年之后可以发现解脱了的自己。①

这里的"我"几乎可以和村上春树做等同观。与村上春树相仿，"我"出生于1948年12月24日，属于战后大量出生的一代。大学时也与村上一样经历了"全共斗"的学生运动。在二十岁到三十岁之间的那几年里，主人公"我"一直保持缄默，没有动笔写过任何文章。但现在，"我"准备一吐为快。在提及《且听风吟》的写作动机时，村上春树不论接受采访还是在《全作品集》的解说部分里一直轻描淡写地讲自己只是"突然间想写点什么"。不过，这个看似偶然的写作动机背后还是有一定的必然性。正如柄谷行人就是在反思学生运动中观念与行动相背离的问题中最终走出"68年革命"，并开始以解构为核心开展后现代批评的那样，村上春树也是经过了上世纪70年代的时间沉淀后，以文学创作的方式来反思1960年代的时代精神以及其后的社会转型。不管写作是不是"自我诊治"或"自我疗养的小小尝试"，这里所说的写作与自我之间的关系，都不能单纯理解为学生运动失败、政治季节结束后的自我恢复。空虚感和精神上的挫折只是学生运动本身所带来的阶段性问题。村上春树所思考的其实是更为本质性的东西。正如杰·鲁宾所指出的那样："村上春树是一个认识论者，他希望摸清楚'我们要努力认识的对象和实际认识的对象之间……横陈的那道深渊'。"② 所谓"努力认识的对象和实际认识的对象"固然可以有多种理解，不过对于自我的认识无疑是构成认识的前提和条件。因此，村上春树的认识论就包含了

---

① [日]村上春树：《且听风吟》，林少华译，上海译文出版社，2001年，第2页。
② [美]杰·鲁宾：《倾听村上春树　村上春树的艺术世界》，冯涛译，上海译文出版社，2006年，第53页。

自我追问的意义。而且这种自我追问并没有封闭在与时代、社会相隔绝的内部世界里。从《寻羊冒险记》到《海边的卡夫卡》，村上春树始终将历史作为自我追问的一种手段和桥梁，力图在动态的过程中不断把握自我，深入自我的内部世界。村上春树小说中的这种对自我主题的处理正是对日本现代文学主题的承继。而如果进一步分析的话，这种在历史与社会的动态过程中把握自我的小说创作，实际上秉承了夏目漱石的创作传统。

王向远在《中日现代文学比较论》中认为：如何描写自我，如何表现自我，取决于如何处理自我与时代、自我与社会的关系。① 以这种自我与社会、自我与时代的关系来考察日本现代文学就会发现，在处理自我这一主题时，日本现代文学表现出两种不同的处理方式。其一是以私小说为代表的、脱离于社会、封闭的自我表现形式。另外一种则是以夏目漱石为代表，在自我与时代、自我与社会的动态关系中寻求自我的表现形式。

众所周之，私小说是日本自然主义文学的产物。作为一种文学流派，私小说在日本的大正时期达到全盛期，几乎所有的自然主义文学作家都创作私小说。尽管日本自然主义文学在其后的发展中走向衰落，但私小说却成为一种超越文学流派、为各种文学思潮流派所共通使用的文体形式而保留了下来。作为文体形式的私小说不但长期占据着日本文坛主流地位，而且成为日本纯文学的代表。在私小说确立之初，久米正雄（1891—1952）曾撰文对私小说的文学概念、创作方法进行论述。他讲：

> 我所讲的"私小说"并不是"第一人称小说"，而是另一种自叙性质的小说。一言以蔽之，就是作家将自己最直接地暴露出来的小说。②

---

① 参见王向远：《中日现代文学比较论》，湖南教育出版社，1998年，第319页。
② ［日］平野谦、小田切秀雄、山本健吉编：《现代日本文学论争史 上卷》，未来社，1956年，第109页。

私小说的关键之意在于"私（わたくし）"，即日语中表示第一人称"我"的代词。相对于村上小说中经常出现的"ぼく（我）"，"私"是一个较为郑重的人称代词。"私"在这里既是一个人称的概念，更是一个创作的概念。它与作家本人密不可分。小说实际上就是作家个人生活的文学化。因此，久米正雄讲：即使小说以第三人称叙述，但如果是作家个人生活的艺术化也属于私小说的范畴。此外，久米正雄在这篇名为《私小说与心境小说》的文章中还讲到：

真正意义上的"私小说"同时必须是"心境小说"。①

"心境小说"是久米正雄对私小说另一方面的界定。这一概念的提出凸显了私小说要求作者描写自己内心感受的特点，它使私小说在文学形式上更接近于散文的艺术表现手法。久米正雄的文章在肯定私小说的创作同时，概括出了私小说的两个基本特点：其一是在内容上，主人公与作家本人的一致性使实际生活经验文学化；其二是在叙事上，弱化故事的虚构性以强调内在情感为原则。这种以描写日常琐事、刻画内心感受为主要特点的创作形式其背后正是日本作家表现自我的一种独特方式。可以说在日本的私小说中，"自我是一种孤立于社会，或力图孤立于社会的存在。"② 而日本的私小说作家也是"有意识地逃离社会，躲到文学的象牙塔中去"③ 的作家。

夏目漱石走上文坛之时正是日本自然主义文学兴起之际。不过，漱石的创作却与当时的主流文坛截然不同。相对于自然主义文学背后那种割断与时代、社会的联系，封闭于内部世界的自我表现，夏目漱石更多地是在与时代、社会的相互关系中处理自我问题。在漱石的大部分小说中，都有对文明开化后社会现实种种弊端的批判与嘲讽，而漱石所刻画

---

① ［日］平野谦、小田切秀雄、山本健吉编：《现代日本文学论争史 上卷》，未来社，1956年，第113页。
② 王向远：《中日现代文学比较论》，湖南教育出版社，1998年，第319—320页。
③ 同上书，第320页。

的主人公则多是在这样一种东西方文化的冲突中困惑而徘徊的人。例如小说《我是猫》（1905—1906）就是通过一只饲养在苦沙弥家中的猫来观察主人和客人们的议论，并加以讽刺性的分析和批判。而当漱石成为专业作家后，他创作的小说如《三四郎》（1908）、《从此以后》（1909）、《门》（1910）、《心》（1914）等，则大多以细腻的手法表现文明开化后东西方文化冲突中，主人公的自我与外部社会之间所发生的种种冲突与纠葛。

应该说夏目漱石是日本在现代化过程中引入西方自我概念，并积极思考自我与外部世界之间关系的作家。他在留学英国期间就曾思考文学究竟为何物，并进而确立了"自我本位"的思想。1914年他在日本的学习院做了《我的个人主义》的演讲。在这个著名的演讲中，漱石这样说到他的"自我本位"思想：

> 那时我第一次思考文学究竟是什么。我领悟到唯有从根本上依靠自己的力量确立起这一概念，自我才能得到救赎。①

夏目漱石的"自我本位"思想究其实质是西方人本主义思想。不过，这种"自我本位"并不是绝对化了的、封闭于内部世界的自我。在确立现代自我观的过程中，漱石时刻关注着日本现代化过程中东西方之间文化的冲突，以及由此带来的个体精神世界的变化。村上春树的自我主题实际上正是继承了夏目漱石的这种动态自我观。表面看来，村上小说中的主人公封闭在自我的个人世界中。但深入挖掘作品的结构后就会发现，村上小说中的自我主题从来没有脱离开外部世界。尤其是小说中经常出现的对于历史的关注，其作用正是在于通过勾连历史与现实，实现动态的自我关照。

村上春树更多地继承以夏目漱石为代表的自我创作传统并不是一个

---

① ［日］夏目漱石：《现代日本文学大系 夏目漱石（一）》，筑摩书房，1968年，第417页。

偶然的现象。它既表明了日本现代与后现代文学之间在主题上的承继关系，更显示出日本作为东方国家在现代化与后现代化道路上的特殊性。

如果梳理夏目漱石与村上春树两人的生平就会发现，两位作家所生活的时代都曾发生过"民主运动"①，其后亦都以政治季节的终结而告终。柄谷行人在《关于终结》一书中认为：日本的昭和②时代是明治时代的一种"再现"。明治时代以明治天皇的去世和乃木希典的殉死而宣告结束；昭和则是在 1970 年伴随着三岛由纪夫的自杀而在时代意义上迎来了终结。③ 其实日本的明治时代还与昭和时代有另一个意义上的相似之处：那就是明治时代是日本打开国门，不断寻求现代化的时期；而昭和四五十年代（1960 年代末至 1970 年代）恰好是日本社会由现代向后现代的转型期。夏目漱石与村上春树两人的青春时代正好经历了时代的转型。二者不约而同地将文学创作中的自我主题与时代变化、语境转换相联系也就有了更为内在的关联性。

如何利用小说的创作表达出这种自我与外部世界之间的关系可以说是村上春树与夏目漱石的共通之处。而从这种共通之处我们一方面可以看出日本后现代文学承继现代文学主题的特点，同时也可以发现日本后现代主义文学的某些特殊之处。这种特殊之处就在于：作为一个东方国家，日本不论在现代化还是在后现代化的进程中，都必须面对西方化的问题。东西方之间的文化冲突，以及由此带来的个体困惑等诸多问题始终是日本以及亚洲国家必须直面的问题。夏目漱石与村上春树虽然处于截然不同的时代，然而两人几乎面对了同样的问题。这也许正是为什么两人在自我的主题方面具有传承关系的原因。

其实在村上春树的小说创作中，很多时候正是以夏目漱石的文学作为自己的参照。只是村上春树虽然继承了以夏目漱石为代表的日本现代

---

① 日本曾于 1874 年兴起自由民权运动。这是日本最早的全民性民主运动，在 1881 年前后自由民权运动达到最高潮，而后随着《大日本帝国宪法》的颁布而终结。这段时期正是夏目漱石度过青春时代的时期。村上春树在青年时代恰逢日本的"全共斗"学生运动，这次民主运动也是以失败而告终。

② 与"明治"同为日本年号名称。明治指 1868 至 1912 年，昭和指 1925 至 1989 年。

③ 参见［日］柄谷行人：《关于终结》，福武书店，1990 年，第 14—15 页。

文学的自我主题传统，却在叙事手法上做了自己的变革。这种叙事手法的变革既是村上小说的艺术突破，也成为村上小说独特的艺术魅力。

第二节　村上小说对日本现代文学的叙事变革

村上春树是一位非常重视叙事手法创新的作家。在中日两国的村上文学研究中，大家一般都注意到了村上小说的文体特点。但事实上，村上春树的艺术突破并不仅仅体现在文体方面。以叙事学理论中"故事"、"话语"的二分法来研究村上春树的小说就会发现：不论是在"故事"上还是在"话语"上，村上小说都对日本现代文学的叙事传统进行了变革。

一、二分法与日本现代文学的叙事传统

1. "故事"与"话语"的二分法

"故事"与"话语"是探讨叙事作品时两个较为常见的概念。西方的文学批评中对叙事作品一直有二分法的传统，如"内容"与"形式"、"素材"与"手法"、"实质"与"语气"等。不过，传统批评家一般将注意力更多地放在作者的遣词造句等表达方式上，所谓"手法"、"形式"、"文体"，一般不会涉及小说的叙述方式、视角等。随着小说家对创作技巧的日益重视，俄国形式主义者什克洛夫斯基和艾亨鲍姆提出了新的二分法——"故事"与"情节"。其中"故事"指按实际时间、因果关系排列的事件；"情节"指对这些素材的艺术处理或形式上的加工。这里"情节"所包括的范围远远超出了传统二分法中对于表达方式的表述。它涉及到叙事作品的篇章结构以及相关的叙述技巧等。1966年法国结构主义叙述学家托多洛夫又提出了"故事"与"话语"两个概念，以此来区分叙事作品中的素材与表达形式。"话语"实际上与前面"情节"的指代范围相一致，但由于更加清晰地界定了与"故事"之间的不同，因而明显优于"情节"这一表述。①"故事"与"话语"的二分法在叙事学中非常有影响。虽然此后法国学者热拉尔·热奈特又提出了三分法：即故事——被叙述的内容；叙述话语——文本；叙述行为——产生话语的过程，但我国叙事学研究者申丹认为：三分法中的"叙述行为"实质上就是"叙述话语"的一部分。较之二分法，三分法的划分难免会造成混乱。②

在以"故事"与"话语"的二分法来探讨叙事作品时，一般来说首先应承认"故事"的相对独立性。即读者可以不依赖话语形式的变化而根据生活经验重构故事。在传统现实主义文学作品中，尽管话语的形式也会对故事的重构产生影响，即"故事"与"话语"有某种程度的重合，但这种重合并不妨碍读者通过自身的生活经验重构故事。与此相反，现代主义小说以及后现代主义小说则在不同程度上加强了话语形式，"故事"本身常常不同程度地失去独立性。造成这种"故事"向"话语"的转移，源于现代以及后现代作家往往有更强的语言意识。他们常常注重语言的模糊性、多义性，同时刻意使用象征、隐喻等叙述技巧使读者很难基于生活经验对故事内容进行重构。而后现代的一些作家更是蓄意打破语言常规和叙述常规，突出"话语"的陌生化，使叙事作品显得更像是语言的游戏。此外还有作家打破客观现实与主观感受之间的界限，追求一种客观现实的异化效果。例如卡夫卡的《变形记》（1915）、日本作家安部公房（1924—1993）的《砂女》（1962）等。这些在传统现实主义小说中仅能作为主观夸张和变形的成分在上述这些作家的创作中无疑成为了"故事"的内容。

---

① "情节"一词在中文中容易与"故事"的概念相混淆。例如《辞海》（上海辞书出版社，1979年）中对"故事"是这样定义的：叙事性文学作品中一系列为表现人物性格和展示主题服务的因果关联的生活事件，由于它循环发展，环环相扣，成为有吸引力的情节，故又称故事情节。这里"故事"与"情节"明显是相同的概念，因此使用"情节"来表述有关叙述技巧极易造成混乱。

② 参见申丹：《叙述学与小说文体学研究》（第三版），北京大学出版社，2004年，第19—20页。

2. 日本现代文学的叙事传统

概括日本现代文学的叙事传统并非易事。日本的现代文学肇始于明治维新后，以坪内逍遥（1859—1935）的文学理论著作《小说神髓》（1885—1886）和二叶亭四迷（1864—1909）的小说《浮云》（1887—1889）为标志，日本文学明显摆脱了江户时代戏作①文学与劝善惩恶的特点，并逐步在文体上实现了言文一致。此后，日本现代文学在西方文学的影响下先后出现了写实主义、浪漫主义、自然主义等思潮，并出现了如砚友社、唯美派、白桦派、新理智派、无产阶级文学以及新感觉主义等多个流派。如此纷繁众多的文学思潮、文学流派以及其他很难归入某一特定流派的重要作家，在创作叙事文学作品时都有各自不同的叙事特点。上世纪70年代开始，日本文学研究界积极借鉴西方文学研究的方法和理论，其中不乏有利用叙事学理论重新解读作品的个案。例如1980年代后期，小森阳一就曾通过研究日语中乏人问津的人称、时态、句法等构文形式，对日本现代文学作品进行解构分析。时至今日，以结构主义叙述学解读文本在日本早已成为普通的研究方法，但以叙事学理论尝试对日本现代文学的叙事传统进行概括的文章还较为鲜见。究其原因，一方面是由于日本文学研究具有重微观轻宏观的传统，而另一方面也在于这一归纳本身的复杂性。以笔者目前的学养和能力，应该说尚不能概括日本现代文学的叙事特点。不过在研究村上春树小说的过程中，笔者还是发现了日本现代文学在叙事上的一些有趣现象。

首先，以叙事理论中"故事"、"话语"的二分法来看，虽然不能排除故事与话语的重合，但总体来讲，日本现代文学的叙述话语并不发达。与西方现代文学发端于浪漫主义的情况相左，日本现代文学受到俄国文学的影响，发端于写实主义。现代文学的奠基之作《浮云》就是描写了明知维新后资本主义的形成过程中不同人物的性格特点，"真实地再现了明治社会的生活世相"②。此后，浪漫主义、自然主义、新现实主

---

① 日本近世后期的通俗文学。特别指小说一类，如黄表纸、洒落本、滑稽本、读本、合卷、人情本等。
② 叶渭渠、唐月梅：《日本文学史　近代卷》，经济日报出版社，2000年，第77页。

义等相继出现在日本文坛,而由自然主义发展而来的私小说更是长期被当作日本文学的正统。在这样一种写实为主的文学创作大背景下,探讨叙述技巧为主要内容的"话语"似乎并不为作家所重视。尽管在新感觉派出现后,日本文坛曾围绕"形式主义文学"的问题展开论争①,但这一论争其实并不是仅就话语问题而展开的。新感觉派的作家与藏原惟人(1902—1991)有关创作形式的论争在实质上是人生观、文学观的论争。它反映的是上世纪 20 年代日本文坛现代派与无产阶级文学之间的一种对立关系。

第二、在日本现代文学的叙事传统中,对于话语的探讨更多地集中于语言、特别是日语本身在小说创作中的作用。我国叙事学方面的专家申丹在《叙述学与小说文体学研究》一书中指出:叙述学与小说文体学是相互交叉的两个学科。特别是二分法中的"话语",与叙事作品的文体之间常常存在相互关联的紧密关系。例如叙事学家和文体学家同样关注小说中叙述视角以及人物的语言形式,只是二者所关注的目的有所不同。② 小说是语言的艺术,关注以何种语言形式表现素材势必成为作家和理论研究者的焦点。长期占据日本文坛主流地位的私小说尽管是由自然主义衍生而来,但实际上已经不再是一个文学流派,而变成了受到日本文坛普遍认可的文体。③ 不论是有"小说之神"之称的志贺直哉(1883—1971),还是注重技巧的芥川龙之介(1892—1927)都曾创作过私小说。这些作家在创作过程中普遍重视语言、特别是日语本身的语言特点,在充分发掘日语的某些语言特点基础上再现日常生活、剖白内心感受。而作为现代派出现的新感觉派则更加强调语言的象征与暗示,通过新奇的语言表达方式表现主观感受中的外部世界。例如在新感觉派与既成文坛的论争中,片冈铁兵(1894—1944)就曾发表文章,以横光利

---

① 参见[日]平野谦、小田切秀雄、山本健吉编:《现代日本文学论争史 上卷》,未来社,1956 年,第 363—404 页。
② 参见申丹:《叙述学与小说文体学研究》(第三版),北京大学出版社,2004 年,第 185—189 页。
③ 王向远:《中日现代文学比较论》,湖南教育出版社,1998 年,第 318 页。

一（1898—1947）《头与腹》（1924）首句中的"沿线的小站像一块块小石子被抹杀了"为例，说明新感觉派艺术家的语言意识。①

注重语言在叙事文学中的作用毋庸置疑是因为艺术的载体正是语言本身，而另一方面不能忽视的则是日语这一语言的特殊性。与其他语种相比，日语具有其他语言所没有的暧昧性与抒情性。日本作家在创作时普遍有意识地利用了日语的这种暧昧与抒情。也正因为如此，那些充分利用了日语语言特性的作品被认为是日本文学的典型文本。

如果说在话语层面，日本现代文学更为重视日语本身的作用的话，那么在故事层面，日本现代文学则体现出现实性的叙事特点。经典叙事学认为：在传统的现实主义文学中，话语形式即使有夸张以及和故事的重合部分，但读者依然可以依靠生活经验重构故事。以这一观点来观察日本现代文学的话，可以说尽管日本现代文学出现了泉净花（1873—1939）这样以怪谈的形式、运用超现实的技巧进行创作的作家，但绝大多数作家的作品带有现实性特点。1927年芥川龙之介与谷崎润一郎围绕小说情节的论争曾在文坛一时成为议论的焦点。不过论争的双方都没有在故事的现实性层面上有所突破。总体来讲，读者在阅读日本现代文学时，可以通过生活经验重新构建故事，故事本身的异化倾向并不十分多见。当然在战后的日本文坛，出现了安部公房这样积极学习西方文学表现技巧的作家，故事本身的非现实性要素、异化倾向都有所加强。不过，从现代文学的整体叙事传统来看，故事的现实性倾向依然十分突出。

叙述话语欠发达，重视语言、特别是日语本身在话语中的作用以及故事层面的现实性是笔者在观察日本现代文学时所发现的三个主要特点。当然这种概括还不能网罗所有作家的创作。例如芥川龙之介就是一位比较注重叙述话语的作家。小说《竹林中》（1922）在叙述一个故事时，三个叙述者就分别讲述了三种情形。这就使读者无法根据自身的生活经验重构小说中的故事，小说的题目"竹林中"也在日语中成为真相

---

① 参见［日］平野谦、小田切秀雄、山本健吉编：《现代日本文学论争史　上卷》，未来社，1956年，第197—201页。引文使用了叶渭渠、唐月梅编写的《日本文学史　现代卷》（经济日报出版社，2000年）中141页的翻译。

不明的代名词。不过,这样的叙事作品在日本现代文学中毕竟是少数,多数叙事作品或多或少具有以上笔者所概括的那些叙事特点。

二、"话语"的叙事变革

与日本现代文学的叙事传统相比,村上春树在叙事方面的艺术突破既表现在话语上,也表现在故事上。"话语"的叙事变革可以概括为以下三点:

1. 话语形式的独立性

如果说在传统的现实主义文学作品中,读者可以依靠生活经验重构故事,而不受话语形式的影响的话,那么在阅读村上春树早期的小说时,通过叙述话语重构故事便显得有一定的难度。小说中虽然没有将故事的独立性彻底消解,但话语形式的独立却得到相应的加强。

在处女作《且听风吟》发表后,有日本学者认为:"阅读《且听风吟》最自然的方法恐怕就是那种观看不连续的、拼接式电视节目的方法。"① 这一评论虽不能说是对小说的积极评价,却概括出了小说的文本特点。《且听风吟》一直作为一部长篇小说受到村上本人的重视,但实际上与其他长篇相比,小说不但在量上明显偏少,而且也不同于其他长篇那种连贯性的故事结构。在这部大约10万字左右的小说里共有42个章节,而最大的特点莫过于它们呈现出断裂式、碎片状的文本结构。中文译者林少华曾这样概括《且听风吟》的内容:

> 《风》的情节不很复杂。"我"在酒吧喝酒,去卫生间时见到一少女醉倒在地,遂将其护送回家,因担心她出事而陪其过夜。(中略)几天后的一次偶遇,使得两人开始交往,逐渐亲密。大学暑假结束"我"即将回京时,两人一起来到海边,交谈中不时陷入沉默。(中略)当"我"寒假回来时,少女已无处可寻,只好一个人

---

① [日]前田爱:《我与鼠的符号论——作为二进制世界的〈且听风吟〉》,载《国文学》1985年3月号,第100页。

坐在原来两人坐过的地方怅怅地望着大海。①

　　林少华所做的概括是贯穿《且听风吟》的一个主线故事。不过与传统叙述话语不同的是，这个主线故事并没有以一种连贯的、直线性文本策略而展开。主线故事本身不但被分割成若干个片段，主线故事之外还穿插了其他故事的片段。日本青年研究者山根由美惠在自己的博士论文中以结构主义的分析方法将《且听风吟》中出现的故事制成表格。结果发现在主线故事之外，小说还包含了"我"在不同年龄段的几个故事。②这些故事以碎片的方式散落在小说的各个章节，即使以结构主义的方法将其进行重新的排列组合，也很难构建起完整而清晰的故事情节。这种叙述话语的运用无疑与传统的话语形式相左，但却正是村上春树有意为之。村上曾称自己的处女作是一部诞生在厨房餐桌上的小说。并解释说：因为当时一边经营酒吧一边写小说，所以每一章就只能写得很短。而且，在按传统的叙述方法写完后自己总是觉得哪里不对，于是将组成故事的片段顺序打乱，而后又从中拿掉了一部分，这才感觉是自己想象中的小说。③村上春树的创作手法无疑使小说中的话语形式得到加强。这种碎片式的文本结构虽然使小说的故事呈现断裂并造成重构的困难，但却在有限的空间里容纳下更多的信息，使文本解读呈现出多种可能性。

　　2. 双线推进式文本结构

　　《且听风吟》中出现的话语形式在《1973年的弹子球》以及其他几部短篇小说中仍然非常明显。不过随着村上春树卖掉酒吧成为专业作家，这种比较前卫的话语形式作为一种文本策略退居到了第二位。此时，双线推进的文本结构成为村上小说叙述话语新的形式。

　　其实日本以及我国的很多研究者都注意到了村上小说中这种双线推

---

① 林少华：《村上春树和他的作品》，宁夏人民出版社，2005年，第22页。
② 参见［日］山根由美惠：《村上春树研究　故事缺失时代的〈故事〉》（博士论文），广岛大学，2003年，第24页。
③ 参见［日］村上春树：《村上春树全作品1979—1989①》，讲谈社，1990年，月报。

进的叙事手法。如赵仁伟、陶欢就认为:"村上的作品最动人之处莫过于非现实与现实两个世界的不断撞击。"① 应该说双线结构既可以作为"故事"方面的特点来探讨,也可以作为"话语"形式的特征来研究。在此,笔者倾向于将其作为"话语"形式的特征来研究。因为在村上春树的小说中,双线结构中的故事尽管相对独立,但却不是截然不同的故事。换言之,平行推进的双线结构之间总是存在着某种内在联系。双线结构最终是作为一种独特的话语形式为内容和主题服务的。

村上春树小说中的双线结构有的以比较明晰的形式出现,如《世界尽头与冷酷仙境》、《海边的卡夫卡》。在这两部小说中,单数章节和双数章节分别描写了不同的故事内容。而有的作品中的双线结构则是隐藏在小说的情节之中,如《挪威的森林》、《寻羊冒险记》等。《挪威的森林》中,直子和绿子一静一动的人物性格实际上是一种对照式的双线结构。在《寻羊冒险记》里,主线故事虽是"我"如何去寻找那只特殊的羊,但"鼠"的故事却隐含在这个主线故事中。对于这样一种话语形式,村上春树自己讲:

> 我看待事物的方法或把握事物的方式基本上常常是将〈存在〉与〈不存在〉相互对照的。我想我是有一种将其平行排列、并以两个世界的形式连接起来的倾向。也就是说〈存在〉的故事和〈不存在〉的故事同步发展。②

这种将"存在"与"不存在"相互对照的世界观无疑成为村上小说中双线结构的创作基础。值得注意的是,在这一双线结构中,"存在"与"不存在"之间的内在联系其实是更为关键的问题。也就是说,小说中虽然存在两条不同的线索,但却在为一个主题服务。而且由于采用了

---

① 赵仁伟、陶欢:《"现实是凑合性而不是绝对性的"——论村上春树小说中的非现实性因素与现实性因素》,载《外国文学研究》2002年第1期,第121页。

② [日]村上春树:《访谈 为了『故事』的冒险》,载《文学界》1985年8月号,第74页。

不同的观察方式，往往令人看到一个主题的不同侧面。这样一种话语形式无疑给传统现代文学中占据主流的单线结构形式注入了活力，也成为村上小说话语形式中又一个显著特点。

3. 语言形式的革新

村上春树小说话语形式的突破还表现在语言形式的革新上。在论述翻译对村上春树创作的影响时，笔者曾探讨了村上文学的文体问题。应该说文体学中的文体研究与叙事学中的话语研究既有重合之处也有各自不同的研究重点。话语研究中对于语言形式的探讨不仅仅是作家遣词造句或修辞形式方面的研究，这里研究的重点在于小说中语言形式究竟对文本结构产生了哪些作用。一般来讲，后现代派作家具有更强的语言意识。村上春树作为日本后现代主义作家，在语言形式的创新方面无疑是最具有特色的。不论是日本学者还是我国的外国文学研究者，都认为村上小说中的日语并不是传统形式的日语，当然与日本现代文学的表达也明显不同。而村上春树也对自己创作中的语言形式非常重视，他说自己的做法就是"将各种附着在语言周边的附属物洗掉，然后将洗净的东西抛出去"[1]。"洗掉那些污垢，以一丝不挂地形式重新进行组合。"[2] 村上春树所抛弃掉的正是日语的一个基本特点——暧昧性。在谈到日本文学与日语的关系时，村上春树认为：

> 日本的小说过于利用了日语这一语言的日语性。所以自我表现这一行为也过深地与日语的特征紧密联系在一起，看不到界线。[3]

中文译者林少华曾指出："日语属于胶着性、情意性语言，较之以简洁明快为主要风格的汉语，有时难免给人一种拖泥带水的之感。"[4] 其

---

[1] [日]村上春树：《访谈 为了『故事』的冒险》，载《文学界》1985年8月号，第55页。
[2] 同上。
[3] 同上书，第41页。
[4] 林少华：《村上春树和他的作品》，宁夏人民出版社，2005年，第36页。

实日语本身除了"胶着性"、"情意性"等特点外，暧昧、自明的表达方式更为突出。而村上所说的"日语性"应该主要是指这种暧昧性、自明性的特点。比如在日语中，指示代词有三个系列，分别指代离说话者较近、稍远和更远的事物。这与中文的"这"、"那"，以及英语的"this"、"that"的二分式代词就有所不同。而在文章中，代词的使用又与叙述者对指称物的心理距离有关。因此，在日语小说中，代词往往具有自明性和暧昧性的双重特点。村上春树在话语上的突破，正是对这种暧昧性、自明性特点的改革。在村上春树的小说中，读者很难看到语义暧昧的表达。指示代词一方面具有明确的指代含义，同时也少了传统日本文学中的那种心理暗示。此外，相对于其他日本文学作品，村上小说中"僕（boku）"这一人称代词出现的频率非常高。它的出现，使叙述者的主体性得到凸显，消解了日语中人称指代自明性的特点。可以说，村上小说中每一句话都很简洁明了。村上春树也实现了他以透明式的语言进行创作的目的。

不过，正如笔者在第一章中所指出的那样，简洁并不等于简单。事实上，村上小说简洁的叙述形式背后语言所表现出的多义性反而使读者在重构故事时产生多种可能。例如《舞！舞！舞！》开头的这一段：

我总是梦见海豚宾馆。
而且总是**栖身**其中。就是说，我是作为某种持续状态**栖身**其中的。梦境显然提示了这种持续性。海豚宾馆在梦中呈畸形，细细长长。由于过细过长，看起来更像是个带有顶棚的长桥。桥的这一端始于太古，另一端绵绵伸向宇宙的终极。我便是在这里栖身。①

日文：
よくいるかホテルの夢を見る。

---

① ［日］村上春树：《舞！舞！舞！》，林少华译，上海译文出版社，2002年，第1页。（黑体系原文）

夢の中で僕はそこに含まれている。つまり、ある種の継続的状況として僕はそこに含まれている。夢は明らかにそういう継続性を提示している。夢の中ではいるかホテルの形は歪められている。とても細長いのだ。あまりに細長いので、それはホテルというより屋根のついた長い橋みたいにみえる。その橋は太古から宇宙の終局まで細長く延びている。そして僕はそこに含まれている。①

这段关于梦到海豚宾馆的描写如果从语言的表达来看可以理解为："我"曾在四年前去过那里，因此在回忆的作用下做了这样的梦。海豚宾馆因为本身就与其他宾馆不同，加之年代久远缺乏修缮，在梦中发生了变形。然而，大多数读者都会意识到这段描写并不是简单的梦境描写。小说中黑体表示的词"栖身"，如果直译的话是"我被那里包含（僕はそこに含まれている）"之意。这在日语中首先就是一个不存在的被动式表达。其次"被包含"与表示存在的"在（いる）"一词不同，具有融为一体的含义。那么这样一来，海豚宾馆的意义就不再是一个旅馆那么简单，与其后的表达相联系，重构出的意思就可以是：海豚宾馆并不是一个普普通通的旅馆，而是一个永恒的存在（一端始于太古，另一端绵绵伸向宇宙的终极）。"我"置身其中是由于"我"本身就是这种永恒存在的一个瞬间（我是作为某种持续状态栖身其中的）。由此，我们可以认为海豚宾馆对主人公来讲是一个极为特殊的场所。在那里，他可以与过去、未来展开对话。

三、"故事"的叙事变革

在探讨了村上春树"话语"方面的叙事变革后，一起来看他在"故事"上的叙事变革。在"故事"方面，村上春树的小说更多地体现出强

---

① ［日］村上春树：《村上春树全作品1979—1989⑦》，讲谈社，1991年，第7页。（旁点系原文）

化趣味性以及现实要素与非现实要素有机结合的特点。

1. 趣味性的强化

村上春树的小说创作有一个从重视"话语"的独立性、前卫性向重视"故事"的独立性、趣味性的转变。在接受川本三郎的采访时,村上讲:

> 结果在写完《弹子球》①后,我作为作家面临着方向性的选择。首先是追求语言形态。将语言的使用方法、组合方法越来越前卫化、复杂化。一种提纯作业吧。(中略)
>
> 另一个选择就是故事性。将语言问题暂时搁置,或者说停止前卫化方向,朝着讲故事的方向发展。结果我选择了故事性,其成果就是《寻羊冒险记》这一作品。②

村上所讲的"语言的使用方法、组合方式"等其实不是单纯的语言表达问题。《且听风吟》以及其后的几部作品中语言的前卫性实际上是前面所论述的叙述话语相对独立的特点。搁置语言的前卫化实际上就是削弱《且听风吟》、《1973 年的弹子球》以及一些短篇中所表现出的话语独立性倾向,同时加强故事的独立性以及趣味性。在村上春树看来,话语的独立性以及语言表达的前卫性并非不重要。实际上作为一种文体特点,在村上春树整体的小说创作中,我们都可以看到不同于传统的日语表达。但同时村上也意识到单纯依靠话语的革新势必走向极端,在某种程度上后现代语境中的文学会重导现代文学精英化的覆辙,从而失去构建后现代语境中文学力量的可能性。在后现代语境下,村上春树的小说创作实际上力求在大众的可读性与文本的深入性上取得一种平衡。这就要求小说创作不但要适度放弃叙述话语的独立性,同时在加强故事本身的独立性之外还要寻求故事本身的趣味性。

---

① 指《1973 年的弹子球》——笔者注。
② [日]村上春树:《访谈 为了『故事』的冒险》,载《文学界》1985 年 8 月号,第 62 页。

村上小说对故事可读性、趣味性的追求，是从第三部长篇小说《寻羊冒险记》的创作开始的。这部小说的故事模式明显受到美国作家雷蒙德·钱德勒侦探小说的影响，而这种"失去——寻找——失去"的故事形式也似乎为村上春树本人所钟爱。村上春树在美国演讲时就曾承认这部小说的结构深受雷蒙德·钱德勒的影响，并对美国读者将《寻羊冒险记》与钱德勒的《大睡》相比感到荣幸。① 在《寻羊冒险记》中，"故事"独立性得到加强显而易见，但与此同时可读性、趣味性也为大家所瞩目。小说与大众文学中探险、神秘故事为主的创作有相类似的地方，主人公的经历某种意义上确实可以称之为历险和传奇。

应该说村上春树注重故事的独立性同时加强趣味性、可读性的创作方式既是对日本传统纯文学的一种挑战，也反映出后现代主义文学消解大众文学与纯文学之间界限的一个特点。日本文坛一直有纯文学和大众文学之分。对纯文学，每个时代都有不同的定义和理解，也出现了代表不同时代的纯文学作品。从整体来讲注重艺术性而非娱乐性、商业性成为纯文学共同的特点。纯文学作品往往并不能在图书市场上形成热销之势。著名作家、诺贝尔文学奖获得者大江健三郎就曾慨叹自己的作品与村上春树的小说在同一年出版却只卖了五万册。② 与此相反，村上春树的小说不但在日本本土热销，1990年代开始更是在东亚、以至世界范围拥有广泛的阅读群体。这一现象多少与传统纯文学相左，而村上小说中出现的趣味性因素也引来了抱有传统价值观研究者的批评。甚至有美国的日本文学研究者也认为：时下的日本作家是为了迎合年轻读者的时髦要求而写作。③ 言外之意就是认为以村上春树为代表的当今日本文坛已经鲜有严肃的文学创作了。客观来看，追求小说的趣味性和可读性的背后的确有村上春树的某种"服务意识"。村上曾经营爵士乐酒吧，"服务

---

① 参见［美］杰·鲁宾：《倾听村上春树 村上春树的艺术世界》，冯涛译，上海译文出版社，2006年，第90页。
② 参见许金龙：《从大江健三郎眼中的村上春树说开去》，载《外国文学评论》2001年第4期，第152页。
③ 转引自尚一鸥：《日本的村上春树研究》，载《日本学刊》2008年第1期，第149页。

意识"其实是源于他成为专业作家之前的这段经历。事实上不论是作为作家的村上春树还是作为翻译家的村上春树,读者从他的作品中都可以感受到他自己就是站在读者的角度而非作家、翻译家的角度进行创作和翻译的。这种创作态度难免不被人诟病为迎合大众口味。不过,村上本人对自己趣味性、可读性的故事却有着比较清醒的把握:

> 我采用了神秘小说的结构,塞进去的却是截然不同的成分。换句话说,那种结构对我来说就是一辆车子。①

这是村上春树在承认《寻羊冒险记》受侦探小说结构影响后所做的补充。可见,对村上来讲,采用何种故事结构,是否追求故事的趣味性和可读性是由创作本身的需要决定的,并非只是为了满足读者的口味。

2. 现实性与非现实性的结合

村上春树在故事方面的另一个突破是在故事中巧妙地将现实性与非现实性相融合。日本现代文学的叙事特点之一就是故事的现实性。究其原因,恐怕在于日本现代文学一开始就是以俄国文学为学习对象,发端于写实主义的创作,而在其后的相当长时间里私小说又占据了日本文坛的主流。私小说以描写日常琐事,刻画主人公内心感受为原则,故事的现实性特点不言而喻。战后日本尽管出现了学习西方文学、在故事方面打破客观现实与主观感受的作家②,但整体来看并没有改变日本现代文学在故事方面以现实性为主的叙事传统。

村上春树的小说除个别作品外,故事中的非现实性要素占据了主导地位。如《1973年的弹子球》中就出现了"我"在仓库中与弹子球对话的情景。《寻羊冒险记》的"我"则在寻找一只背部有星斑、可以进

---

① [美]杰·鲁宾:《倾听村上春树 村上春树的艺术世界》,冯涛译,上海译文出版社,2006年,第90—91页。

② 作家安部公房(1924—1993)被誉为"日本的卡夫卡"。他的创作充分学习了弗朗茨·卡夫卡的创作特点。小说《赤茧》(1950)、《墙——卡玛尔氏的犯罪》(1951)、《砂女》(1962)等表现了现代日本社会中人的异化。故事具有高度的非现实性色彩。

入人的身体并主宰人思想的羊。《世界尽头与冷酷仙境》勾勒出两个不同的世界，不论是"世界尽头"部分还是"冷酷仙境"部分，故事中都有打破客观现实与主观感受之间界线的描写。最新的短篇小说集《东京奇谈集》(2005) 中，村上春树"依然在不动声色地拆解着现实与非现实或此岸世界与彼岸世界之间的篱笆"①，巧妙地将非现实性要素融入到各个故事之中。可以说除《挪威的森林》，村上春树绝大部分长篇小说都是非现实性要素占重要地位的作品，而在短篇小说中也不乏含有高度抽象意味的非现实性故事。

不过，与那些将现实世界彻底异化的现代派小说家有所不同，村上春树小说中的非现实性要素总是与现实性要素巧妙地结合在一起，甚至达到了融为一体、令人信以为真的程度。我国有研究者在分析村上的具体作品时就曾以"虚构的真实和真实的虚构"为题②，可见村上春树小说中这种现实性与非现实性要素彼此融合得是何等紧密。此外，日本学者铃村和成也在评论《世界尽头与冷酷仙境》时认为：村上春树的虚构故事有一种"既视感（déjàvu）"。③ 这也说明村上小说虽然非现实要素占据主导地位，但与那种将现实世界完全异化的创作还是存在着明显区别。

其实现实性与非现实性相结合的创作手法并不是村上春树的独创。在后现代文学作品中，虚构的现实性与现实的虚构性是一个普遍的特点。但村上小说有两点是值得关注的：其一是上面已经论及的现实性与非现实性高度融合的特点；其二则在于小说打破现实与非现实之间的藩篱并非是一种戏仿。换言之，村上春树模糊现实与非现实之间的界线，目的不在于拆解意义本身。恰恰相反，在多数情况下拆解现实与非现实之间界线的最终目的是为了确立某种意义或主题。

---

① ［日］村上春树：《东京奇谈集》，林少华译，上海译文出版社，2006 年，第 3 页。
② 吴世娟：《虚构的真实与真实的虚构——浅论村上春树〈世界尽头与冷酷仙境〉》，载《美与时代》2005 年第 6 期，第 75—76 页。
③ 参见［日］铃村和成：《尚未/已经村上春树与〈冷酷异境〉》，载《村上春树研究 02》，若草书房，1999 年，第 13—37 页。（既视感：心理学术语。指一种似曾相识的感觉。）

《大象的失踪》(1985)可以说是短篇小说中比较能突出反映这一特点的作品。小说中的故事大体分为两个部分：在第一部分里主要叙述的是公园里一头老象和他的饲养员在某一天突然失踪的故事。小说煞有介事地描写这头老象如何到了小镇的公园，当初象舍落成典礼时的情景以及大象失踪之后人们的种种猜测、媒体的相关报道等。而当人们逐渐淡忘了那头大象的时候，小说的故事转入到第二部分。主人公和一位女编辑在一个宣传酒会上相识。两人聊各种话题，最后涉及到了大象的失踪。至此，小说前后两部分的故事中除大象失踪这一蹊跷怪事外，都是充满日常生活细节的描写，不存在任何非现实性要素。但在最后，主人公讲：他自己恐怕是最后一个看到大象和饲养员的人。透过鲜为人知的通风口向下观察，他觉得大象和饲养员之间的某种平衡已然发生了改变。由此他想大象和饲养员只不过在稀薄的空气中失踪了。很明显，这里主人公所讲述的情景很难与现实生活经验发生联系，所描写的故事也打破了客观现实和主观感受之间的界线。由此，《大象的失踪》便成为一部含有高度非现实性要素的作品。多数研究者在肯定大象具有一定的象征意义的同时，认为大象失踪的故事又是在表现一个找寻的主题。尽管里面夹杂了对现实的讽刺，最后找寻的对象还是不了了之。小说中文学的意义似乎被消解，小说所展现的似乎只是后现代社会中人对周围异化所产生的麻木、无奈之感。但实际上，小说中大象的意义、以及小说中出现的非现实性要素具有深刻的寓意。大象实际上代表的是事物所呈现出的影像①，大象的失踪以及在失踪之前主人公所观察到的变形正代表了在高度发达的信息社会中，人们所认识的事物影像已经产生失衡。这使得作为个体存在的人也不免感觉"内部的某种平衡分崩离析"②。这里，认识论中主客体之间的相互关系成为小说中非现实性要素所要表现

---

　　① "象"（大象）与"像"（影像）在日语中发音相同，均为"ぞう"。因此"象的失踪"实际上应理解为"'像'的失踪"，即"影像"的消失。村上小说中还有其他相似的例子。如"井"的意象：日语中"井"的发音为"いど"，这与表示潜意识的精神分析用语"イド"相同。因此，小说中的"井"常常代表了自我意识世界。对"井"这一意象的分析可详见本书第三章第一节中的第三部分。

　　② [日]村上春树：《再袭面包店》，林少华译，上海译文出版社，2002年，第40页。

的主题。而《大象的失踪》这一短篇小说与其说是一个找寻的故事,不如说它更像一部进行哲学思考的小说。

注重故事本身的趣味性、可读性以及现实要素与非现实要素巧妙地有机融合是村上春树在"故事"上的叙事变革。正是依靠带有趣味性的、虚实相生的故事,村上春树在小说创作中确立起明确的主题和深刻的意义。

小　结

本章就村上春树小说在思想内容上的后现代主义文学特征以及创作形式上的突破进行了探讨。在日本后现代语境中,村上春树的小说具有后现代文学的本质性特点。同时在追问自我以及把握自我与他者之间关系的主题上又与日本现代文学存在着明显的承继关系。从叙事方法来看,村上春树明显突破了传统的叙事模式,在"话语"和"故事"两方面实现了变革。

正如内容与形式密不可分一样,村上小说在思想内容上的特点正是通过独特的叙事手法得以实现的。因此,在以宏观视角对村上春树小说的思想内容、艺术突破进行分析后,我们有必要通过个案研究的方式更为详细地探讨村上春树的小说创作。

第三章
自我的形象化与他者化

本章将具体研究《世界尽头与冷酷仙境》和《挪威的森林》两部作品。这两部长篇小说虽然在叙事上采用了截然不同的手法，但在主题上却有着共通之处。那就是二者都是围绕着自我这一主题而展开的创作。在《世界尽头与冷酷仙境》中，村上春树将自我这一抽象概念形象化，通过非现实性故事认识自我存在；而在《挪威的森林》中，村上在追问自我时采用了现实主义的表现手法，将自我投射到其他登场人物上，实现了自我的他者化。

第一节　在形象中探寻自我
——论《世界尽头与冷酷仙境》

出版于1985年的《世界尽头与冷酷仙境》是村上春树的第四部长篇小说，也是新潮出版社计划出版的纯文学系列丛书之一。在此之前，村上的小说均是首先在文学杂志上刊登而后出版单行本。而《世界尽头与冷酷仙境》则一开始就计划作为独立的单行本发行。这说明村上春树已经在文坛确立了自己的一席之地。小说以双线推进的方式构成。奇数章节以当代大都市——东京为背景，描写主人公的种种冒险；双数章节的故事则发生在一个叫做"世界尽头"的小镇——在那里主人公与自己的影子分离并被分配到图书馆阅读古梦。这两个平行推进的故事虽然没有像《海边的卡夫卡》那样最终交织在一起，但从小说的细节可以看出，两个故事中的主人公其实就是同一人物。而所谓"世界尽头"也就是主人公自我意识世界的形象化。

《世界尽头与冷酷仙境》获得了意在鼓励中坚作家的"谷崎润一郎奖"。而这部作品也的确可以称之为村上小说中表现自我这一主题的经典之作。

一、从"失败之作"到探寻自我的鸿篇巨制

村上春树的长篇小说常与短篇小说有着非常密切的关系。例如《挪威的森林》就是在短篇小说《萤》的基础上延伸而成，《奇鸟行状录》的第一章就是短篇小说《拧发条鸟与星期二的女郎们》。《世界尽头与冷酷仙境》也不例外，它的原型是 1980 年 9 月发表在文艺杂志《文学界》上的《小镇与不确切的墙》。不过耐人寻味的是，《小镇与不确切的墙》并没有被收入到任何一个短篇小说集中，而且 1990 年出版的第一次村上春树《全作品集》也没有收录这部小说。与其他小说相比，《小镇与不确切的墙》可以说相当特殊。因为其他短篇尽管在内容上与长篇有重合之处，但村上春树依然将其视为独立作品。不但将它们收入《全作品集》，而且还做了相应的修改。究竟是什么原因使村上春树"放弃"了《小镇与不确切的墙》呢？对此，村上的回答是：这是一部失败之作。

> 关于《小镇与不确切的墙》这一作品，我一直觉得是写了不应该写的、不可以写的东西。（中略）最终是写的时机太早了些。我觉得那是一个最糟糕的例子——该写的题材早于写作这一行为。①

---

① ［日］村上春树：《访谈 为了『故事』的冒险》，载《文学界》1985 年 8 月号，第 75 页。

从村上春树上面这段话中可以看出：《小镇与不确切的墙》之所以被认为是一部"失败之作"，并非是题材本身有什么问题。村上春树在接受另外一次采访的时曾讲："那虽然是一部没能完成好的作品，但我想其中却有些什么。那是非常坦诚的东西，不是因为写小说而写的，而是写了想写的东西。"① 小说中具有中世纪意味的城镇意象一直在村上心头挥之不去，如何将那里的一切小说化也是村上一直思索的内容。《小镇与不确切的墙》之所以被束之高阁，关键在于题材和创作形式之间发生了某种乖离。在村上春树看来，自己在处理《小镇与不确切的墙》的素材时，由于叙事方法欠成熟使小说最终没能达到预想的效果。

被村上春树束之高阁的这部短篇究竟与《世界尽头与冷酷仙境》存在怎样一种内在关系，是笔者关注《小镇与不确切的墙》的原因所在。事实上，由于村上春树自己的"封杀"，小说《小镇与不确切的墙》不但没有中文译本，在日本也很少被人关注。② 中日两国学者在研究村上文学时鲜有涉及两部作品之间相互关系的研究。不过，在笔者看来，对这一"失败之作"的研究不但重要，而且恰好可以成为解读《世界尽头与冷酷仙境》的一把钥匙。

1. 从传统叙事到故事关联性的飞跃

《小镇与不确切的墙》基本上是后来《世界尽头与冷酷仙境》中"世界尽头"的部分。不过通过对比就可以发现，相对于后面的长篇小说，《小镇与不确切的墙》在创作上采用了较为传统的叙事方法。

《世界尽头与冷酷仙境》中"世界尽头"的部分是主人公的自我意识世界。对于这一点中外研究者基本不存在什么异议。而《小镇与不确切的墙》既然就是"世界尽头"的雏形，那么同样也是自我意识的世界。然而，阅读中我们不难发现在外化这一自我意识世界时，《小镇与

---

① ［日］村上春树：《这个十年 1979～1989》，载《文学界》1991 年 4 月临时增刊号，第 46—48 页。
② 日本学者山根由美惠在自己的博士论文中对《小镇与不确切的墙》做了分析。相关内容可参见山根根据自己的博士论文而出版的专著《村上春树〈故事〉的认知系统》（若草书房，2007 年）中第 71 至第 88 页。

不确切的墙》使用了较为传统的叙事方法。

  "小镇是由高墙围着的"你说。"不是很大的镇子,不过也不小得令人局促不安。"
  于是,<u>小镇便有了墙</u>。
  <u>你接着讲下去,小镇随之便有了一条河和三座桥,有了钟楼和图书馆,还有了废弃的铸造工厂和简陋的公共住宅</u>。在夏天暮色淡淡的光线中,我和你肩并肩就那样一直俯视着小镇。①

  这是《小镇与不确切的墙》第二章中的一段话。从笔者划线的部分可以看出,小镇并非是一个实体性存在,它是男女主人公的观念产物。小镇随着女主人公的叙述而逐渐展现出自己的面目,城墙、河流、桥梁、钟楼、图书馆、工厂以及公共住宅均为观念的创作物。女主人公讲:"真正的我生活在那座被城墙包围着的小镇里"。② 小镇无疑就是女主人公自我意识世界,而同时它也是小说中男主人公的自我意识世界,因为"只有那里曾是我的场所"③。
  将自我意识世界以一个具体的形象外化出来,是村上春树在《小镇与不确切的墙》和《世界尽头与冷酷仙境》中一个共同的特点。但在《小镇与不确切的墙》中,这种自我意识的形象化却是通过以上那样一种传统的叙事方法而完成的。而且从《小镇与不确切的墙》中其他描写还可以看出,语言在叙事中发挥着异常重要的作用。通过语言外化自我意识世界,进而达到认识自我、表现自我,是日本文学的叙事传统。日本现代文学不但普遍采用这种叙事方式,而且绝大部分作家明显地利用了日语中某些独特的语言特点。在将自我意识世界形象化的过程中,《小镇与不确切的墙》一方面否定语言、试图抛弃传统叙事方式中的话

---

  ① [日]村上春树:《小镇与不确切的墙》,载《文学界》1980年9月号,第48页。(下线为笔者所加)
  ② 同上书,第48页。
  ③ 同上书,第50页。

语方式①，但在另一方面又依赖于语言，使用传统的话语方式外化自我意识，这样的结果无疑使《小镇与不确切的墙》处在一种矛盾之中。这表明，村上春树一方面想实现日本现代文学中不曾出现的形象化自我，另一方面又在依靠传统叙事中的话语方式。那么，由此必然导致自我的形象化缺乏应有的艺术张力。这恐怕正是《小镇与不确切的墙》被村上自己"封杀"的根本原因。不过，这种矛盾并没有一直延续。在5年后创作的《世界尽头与冷酷仙境》中，村上春树摒弃了《小镇与不确切的墙》中传统的话语方式，通过两个故事之间的关联性完成了自我意识的形象化，实现了叙事方法上的飞跃。

《世界尽头与冷酷仙境》从一开始就设定了两条截然不同的线索，以单数章节和双数章节细致入微地刻画出两个不同的世界。"世界尽头"的部分与《小镇与不确切的墙》一样，故事发生在中世纪氛围的小镇中。那里的人们没有心、没有欲望、也没有感情。主人公舍弃了代表欲望和感情的影子进入小镇，在图书馆里做了读梦人，每天阅读隐藏在独角兽头骨中的古梦。而在"冷酷仙境"里，故事的背景虽然是现代东京这个大都市，但给人的感觉却更像是一个未来世界。在那里，主人公接受了一位老博士的特殊任务——进行数据计算。然而这一任务的完成不但使主人公被迫经历一系列的冒险，而且令他不得不接受肉体死亡的结局。林少华在《村上春树的小说世界和艺术魅力》一文中这样评价这篇小说：

> 这的确是一部奇思妙想之作。小说把极为荒诞的构思同极为严肃的主题巧妙地糅合在一起。寓庄于谐，虚实相生，场面奇特，气势恢宏，发人深省，给人启迪，堪称一幅幅经过变形处理的资本主义世界和人们心态的绝妙缩影。②

---

① 《小镇与不确切的墙》在第一、十二、十三、二十七和最后的终章里均涉及到了语言的问题。与《且听风吟》中对语言的怀疑态度不同，在《小镇与不确切的墙》中有对语言明显的否定。如开篇的第一句话就是："应该讲述的如此之多，能够讲述的却如此至少。而且语言死掉了。"

② 林少华：《村上春树和他的作品》，宁夏人民出版社，2005年，第25页。

小说从内容上说的确如林少华所分析的那样充满奇思妙想，两个部分虽然刻画得细致入微，但不能不说充满了荒诞的意味。不过，小说故事的荒诞性以及两个故事的相互糅合，绝不仅仅是为了再现资本主义世界本身。在平行推进的两个故事之间，关联性成为两个不同世界得以共同存在的前提和解读文本的关键。正如美国学者杰·鲁宾所指出的那样："起先这两个世界只在最琐碎的细枝末节上呼应（比如对回形针的特别强调），不过愈往后两个世界就愈发类似和对称。"① 的确，在《世界尽头与冷酷仙境》中，我们总是可以发现两个独立的部分之间所隐藏着的各种关联。其中突出的一点就在于："冷酷仙境"中作为计算士的主人公其进行模糊作业的通行令正是"世界尽头"：

> 我进行模糊作业的通行令是"世界尽头"。我根据"世界尽头"这一标题下带有高度私人意味的剧情，将分类运算完毕的数值转换为电脑计算用语。②

在"冷酷仙境"的故事里，"世界尽头"这个标题代表了主人公的意识核。虽然主人公自己并不清楚这个意识核究竟有些什么具体内容，但它却像带有情节的故事一样发挥着作用。而由此，小说中的另一条线索——"世界尽头"的部分就是主人公自我意识的具体形象这一点便清晰地被提示了出来。在一个故事的展开过程中蕴含另一个故事的主题及寓意，这不能不说是村上春树在叙事方法上的一个突破。两个故事之间的关联性成为《世界尽头与冷酷仙境》中将自我意识世界形象化的一种独特手段，也成为村上小说在叙事方法上的一个变革。

2. 从作家自我到主人公自我的蜕变

《小镇与不确切的墙》和《世界尽头与冷酷仙境》都是将自我意识

---

① ［美］杰·鲁宾:《倾听村上春树 村上春树的艺术世界》，冯涛译，上海译文出版社，2006年，第126—127页。
② ［日］村上春树:《世界尽头与冷酷仙境》，林少华译，上海译文出版社，2002年，第110页。

形象化的作品。二者除了在叙事方法上存在本质上的差异外,所构筑的自我意识世界还存在着从作家自我到主人公自我的蜕变。

《小镇与不确切的墙》中的主人公来到小镇是因为要找到真正的"你"——小说中的女主人公。那么按照这一逻辑进行推理,男女主人公之间的故事应该成为这部小说的主线。不过,在《小镇与不确切的墙》中,男女主人公的故事并没有构成小说的主线故事,环绕小镇的墙壁与主人公之间的对话反而显得更为突出。特别是在小说的高潮部分——主人公"我"将要逃离小镇重返原来世界的时候,"我"表示要与墙壁做一个了断。此时墙壁与"我"之间的紧张关系被推向了一个顶点。小说着意刻画小镇以及围绕小镇的墙壁固然与自我意识的形象化有关,但小说的重点从男女主人公之间的故事转向"我"与墙壁之间的关系还是非常耐人寻味。

在《小镇与不确切的墙》里,环绕小镇的墙壁是一个完美的存在:

"如果这个世界上果真存在什么完美的东西的话,那就是这个墙壁。"看门人对我说。"谁也不能越过它,谁也不能摧毁它。"①

完美的墙壁"超越所有时间而存在的。现在依然存在。而且也将超越所有时间继续存在下去"。② 墙壁的完美性在这里被置于一种绝对的程度。这种完美性不禁令人联想到《且听风吟》中"不存在十全十美的文章,如同不存在彻头彻尾的绝望"那句著名的开头。如果说《且听风吟》中对于文章完美性的否定代表了一种对语言本身的质疑,那么这里墙壁的完美性则代表了长久以来人们对于艺术本身的一种认识。艺术追求永恒,追求超越时空的完美性,可以说墙壁正是艺术本身的化身。在墙壁与主人公的几次对话中,墙壁的这一隐喻作用得到突出:

---

① [日]村上春树:《小镇与不确切的墙》,载《文学界》1980年9月号,第55页。
② 同上书,第55页。

如果想跳进去就跳进去好了。墙壁说。但是你们讲述的东西只是语言。你不就是从那样的世界逃出来，到这个小镇来的吗？①

《小镇与不确切的墙》在构筑并探寻自我意识世界的同时也使自我与外部世界二元化。在外部世界中语言仅仅作为符号而存在并没有真正的意义，真正的意义存在于墙壁所包围的小镇之中。不过正如小镇的居民要抛弃代表阴暗心灵的影子一样，意义的存在是以牺牲人的欲望和感情为代价的。不能否认，墙壁在成为亘古存在的永恒与完美的同时，也存在着欺瞒性。从这一意义上讲，主人公最后逃离小镇时与墙壁所做的"了断"、以及此前与墙壁的对话便成为个体如何直面艺术传统的问题。村上春树在《小镇与不确切的墙》中虽然试图将自我意识世界形象化，并在一定程度上达到了预期效果，但所构筑起来的并不是"我"这一主人公的自我意识世界。主人公与墙壁之间的紧张关系其实象征了村上春树本人与既往文学之间的矛盾与纠葛。因此《小镇与不确切的墙》中所构建起的自我内部世界实质上是一个作家的自我意识世界。

而这种作家的自我意识世界在5年后的《世界尽头与冷酷仙境》中发生了质的改变。在小说的"世界尽头"这部分里，村上春树删除了《小镇与不确切的墙》中主人公与墙壁之间的对话，也没有在小说中突出语言、墙壁与主人公三者之间的关系。尽管墙壁在《世界尽头与冷酷仙境》中依然完美而坚固，是无法超越的永恒性存在，但小说中主人公不再与墙壁之间形成一种非常强烈的紧张关系。这一处理大大弱化了墙壁是艺术化身的隐喻作用，"世界尽头"所代表的自我意识世界也由此变得不再是具有特殊意义的作家自我。而且，在"世界尽头"这部分里，小说强化了男女主人公之间的故事。这部分的高潮除了最后主人公决定与影子分离留在森林中生活的描写外，在图书馆，由于音乐的作用散落在众多头骨中的女孩的心发出光亮的情景也给读者留下深刻的印

---

① ［日］村上春树：《小镇与不确切的墙》，载《文学界》1980年9月号，第97页。（黑体、圆点系原文）

象。在这样一个形象化了的自我意识世界中,语言、墙壁退居其次,记忆成了一个核心的命题。在"世界尽头"中,村上春树构建的是一个可以找寻失去记忆的自我意识世界。同时这一自我已不再是特定的作家自我,而是小说中登场主人公的自我世界。《世界尽头与冷酷仙境》就这样完成了从《小镇与不确切的墙》中作家自我到小说中主人公自我的蜕变。

二、自我认识的多元化

在对《世界尽头与冷酷仙境》的既往研究中,日本学者普遍注重对"世界尽头"这一部分的分析,即那种形象化的自我意识世界究竟反映了什么。而国内研究者的研究重点则放到小说平行发展的两条线索上,强调小说中现实性要素与非现实性要素的结合,以及在非现实世界中对现实问题进行认识的村上文学特点。将抽象概念具体形象化无疑是《世界尽头与冷酷仙境》这一作品的最大特点。对于这一点,村上本人拥有创作的自觉。在小说的第25章,村上借老博士之口这样讲到:"优秀的音乐家可以将意识转换为旋律,画家可以转换成色彩和形状,小说家则可以转换为故事,同一道理。"① 一些日本研究者也对村上春树的创作手法给予了高度评价。例如吉田春生就认为《世界尽头与冷酷仙境》是迄今为止②村上春树最为成功的长篇小说。虽然小说在获得"谷崎润一郎奖"时并没有得到评委们的一致首肯,但评审委员们的分歧恰好说明这部小说的形式是日本文学从未有过的。③

《世界尽头与冷酷仙境》的确是一部将自我意识形象化的杰作。不过,形象化的创作手法还不是村上春树的最终目的。通过将自我意识形象化,并在故事的发展中认识自我、探寻自我存在的意义——这才是形象化自我这一表现手法的最终目的。而对于自我的认识,笔者认为其实并非只存在于"世界尽头"的部分里。《世界尽头与冷酷仙境》中的自

---

① [日]村上春树:《世界尽头与冷酷仙境》,林少华译,上海译文出版社,2002年,第282页。

② 吉田春生论著的出版时间为1997年。

③ 参见[日]吉田春生:《转向的村上春树》,彩流社,1997年,第121页。

我认识呈现出多元化的特点,而出现这种多元化又恰好与村上春树小说的后现代文学特点有直接关系。

1. 夜鬼"圣域"中的冒险

据村上春树回忆:在小说付梓出版时,编辑曾建议将书名改为《世界尽头》。而当这部长篇被译成英语时,国外的出版社又建议将书名定为《冷酷仙境》。不过自己并没有采纳出版社这两次的建议,坚持将小说的名字定为《世界尽头与冷酷仙境》。① 这段小插曲似乎从另一个侧面说明小说中两个部分实际上具有同等重要的作用。"冷酷仙境"的存在并不仅仅起到推动"世界尽头"部分发展的单一作用,主人公在"冷酷仙境"中的地下冒险同样也是深入自我的意识世界、探寻自我的过程。

小说从第21章到第29章描写了主人公和博士的孙女一起到地下寻找博士并再次返回地面的过程。"冷酷仙境"的部分虽然较"世界尽头"的部分具有更多的现实性要素,但整体来讲无异于是在充满奇幻的未来世界中冒险。而主人公进入地下,深入夜鬼老巢的描写应该说是最惊心动魄的。主人公和博士的孙女下到地下后一路前行,这期间不但要时刻提防埋伏在周围、虎视眈眈的夜鬼,而且在接近博士藏身的高塔时还经历了被蚂蟥吸血、井口突然喷水等意想不到的危险。然而就在这些惊险刺激而又需要分秒必争的时刻,小说却用了相当多的笔墨去着意刻画夜鬼"圣域"入口处的浮雕:

> 圣域入口的两旁饰有精致的浮雕,图案是两条巨大的鱼口尾相连地簇拥着圆球。一看就知是不可思议的鱼。头部宛如轰炸机的防风罩一般赫然隆起,无目,代之以两条又粗又长的触角如藤蔓一般卷曲着突向前去。较之身体,口大得很不协调,一直开裂到靠近鳃的地方,下面鳍根处跃出短粗而结实的器官,如同被截断的前肢。乍看以为是具有吸盘功能的部件,细瞧原来其端头生有三只利爪。

---

① 参见[日]村上春树:《村上春树全作品1979—1989④》,讲谈社,1990年,月报。

带爪之鱼我还是初次目睹。背鳍则成异形,鳞片如**毒刺**一样突出体外。①

此处的浮雕描写可谓细致入微。这种细致的描写其实并不是村上春树在有意卖弄自己的想象力,浮雕以及鱼这一意象的出现在"冷酷仙境"中具有极其重要的作用。在心理学的研究中,鱼类、特别是生活在海洋深处的鱼类,代表了人类心理上的低级中心和人的交感神经系统。也就是说,鱼这种生物常常用来象征人的潜意识和人的直觉。日本的《意象·象征事典》中对鱼是这样解释的:

1、原始海洋中的两条鱼表示新生的意识世界以及隐藏在无意识海洋中的自我。
2、作为无意识的内容之一鱼拥有比蛇更高的权威。②

在夜鬼"圣域"的入口处出现鱼的浮雕并非偶然。它实际上暗示了生活在地下、靠吃腐烂垃圾为生的夜鬼,其"圣域"是一个与人的潜意识世界有着共通之处的所在。而两条鱼口尾相连的造型则很有可能是村上春树根据书后所列的参考书——《幻兽词典》中首尾相连的蛇的形象创造出来的。《幻兽词典》中提到,首尾相连的蛇代表了一种无限性。③那么口尾相连的两条鱼所组成的造型与无限性之间也应该存在对应的关系。对于夜鬼的"圣域"以及浮雕中出现的鱼,博士的孙女解释说:所谓"圣域",实际上是夜鬼的祖先居住的地方。而那条鱼则被认为是他们的神,一个可以主宰黑暗的神。它"统治着这片黑暗王国,统治着这

---

① [日]村上春树:《世界尽头与冷酷仙境》,林少华译,上海译文出版社,2002年,第218—219页。(黑体系原文)
② [希腊]弗里斯(Ad De Vries):《意象·象征事典》,山下主一郎等译,大修馆书店,1984年,第247页。
③ 参见[阿根廷]博尔赫斯·豪尔赫路易斯(Borges, Jorge Luis):《幻兽辞典》,柳濑尚纪译,晶文社,1974年,第212—213页。

里的生态系统、形形色色的物象、理念、价值体系以及生死等等"①。"圣域"既然是夜鬼们最尊崇的神圣领地,那么它事实上也代表了另外一个世界的核心。只是这一世界与地面的现实世界以及非现实中那个"世界尽头"的世界有所不同,主宰这里的是黑暗和邪恶。在这一黑暗世界的核心中出现象征潜意识与无限性的鱼的浮雕,其实是表明,夜鬼"圣域"正是人们不愿正视的自我意识世界中最为丑恶的部分。如果说村上春树以"世界尽头"的形式将人的自我意识具体转化成一个无欲无求的完美世界的话,那么在"冷酷仙境"中,主人公走入夜鬼的"圣域"无疑是来到了自我意识世界中的另一极。"冷酷仙境"中主人公与博士的孙女下到地下,经过夜鬼老巢并进入其"圣域"的过程并不单单是一个冒险的过程。小说所营造出的紧张气氛的确在某种程度上吊足了读者的胃口,也着实增加了小说的趣味性,但质而言之,这部分描写是在表现自我意识世界中的另外一个部分——尽管大多数人不愿正视,但不可否认每个人的自我中都存在着极其黑暗的邪恶部分。

2. 森林中的第三极世界

《世界尽头与冷酷仙境》中如果仅仅用"世界尽头"中的小镇以及"冷酷仙境"中的夜鬼"圣域"来将自我意识世界形象化,并在其中认识自我、探寻自我的话,那么对于自我的认识就依然回到了善恶对立的二元化模式中。事实上与二元化认识有所不同,在《世界尽头与冷酷仙境》里还存在着自我意识的第三极世界——森林。

森林在1980年创作的《小镇与不确切的墙》中并不是一个被刻意突出出来的场所。在那篇小说里,主人公最后与影子一起逃离了小镇回到原来的世界。这一处理与《世界尽头与冷酷仙境》的结尾大相径庭。在《世界尽头与冷酷仙境》中,主人公最终没有和影子一起跳入水潭逃离小镇,而是选择和影子分离,与图书馆女孩一起到森林中去生活,并将自己找到的女孩的心传达给她。这种结尾的处理颠覆了《小镇与不确

---

① [日]村上春树:《世界尽头与冷酷仙境》,林少华译,上海译文出版社,2002年,第226页。

切的壁》的结局,在大多数研究者看来,这似乎意味着村上春树依然没能走出自闭的自我世界。然而需要留意的是,"世界尽头"这部分中对于森林的描写,以及这个与小镇不同的存在究竟在小说中起着怎样一种作用。

应该说森林在村上春树小说中一个非常重要的意象。《挪威的森林》以及《海边的卡夫卡》中都有关于森林的描写,森林在其中也都是某种特殊意义的象征。不过,虽然森林在村上春树的小说中起着重要作用,却不能将森林的意义固定化。也就是说,在每部作品中森林的意义有可能出现差别,不能将彼森林的寓意放到此森林上来解释。

《世界尽头与冷酷仙境》中的森林在小镇居民的述说中是一个多余的场所。森林里生活着和小镇截然不同的人。他们的影子没有死掉,与小镇的居民不同,是有"心"、有欲望的人。对于影子尚未死去的主人公来讲,森林以及生活在森林中的人们都是可能带来危险的因素。然而,当主人公走进森林后却发现这里是一个静谧而平和的空间:

> 没有任何人染指的神秘的大自然所生成的大地那清新的气息充溢四周,静静地抚慰着我这颗心。在我眼里,根本看不出这就是老大校忠告以至警告过我的危险地带,这里有树木青草和各种微小生命组成的无休无尽的生命循环,哪怕一块石头一抔土都令人感觉出其中不可撼动的天意。[1]

森林既没有小镇居民传说中的恐怖,也不存在任何恶意。那里看来更像是一个可以给人心灵抚慰的栖息之所。其实这一段森林的描写多少令人联想到海德格尔关于疏明与真理的议论。在《存在与时间》一书中,海德格尔将真理比喻成森林中的一片空地:那里枝叶摇曳,光斑交织,使周围的事物呈现出一片生动变幻的景象。这种森林中光亮与真理的关系让海德格尔认为:"亲在本身是一片疏明。无论何种存在者,唯

---

[1] [日]村上春树:《世界尽头与冷酷仙境》,林少华译,上海译文出版社,2002年,第147页。

有进入这片疏明,才能在光亮中显现,或在黑暗中隐蔽。"① 显然,《世界尽头与冷酷仙境》中出现的森林与《挪威的森林》中的森林有所不同。它不是死亡的象征,也不存在消极要素。这里的森林更像一个可以使真理显现出来的场所,一个可以在其中找寻到真正自我的所在。

村上春树谈到《世界尽头与冷酷仙境》的创作时曾说:小说的最后部分自己改写了若干次,而每次改写都会有所不同。② 所谓改写最后的部分,其实就是如何处理主人公与影子之间关系的问题。影子在小说中代表了"心"的存在。关于"心"的命名,村上讲这是一个权宜之策,因为自己希望用一个尽量朴实的词汇。而实际上"心"所代表的是"支撑人这一存在的内在力量"③。尽管村上本人不愿用"自我"来命名"支撑人这一存在的内在力量",但不能否认,所谓"心"就是人的自我。而这一自我在村上春树看来是一种极其复杂的存在,是不能仅仅用善恶对立、非此即彼的二元化方式来认识的。

事实上,《世界尽头与冷酷仙境》在认识自我上就实现了一种多元化的方式。虽然在"世界尽头"与"冷酷仙境"这两部分中,村上春树以形象化的方法外化了自我意识世界中的两极,但在认识自我的过程中,却没有停留在两极化的模式里。小说中森林的出现,以及主人公最后的决定——与影子分离,和图书馆女孩去森林中生活——看似表现了一种消极的态度,但这一处理恰好改变了长期以来人们对自我认识的二元化模式。《世界尽头与冷酷仙境》中结尾的处理,实际上表现了后现代语境中村上春树对于自我的一种新的认识和价值观。面对后物质、后工业化的时代,我们或许不能摆脱物质以及外在的价值体系强加在我们身体上的桎梏,但在精神领域,我们仍可以前往森林中那片代表真理的疏明,去找寻不再封闭内心世界的真正自我。

---

① [德]海德格尔:《存在与时间》(修订本),陈嘉映等译,三联书店,2000年,第155页。
② 参见[日]村上春树:《村上春树全作品1979—1989④》,讲谈社,1990年,月报。
③ [日]村上春树:《访谈 为了"故事"的冒险》,载《文学界》1985年8月号,第84页。

三、自我形象化的延伸

《世界尽头与冷酷仙境》中这种将自我意识世界形象化的创作特点，其实在村上春树的第三部长篇小说《寻羊冒险记》中就已经初现端倪。在那部长篇里，海豚宾馆以及"鼠"在北海道的别墅都不是一个普通的场所。海豚宾馆是战前北海道的绵羊会馆。在那个宾馆里，主人公邂逅了羊博士——一个为追寻特殊的羊而耗费了 42 年光阴的老人。而在"鼠"的别墅里，主人公见到了羊男以及已经死去的老友——"鼠"。不过，《世界尽头与冷酷仙境》无论从何种意义上讲都是村上春树首次运用独特的叙事手法将自我意识形象化的小说。而这种将自我意识世界形象化的创作手法也在村上春树其后的小说创作中得以延伸。

1988 年出版的《舞！舞！舞！》是村上小说中所谓"青春四部曲"的终结篇。在这部小说里，村上通过主人公的梦境以及故事自身的发展，明确了出现在《寻羊冒险记》中的海豚宾馆其实就是自我意识的世界。尽管原来的建筑已被颇为气派的酒店所取代，然而那里依然存在着一个只属于主人公的空间：

> （前略）宾馆之中还有另一个宾馆，那是一般人看不见的场所，但的的确确保留在那里。为我保留，为我存在。①

主人公正是通过这一特殊的存在与过去、未来相连接，探寻自我这一存在的意义。1994 年出版的《奇鸟行状录》中，主人公冈田亨下到井底，穿透墙壁之后进入到另一个异质空间：

> （前略）我想大概不长，或许一瞬之间，但当我偶然回过神时，发觉自己竟置身于另一种黑暗。空气不同，温度不同，黑暗的深度和质量不同。黑暗中混杂着隐约不透明的光，且有似曾相识的浓郁

---

① ［日］村上春树：《舞！舞！舞！》，林少华译，上海译文出版社，2002 年，第 234 页。

的花粉气味扑鼻而来——我是在那座奇妙宾馆的房间里。

我仰起脸，环视四周，屏住呼吸。

我穿过了墙壁。①

这里的异质空间其实也是人的自我意识世界。在日语中，"井"的读音为"ido"。如果将其写作常用来表示外来语的片假名的话，那么这一拼写就与心理学中表示"本我"的词汇相同。因此，《奇鸟行状录》中冈田亨下到井底，无疑就是下到了自我意识的精神世界中。

2002年《海边的卡夫卡》问世。这部小说可以说是迄今为止村上春树作品中引起争议最大的一部。小说的结构与《世界尽头与冷酷仙境》类似，采用了单数章节与双数章节两条不同线索同步推进的叙事手法。不过，与《世界尽头与冷酷仙境》中两条线索最终没有交汇在一起不同，《海边的卡夫卡》中两条线索的主人公田村卡夫卡和中田最终会合于一个特殊的场所——甲村图书馆。小说中的甲村图书馆位于高松市郊，是一家私立图书馆。而田村卡夫卡到达那里后的感受则是：

> 坐在沙发上东看西看的时间里，我意识到这房间正是我长期寻求的场所。我无疑是在寻找仿佛世界凹坑那样静谧的地方，可是迄今为止那只是个虚拟的秘密场所。那样的场所居然实际存在于某处，对此我还不能完全信以为真。②

在村上春树的多部作品中，都有对图书馆的描写。村上春树曾在解说一部短篇小说时讲："图书馆的深处存在着能够刺痛眼睛的黑暗。那样一种世界对于我来说是比任何现实都具有现实感。"③ 可见，村上小说

---

① ［日］村上春树：《奇鸟行状录》，林少华译，上海译文出版社，2002年，第613页。（黑体系原文）

② ［日］村上春树：《海边的卡夫卡》，林少华译，上海译文出版社，2003年，第41页。（旁点系原文）

③ ［日］村上春树：《村上春树全作品1979—1989⑤》，讲谈社，1991，月报第Ⅷ页。

中出现的图书馆其实不是一个普通的所在。那里与"世界尽头"中的小镇、《奇鸟行状录》中的井底类似,是一个可以进入异质时空的通道,甚至本身就是一个异质空间。① 虽然在《海边的卡夫卡》中,村上极力将甲村图书馆刻画为一个具有现实性的、静谧的私立图书馆,但不能否认,那里的非现实要素更具有决定性作用。因此,可以说甲村图书馆是另一个形象化了的自我意识世界。

从《世界尽头与冷酷仙境》到《海边的卡夫卡》,村上春树在表现自我这一主题时,所运用的创作手法与日本现代文学的叙事传统有着非常明显的区别。通过细腻的心理描写刻画自我的内部世界是日本现代文学传统的叙事特点。长期占据日本文坛主流地位的私小说,或心境小说可以说是代表这种叙事特点的典型文本。而那些即便不属于私小说的创作,也会在小说中对主人公内在情感进行着意刻画,以表现自我这一主题。某种意义上,这种创作手法不但是日本现代文学的叙事传统,也代表了现代文学的一种理想和伦理。正如村上春树在译作《漫长的告别》的译者后记中所说的那样:

> 很多小说家都在有意无意地描写自我意识。或者运用各种各样的手法刻画自我意识与外界之间的关联性。这就是所谓"现代文学"基本的存在方式。有一种倾向,认为文学的价值要由如何有效地在文学中表现人的自我是怎样起作用的(不管是具体的还是抽象的)这一点来决定。②

---

① 村上小说中的图书馆大体可分为两类:有书的图书馆,如《海边的卡夫卡》中的甲村图书馆;没有书的图书馆,如《世界尽头与冷酷仙境》中小镇里的图书馆。图书馆所藏的书籍是以文字记录的人类历史。在文字表达与真实历史之间存在着人类对世界以及自身的认识和价值观。因此,有书的图书馆实质上就成为在某种价值体系下认识历史、认识自我的特殊场所。而当这些书籍消失的时候,图书馆汇集了某些非文字所构成的意象。图书馆又成为一个能够以另一种方式认识世界、认识自我的地方。
② [美]雷蒙德·钱德勒:《漫长的告别》,村上春树译,早川书房,2007年,第537页。

第三章　自我的形象化与他者化　113

　　尽管我们已经身处后现代的语境之中，但村上春树所指出的现代文学价值观依然根深蒂固。特别是在日本的文学研究界，1980年代以来在文学研究的方法上，研究者虽然从单一的作家——作品——时代这种实证研究模式转向了叙事理论、话语分析、性别理论等新的研究方法，但在进行文学的价值判断时，不能不说依然囿于传统的现代文学价值观。因此，当后现代文学中出现不再以细腻的心理描写去表现主人公自我的时候，文学研究者普遍认为这是"自我"这一文学中最为基本的主题被消解了，文学的意义亦随之消解。

　　对于后现代作家在创作中的"自我"处理，笔者认为不可一概而论。一些后现代主义作家的作品的确表现出对于自我这一存在本身的怀疑与否定，但并不是所有作家都在试图消解自我的存在意义。事实上，绵密的心理刻画、人物内心世界的纠葛并不是表现自我的唯一手段。村上春树的小说便充分说明了这一点。在村上春树的小说中，几乎不存在人物的心理描写，读者很难通过传统文学中人物的内心活动去把握作家的自我表现。小说所描写的多是主人公所观察到的外部世界以及主人公自己所采取的行动，而这种行动又似乎与自我主体没有特定的联系。尽管如此，在这种细致入微、甚至显得有些繁复的外部世界描写以及人物自身的行动中，我们还是可以感受到村上春树将自我隐藏到某个不易被察觉的角落。而事实也的确如此，村上春树没有让自我外化到人物的心理以及行动中去，却以形象化的方法将自我意识转换为一个独立世界，通过故事自身发展外化自我。这种方法相对于日本现代文学无疑是一种叙事形式上的创新和突破。

　　这种与日本现代文学叙事方法迥异的创作，究其原因不能不说是与村上文学所具有的后现代主义文学的本质特征有关。在本书的第二章，笔者就村上文学所表现出的后现代文学本质特征进行了分析。村上春树的小说创作正是发端于对现代性本身的怀疑与反思。而现代性对人的扭曲以及本身的虚伪性又恰好体现在语言所起的作用上。正如《且听风吟》中主人公所说的那样："较之生之维艰，在这上面（指写文章——

笔者注）寻求意味的确太轻而易举了。"① 文学的意义无疑来源于语言在其中的作用。但是现代文学中以绵密的内心刻画展现主人公感情纠葛，进而对自我进行探究的叙事手段究竟能否认识真正的自我呢？这实际上正是村上春树自处女作开始就反复质疑的一个问题。在这个意义上，彻底抛开现代文学中自我表现的叙事手段，转为以形象化手段外化自我是村上春树创作方法上的必然结果。这种方法在《世界尽头与冷酷仙境》的创作后得到延伸，成为村上春树小说在处理自我这一主题时所采用的主要表现手段。

第二节　向他者投射自我——论《挪威的森林》

在村上春树的小说中《挪威的森林》是一部非常特殊的作品。从创作的角度来看，小说中几乎没有村上小说中经常出现的非现实性要素，村上自己也宣称这部小说是"百分之百向现实主义发起的挑战"②。而从接受这一角度来看，正是由于《挪威的森林》才使村上春树成为继川端康成、大江健三郎之后最为全世界读者所瞩目的日本作家。

《挪威的森林》开始于主人公的回忆：已经37岁的"我"——渡边在飞机降落到柏林时因为听到甲壳虫乐队的"挪威的森林"而产生强烈的心灵震颤。他不由回忆起十几年前的往事，直子、绿子以及发生在那时的故事。与村上春树的其他小说相比，《挪威的森林》既不是什么惊心动魄的冒险，也不像早期作品那样在叙述话语上具有前卫性。然而正是这样一个平平淡淡的作品却在日本、韩国、中国大陆、香港、台湾等国家和地区刮起了一股"村上旋风"，甚至产生了所谓"村上春树现象"。尽管小说的热销与艺术性往往不是正比的关系，但在研究村上春树的小说创作时，《挪威的森林》是无论如何都无法回避的一部作品。本节将首先从文本接受入手，厘清《挪威的森林》的主题。在此基础

---

① ［日］村上春树：《且听风吟》，林少华译，上海译文出版社，2001年，第4页。
② ［日］村上春树：《村上春树全作品 1979—1989⑥》，讲谈社，1990年，月报第1页。

上,通过对小说中人物的分析,阐明其叙事上的独特之处。

一、从"森高羊低"看《挪威的森林》的特殊性

日本学者藤井省三在考察东亚地区村上文学的接受特点时概括出了所谓"四大法则"。[①] 这四大法则分别为"顺时针法则"、"经济增长法则"、"后民主化法则"和"森高羊低法则"。"顺时针法则"揭示了村上文学的传播路径,"经济增长"以及"后民主化法则"说明了整个东亚地区在接受村上文学时的外部环境。"森高羊低法则"则是指在接受村上文学时,比起《寻羊冒险记》,《挪威的森林》更受东亚地区读者的青睐。在这"四大法则"中,"森高羊低"可以说是唯一以西方接受村上文学的情况为参照得出的一条规律。而这一"法则"不但形象地概括出村上小说在东亚文化圈中共通的接受特点,同时也从一个侧面揭示出日本当代文学在东西不同文化圈中的接受差异性。不过,村上文学虽然在东亚文化圈中有着共同的接受特点,但如果仔细考察《挪威的森林》在中、日、韩三国的阅读与研究状况,还是会发现其中所存在的微妙差异。

1. 恋爱主题的聚焦

长篇小说《挪威的森林》发表于1987年。小说以村上春树作品中经常出现的第一人称手法,叙述了主人公——渡边在自己20岁时与直子、绿子之间所发生的故事。《挪威的森林》既不像《世界尽头与冷酷仙境》那样充满奇思幻想,也不像后来的《奇鸟行状录》那样篇幅浩大,但研究界对这部作品的分析在整个村上小说的研究中所占比例是最大的。不过有趣的是,在日本对《挪威的森林》的研究尽管有各种不同角度,但其中从"恋爱"或"非恋爱"的因素入手分析这部作品则是研究界的一个共同特点。

文艺评论家川村凑在《挪威的森林》出版后不久即撰文对其进行评

[①] 参见[日]藤井省三:《村上春树心底的中国》,朝日出版社,2007年,第77—78页。

论。川村从"森"字的结构出发，认为在《挪威的森林》这一作品中，如同组成"森"字的三棵树的结构一样，三角关系也构成了故事的核心。这部小说就是"描写了以'我'为中心，各种三角关系的爱情纠葛"。① 此后一年左右，竹田青嗣发表《"恋爱小说"的空间》一文，对《挪威的森林》展开更为详细地论述。竹田认为：这部作品与其他描写爱情的作品相比欠缺恋爱所特有的热情等诸多因素，与其说是所谓"恋爱小说"，不如说作品本身构成了"一个不可能形成恋爱关系的'自闭'的文本"。竹田进而将《挪威的森林》与同时代的作品加以比较，提出所谓的"超越体验"。他认为《挪威的森林》实际上是一部"有关人的'超越'条件的小说"。② 竹田青嗣的评论尽管发表在1988年，但对此后日本有关《挪威的森林》的研究起到了指针性作用。2007年，若草书房先后出版了山根由美惠和半田淳子的村上春树研究专著。这两本书分别是两人在自己的博士论文基础上修改而成，两部专著也都对《挪威的森林》进行了研究。尽管山根由美惠和半田淳子在研究方法以及结论上有所不同，但两人的切入点依然与"恋爱"有关。

　　日本研究界以"恋爱"或"非恋爱"因素来研究该作品，很大程度上缘于《挪威的森林》在发行之初的宣传。这部长篇在出版时，村上春树自己设计了小说封面，并在书的腰封上写道："这是恋爱小说。虽然觉得这个名字非常陈旧，但我想不到其他更合适的词。这是激荡人心、安静而哀婉的100%的恋爱小说。"③ 应该说正是在作者自己的导读下，很多研究者将研究的重点放到了小说中几个主要人物之间的相互关系上。不过与村上本人的导读相比，日本文学所生存的日本文化这一土壤也许更是将小说引向"恋爱"的主要原因。对于情感体验的重视不论在古代还是在现代都可以说是日本文化的特征。这种文化氛围反映在文学方面就表现为长期以来日本文坛由描写个体以及个体与他者之间情感纠

---

① 参见［日］川村凑：《如何阅读村上春树》，作品社，2006年，第182—190页。
② 参见［日］竹田青嗣：《"恋爱小说"的空间》，载《村上春树研究03》，若草书房，1999年，第21—54页。
③ ［日］村上春树：《挪威的森林》，讲谈社，1987年，上卷书带。

葛、矛盾冲突为主的私小说占据统治地位。许多作家所擅长的是一种内向式创作。即着意刻画"我"与他人之间，"我"与外部世界之间发生的矛盾冲突、情感纠葛，以及由此带来的精神上的痛苦和挣扎。此外，小说在创作上使用了与传统叙事相近的手法也使研究者在解读《挪威的森林》时更多地注重小说中的"恋爱故事"。

2. 青春主题的凸显

如果说日本文学研究界对《挪威的森林》的研究多围绕"恋爱"或"非恋爱"因素而展开的话，那么我国的研究者则更多地将目光投向作品中"青春"这一主题。

乔丽华在《青春是一部被禁的电影——重读〈挪威的森林〉》中将《挪威的森林》称之为"一代人的青春回忆录"[1]，而叶岗在《〈挪威的森林〉与摇滚音乐》一文中讲得就更为明确："小说是作者对60年代青春生活的伤情悼时之作，在其平缓淑雅、甜蜜而带酸性的叙述风格背后，掩藏着作者曾经有过的存在直感和生命的伤口。"[2] 不论是乔丽华的解读还是叶岗的研究都突出了作品中出现的"青春"以及相应的时代背景。的确，小说在开头部分描写了已经37岁的主人公因听到甲壳虫乐队的"挪威的森林"而难以自控，紧接着从第二章开始便进入到对往昔的回忆。从这一角度看《挪威的森林》具有回忆录性质，回忆的内容恰好是主人公的青春时代。因此，研究者将小说中"青春"这一要素放大也在某种程度上成为必然。

《挪威的森林》进入我国读者的阅读视野始于1989年，热销则在上世纪的90年代末。在我国，1990年代末开始加速的城市化进程为读者提供了一个与小说背景极为相似的社会环境。我国的都市化进程虽然在各地发展很不均衡，但在上海、北京、广州等大城市，消费社会的特征自1990年代后期已开始悄然呈现。人们在朝九晚五的工作之余生活出现多元化倾向。一项在北京所作的调查显示：酒吧、迪厅和卡拉OK是

---

[1] 乔丽华：《青春是一部被禁的电影——重读〈挪威的森林〉》，载《名作欣赏》2002年第3期，第47页。

[2] 叶岗：《〈挪威的森林〉与摇滚音乐》，载《世界文化》2002年第3期，第8页。

人们进行夜生活的首选之地,48%的人是将这种夜生活作为一天工作后的放松。① 在这样一种城市生活中,一部分青年对充满不确定因素的青春本身产生迷惘,不清楚自己的将来究竟路在何方。而另一部分都市青年则在村上文学中看到主人公青春时代的生活方式。于是在这部分所谓"白领"的推动下,阅读村上文学、特别是阅读《挪威的森林》成为"小资"的标志。可以说这也是另一种对"青春"的解读与向往。而在文学研究领域,与不断变化的社会、文化环境相比,文学实用主义、文学作品反映时代特征等观念②仍在研究者的潜意识中发挥着作用。大多数研究者依靠传统的批评范式对《挪威的森林》进行解读,这样一来渡边的回忆就成为对逝去青春的一种感伤。总结以上多方面原因,我们或许不难理解在中国为什么是"青春"而非"恋爱"这一主题被凸显了出来。

3. 丧失主题的强化

对于韩国的村上文学研究由于语言的限制笔者本没有发言权。然而有趣的是这部小说最初以《挪威的森林》为标题出版时并没有引起太多读者的注意,改为《丧失的时代》后却在韩国引发了一股"村上旋风"。而韩国大众阅读与专业评论之间巨大的反差,在笔者看来也是一个耐人寻味的文化现象。

据韩国的村上文学翻译者金春美讲:在韩国,1990 年代的村上春树读者被称做"386 世代"。"386"由计算机用语而来,即 1960 年代出生,1980 年代渡过学生时代,1990 年代正值 30 几岁的一代人。"386 世代"中的大多数人在上世纪 80 年代投身韩国的学生运动,经历过 1987 年的民主化宣言,实现了韩国的总统直选。"386 世代"比较形象地概括出这一代人的特点,同时也暗含了落伍的讽刺意味。这一代人在投身学生运动、经历政权交替后,面对韩国经济的急速发展,在物质社会与

---

① 参见《生活方式特刊》,《新京报》2005 年 8 月 9 日,C 版。
② 需要说明的是:笔者在此无意全盘否定"文学作品反映时代特征"这一观念。事实上,正如笔者在第一章中所论述的那样:日本的后现代语境是研究村上春树小说时一个不可缺少的文化背景。但同时应该承认:1950 年代之后,我国的文学研究始终是以文学实用主义为主流。在缺少细腻而深入的文本分析的前提下,过分强调"文学反映时代特征",存在着将文学研究简单化、程式化的弊端。

消费社会的进程中品尝到一种虚脱感和无力感。正是在这种情况下《挪威的森林》登陆韩国，迅速在"386世代"中产生共鸣。①

与1990年代韩国大众对村上文学的热读形成对照的是韩国文学评论界的态度。据统计，1990至2005年在学术大会或文艺杂志上刊载的介绍村上春树的文章或学术论文共13篇，1999至2006年发表的学位论文共19篇，且全部为硕士学位论文。②应该说这与中日两国文学研究界对村上文学的关注形成了较为鲜明的对比。不过，把依然健在并且还在进行文学创作的作家当做论文研究对象的情况在韩国比较罕见，从这个意义上讲村上春树在韩国并非完全被研究界所忽视。而其中元老级批评家柳宗镐的评论颇为引人注目。他认为《挪威的森林》是"促使高级文学死亡的、无聊的大众文学"，是"以感伤的虚无主义为基垫，写的易读的、性异常者和怪人在交际过程中所体现出来的淫谈怪论。"柳宗镐还提到作品中主人公读托马斯·曼（1875—1955）的《魔山》（1924），对二者的关联这样评论道："《挪威的森林》一方面在暗示它是《魔山》的逆像（counter image），另一方面在讽刺《魔山》和他的读者。""在没有对成熟的摸索这点上看，《挪威的森林》再次成了《魔山》的对称点。"在这篇名为《文学的堕落》的文章最后，柳宗镐讲："平等主义思想在误用，对杰出的对象的敬意也在丧失，这些加速了世界的鄙俗化和高级文学的堕落，将会对未来产生一种暗淡的前景。"③

作为批评界的元老、韩国文学研究的重镇，柳宗镐对村上文学的质疑与批判颇能代表韩国传统文学批评的理念。而这种批评的背后则可以看到韩国评论界对于文学的理解依然恪守文以载道的儒家理念以及文学应成为教养之核心的文化传统。不过，针对柳宗镐的观点，也有研究者发出了不同的声音。曹泳日就不客气地指出：柳宗镐是按"大众文学"

---

① 参见［韩］今春美：《与丧失感产生共鸣的386世代——韩国的春树热》，载《远近》2006年12月号，第30—34页。

② 转引自［韩］金良守：《东亚文学里的"越境"与"Nationality"——韩国的村上春树接受》，载《"东亚与村上春树"——东大中文国际研讨会资料集》，2008年，第5页。

③ ［韩］柳宗镐：《文学的堕落》，载《现代文学》2006年6月号，第200—210页。（标题及内容的翻译系韩国东国大学金良守副教授提供）

与"高级文学"两者对立的认识思路作为基点,来批判村上春树的。柳一方面承认时代在变化即所谓教养的终结,但完全不承认随之而来的文学的变化,同时用高级文化与大众文化的对立来立论,总认为古典的是杰出的,古典被大众文化取代,丧失了自己原来的尊严。①

韩国大众层面的村上文学接受与韩国特定的时代背景紧密相关。"386世代"正是放大了隐藏在村上文学中那种"政治季节"结束后人们的虚无感。而与韩国大众阅读形成对照的文学研究界的态度则鲜明地折射出韩国在文化领域试图固守儒家文化传统的特点。不过从上面围绕村上文学而引发的研究争论中,我们也可以窥见韩国的文化传统也在悄然发生着内部的嬗变。

4. 自我主题的明晰

《挪威的森林》在日本作为一部"100%的恋爱小说",成为读者和研究者关注的焦点。而当其跨越国境后则分别在中、韩两国引起轰动,并被解读为"青春小说"和描写"丧失的时代"的故事。应该说这种接受上的差异性并非偶然。《挪威的森林》中的确包含了恋爱、青春、丧失等诸多要素,为它在东亚三国的阅读提供了多种可能。不过,将小说中某一要素放大作为《挪威的森林》的主题,甚至在中、韩两国作为村上春树小说的整体特征加以接受则折射出中、日、韩三国不同的文化背景,以及三国不同的阅读期待视野。

在这种"森高羊低"的共同特点以及中、日、韩三国的差异性背后,作为一种文学研究,笔者更关注的是这部小说究竟表现了怎样的主题?同时相对于西方国家对村上文学的接受,为什么会在东亚出现"森高羊低"的现象?

很多研究者在自己的研究中认为《挪威的森林》具有回忆录性质。但与此同时,不少研究者也注意到小说在结尾部分与回忆录性质的作品存在着巨大落差。木股知史就认为小说的叙述中存在着时间的空白。在

---

① 参见〔韩〕曹泳日:《批评的贫困柳宗镐与村上春树》,载《文艺中央》2006年9月号,第262—273页。(标题翻译系韩国东国大学金良守副教授提供)

结尾处出现的"我现在哪里？"这一疑问使追述者忘记了自己的存在与故事中的主人公一体化，从而使写作这一行为成为改变自身的一种可能。① 其实，《挪威的森林》中结尾部分与回忆性质小说之间的落差并非一开始就存在。在 1987 年版的单行本中就出现了后记的部分。在村上春树的小说中，单行本后出现后记的情况较为罕见。日本学者千石英世曾对《挪威的森林》单行本中出现的后记有过比较详细的分析。不过，千石对后记是否也是小说的一部分却语焉不详。② 笔者认为：单行本中的后记不但是作品的一个部分，而且正是由于后记的存在使《挪威的森林》在叙事结构上得以保持回忆录的性质。单行本中的后记，使《挪威的森林》在叙事结构上具有浓厚的日本现代文学叙事特点，从而为小说在日本以及东亚地区的广泛接受奠定了基础。

不过，《挪威的森林》在 1991 年出版文库本，以及被收入到村上春树第一次《全作品集》时，这个使小说具有回忆性质的后记却消失了。③ 由于小说中后记部分的删除，小说的结尾部分，即主人公渡边在电话亭给绿子打电话，并反复自问"我现在哪里"的场景就被凸显了出来。这一处理虽然大大弱化了小说的回忆录性质，使小说在内容和叙事结构之间出现落差，但其结果却明确了小说的主题。

我现在哪里？

我拿着话筒扬起脸，飞快地环视电话亭四周。**我现在哪里？**我不知道这里是哪里，全然摸不着头脑。这里究竟是哪里？目力所及，无不是不知走去哪里的无数的男男女女。我在哪里也不是的场

---

① 参见［日］木股知史：《作为手记的〈挪威的森林〉》，载《日本文学研究论文集成 46 村上春树》，若草书房，1998 年，第 183 页。

② 参见［日］千石英世：《熨衣青年——在〈挪威的森林〉中》，载《群像》1988 年 8 月号，第 196—214 页。

③ 中译本采用的版本是日文的单行本，因此在译本中保留了后记的部分。可参见林少华译《挪威的森林》（上海译文出版社，2007 年）中 377—378 页的内容。

所的正中央，不断呼唤着绿子。①

这就是《挪威的森林》的结尾部分。在日语的原文中，"我现在哪里"这句话不但加上了着重号以期引起读者的注意，而且用问号②对问题本身加以强调。可以说"我现在哪里"是《挪威的森林》中一个终极的问题，也是这部作品的主旨。换言之，小说中出现的所谓恋爱故事以及有关青春往事的回忆都不过是"我"在追问自我的过程中所遇到的问题。恋爱、青春、丧失等等这些要素在《挪威的森林》中都不可能超越对"我"这一存在本身的追问。归根结底，《挪威的森林》是一部以自我为主题，在他者的投影中找寻自我、追问自我的长篇小说。而这样一个主题也成为《挪威的森林》在东亚地区被广泛接受的重要条件。

二、在他者的投影中找寻自我

村上春树把《世界尽头与冷酷仙境》称为"自传性质的小说"，把《挪威的森林》称为"私人性质的小说"。③"自传性质"与"私人性质"这种提法固然可以指小说中那些以村上春树本人的生活经验为基础的描写，但更主要的恐怕是在于这两部作品都是比较典型的以自我为主题的作品。《世界尽头与冷酷仙境》中，村上春树运用一种形象化的方法，外化自我意识世界，并在故事的发展中认识自我。这种自我的形象化虽然在村上春树的小说创作中得以延伸，但《挪威的森林》却是个例外。《挪威的森林》中，村上春树既没有运用形象化的方法将主人公渡边的自我意识外化，也没有对他的内心世界做更多的描写。然而，小说中其他主要人物——"敢死队"、直子、木月、永泽、初美、玲子以及绿子的身上都有着主人公渡边的内心投影。因此，《挪威的森林》是通过将自我他者化这一方式去探寻和追问自我的。

---

① ［日］村上春树：《挪威的森林》，林少华译，上海译文出版社，2007年，第376页。（黑体系原文）
② 在日语中问句后一般使用句号。
③ 参见［日］村上春树：《挪威的森林》，林少华译，上海译文出版社，2007年，第377页。

1. 平庸自我的嘲讽

在《挪威的森林》中，村上春树着意刻画的第一个人物是主人公渡边的室友——外号叫做"敢死队"的大学生。与短篇小说《萤》相比，村上在《挪威的森林》中不但给这个室友起了个非常有意思的外号，而且对他的描写也更富有感情色彩。①

"敢死队"是一个酷爱清洁，生活在井然有序环境中的平凡人物。之所以被同伴称为"敢死队"，是因为他的打扮显得比较特殊。由于懒得选择衣服，"敢死队"总是身穿"白衬衫黑裤子和蓝毛衣"，"去学校时，经常一身学生服。皮鞋和书包也是一色黑，看上去俨然一个右翼学生。"② 在小说1968年的大背景下，这样一副装扮不论出现在学校还是出现在宿舍，的确带有右翼的氛围，让人不禁会把他与每天负责升国旗的两人相提并论。不过具有讽刺意味的是，"敢死队"本人"对政治百分之百的麻木不仁"。他所关心的是海岸线的变化以及新铁路隧道等等。"敢死队"因为喜欢地图而特意到东京来学习，将来的理想也是能够进国土地理院去绘制地图。这样一个人物出现在《挪威的森林》中，与高材生永泽相比不但再普通不过，甚至应该用平庸来形容。而小说中"敢死队"的出现多是在主人公渡边向直子或其他人讲笑话的时候。围绕着他的种种故事总是能够给听众带来快乐，而这快乐的背后多多少少有些对"敢死队"本人的嘲讽。不过，对这个小人物的描写与其说是为了增加小说的幽默和故事的趣味性，不如说在"敢死队"的身上有着主人公平庸自我的投影。对"敢死队"的刻画以及嘲讽其实就是对那个平庸自我的嘲讽。

"敢死队"的最大特点其实并不在于他的洁癖和右翼装扮。平庸甚至对平庸本身的麻木才是"敢死队"的本质性特点。"敢死队"每天早上都要边听广播边做广播体操。"敢死队"的晨练大体不会影响到渡边的懒觉，但唯独最后的跳跃运动是个例外——"敢死队"跳得实在太

---

① 《挪威的森林》是在短篇小说《萤》的基础上创作的。《萤》的故事大体相当于《挪威的森林》中第二、三两章的内容，但在人物描写与语言运用上二者存在一定程度的不同。

② ［日］村上春树：《挪威的森林》，林少华译，上海译文出版社，2007年，第20—21页。

高，以至于床板都被震得上下颤抖。当渡边建议如果能把跳跃动作去掉两人就可以相安无事时，不想"敢死队"十分惊讶，竟不知道渡边所说的跳跃动作究竟是什么。原来他自己从没有注意到广播体操中独立的某一个动作，而是将其作为一个整体，十年如一日地做过来的。而在做广播体操时一旦开了头，就会下意识地一做到底，否则就有可能全部做不出来。"敢死队"的习惯看似奇怪，不过在这种习惯的背后却隐藏着日本战后大量出生的那一代人所具有的集体无意识的特点。战后大量出生的这一代人虽然支撑起了日本战后的民主运动与经济高速增长，但作为个体很难说他们具有独立的个性与成熟的思考。因此，如同"敢死队"虽然每天高高跃起做着跳跃运动，但却不知广播操中跳跃动作是什么一样，对那一代人来讲，尽管大家投身到"全共斗"的民主运动中，但究竟什么是民主却很少有人能说个明白。作为战后大量出生一代人中的一员，渡边虽然在多数情况下显得与周围的人格格不入，但不能否认在他的身上依然存在着"敢死队"所代表的集体无意识以及平庸性自我。

"敢死队"从宿舍消失后，渡边将"敢死队"酷爱清洁的习惯作为了自己的一个习惯，"每天扫一次地，三天擦一次窗，一周晒一次被"[①]。这种清洁习惯的转移恰好说明渡边的内心中本就存在着"敢死队"身上的本质性特征。《挪威的森林》中这个颇为滑稽的人物形象正反映了战后大量出生的这代人的集体无意识。而对他的一些揶揄之词无疑是对那个平庸自我所进行的嘲讽。

2. 封闭自我的延续

在《挪威的森林》中有两个人物可以说就是主人公渡边的分身。一个是高中时代渡边的好友木月，另一个则是同住在寄宿院中，后进入外务省[②]成为外交官的永泽。木月不但是过去的那个渡边的写照，而且也是渡边封闭性自我的投影。

木月与渡边既是高中时代的同学，又是非常要好的朋友。渡边之所

---

① [日] 村上春树：《挪威的森林》，林少华译，上海译文出版社，2007年，第64页。
② 即外交部。

以会与直子相识也是由于木月的介绍。高中时代,渡边、木月和直子三个人经常一起约会,或外出游玩或谈天说地。当三个人在一起的时候,气氛融洽而和谐。木月在三个人中不但起着主导作用,而且还对其他两人表现出热情和公道。在三个人谈话的过程中,木月显得极其富有才能,因为他总是"可以准确无误地捕捉气氛的变化,从而挥洒自如地因势利导",甚至能够"从对方不甚有趣的谈话中抓出有趣的部分来"①,使谈话者自己都觉得自己是个妙趣横生的人。然而,就其本质来讲,木月决不是一个社交型的人物。他与渡边一样,在学校里几乎没有其他朋友,看似热情开朗的木月实际上内心异常封闭。用直子的话讲,他与直子两人就像生活在无人岛上的两个孩子,极力避免与外部世界发生联系,而且希望一直能够生活在两个人的小世界里。在渡边去阿美寮探望直子的时候,直子向渡边道出实情:木月在渡边面前实际上是拼命去掩饰自己脆弱的一面。他极力想改变自己,将最好的一面展现出来。然而,遗憾的是木月最终没能走出自闭的阴影,自杀在自己家的车库里。

木月与主人公渡边互相成为好朋友并非偶然。应该说木月决不是像直子说的那样,要通过渡边与外部世界发生联系,恰恰相反,笔者认为木月所寻找的是与自己相同的另一半。而他在渡边面前的种种努力其实也是为了能够在与他者的相对化中确认自我的存在。

木月自杀后,渡边从神户来到东京上大学并努力试图忘掉过去的一切。但随着时间的推移,他发现这种努力是徒劳的。因为不管怎样努力忘却,仍有一团类似薄雾的东西在心头挥之不去。

死并非生的对立面,而作为生的一部分永存。②

这既是渡边心头那团薄雾的意义,也是《挪威的森林》中一句非常有名的话。作为渡边封闭自我的投影,木月在十七岁的时候结束了自己的生命,以自我毁灭的方式终结了那种封闭的自我。不过对渡边来讲,

---

① [日]村上春树:《挪威的森林》,林少华译,上海译文出版社,2007年,第29页。
② 同上书,第32页。(黑体系原文)

木月的死并没有使自己内心中那个封闭的自我走向彻底毁灭。正如"死并非生的对立面，而作为生的一部分永存"这句话所说的那样，木月的死长久地存在于渡边的内心。投射到木月身上的那个封闭自我不但没有随着木月的个体消亡而消失，反而以其他的形式继续存在于渡边的内心世界。当与直子在东京再次相遇时，渡边内心的封闭自我便又一次投射到了他者的身上。

3. 合理自我的厌弃

如果说木月是渡边过去的分身和封闭自我的投影的话，那么永泽则更像渡边的将来。在永泽的身上投射了渡边内心中的合理主义自我。

永泽的父亲经营着一家大医院，哥哥毕业于东京大学并准备继承家业。永泽所生活的家庭在日本六七十年代可以称得上是人人羡慕的完美家庭。而他本人也是头脑聪明、仪表堂堂，在学习成绩上无可挑剔。永泽不费吹灰之力便与哥哥一样考取了东京大学，在临近毕业的时候又成功地通过考试进入外务省当上了外交官。在日本，东京大学向来被认为是培养精英人才的地方。在选拔官僚机构的成员时，那些毕业于东京大学的高材生往往会被另眼相看。因此，像永泽这样的人物在日本战后出生的那代人中可以说是典型的精英分子。他们不但与大量出生的那代人一起推动日本从工业社会向后工业社会转型，同时也在这一群人中起着领导与核心的作用。

与永泽相比，同样是战后出生，进入到东京某私立大学学习戏剧的渡边就显得非常普通且大众化。然而不可思议的是，永泽认定渡边能够成为自己的朋友。而事实上也的确如此。两人因同样的阅读兴趣走到一起，时常聊天，也会一起跑到外面去找女孩子。然而，渡边始终没能像与木月那样，和永泽成为要好的朋友。在渡边看来，能够和永泽成为朋友是由于自己虽然对他性格中特立独行的部分感兴趣，但对大家颇为赞赏的，诸如成绩优异、气度不凡、风流潇洒等不以为然。而这种态度恰好是永泽所希望的。那么永泽之所以会把渡边当作自己的朋友，是认定自己与渡边在本质上一样——两人都是只对自己感兴趣的人。自己想什么，自己感受什么，自己如何行动等等，除此之外对别的没有兴趣。永泽的判断其实不无道理。在渡边的内心世界中，的确存在着相互矛盾的多个侧面。就像同住一室的"敢死队"以及好友木月的身上有着渡边内心世界中平庸自我、封闭自我的投影一样，在永泽的身上，渡边那种合理主义自我得到了最大程度的体现。

　　作为同龄人中的精英阶层，永泽的为人虽然有傲慢之处，但并非一无是处。在渡边的眼中，永泽最大的优点就是诚实。"他决不说谎，从不文过饰非，也不隐瞒于己不利的情况"[①]。这一点相比于那些先是叫嚷着民主，而后又乖乖回到课堂，生怕因缺席而影响成绩的人要显得真实许多。但是在永泽的人生哲学中，所有的一切，包括自己诚实的优点都是为其合理主义而服务的。谈到为什么会进外务省，永泽讲那其中原因复杂，不过归根结底还是想看看自己在那样一个臃肿庞大的国家机构中究竟能走多远，能爬到什么地步。而为了能够发挥自己的能力，达到自己的目的就会将周围的一切想拿就拿，想放就放。这其中当然也包括了对女友初美的感情。可以说，永泽对所处的社会、以及国家这一强力机构有着清醒的认识，而这种清醒的认识又带来了一种极端务实的人生态度。在永泽看来，一切都要为目的服务，为目的而付出的才可称之为"努力"，而不与目的直接发生联系的行动则是没有意义的生命浪费。以这种人生哲学来处事固然可以最大限度地利用自己和周围的一切，但不能否认，在这一合理主义自我的背后是理想主义的缺失以及对纯真自我的伤害。

　　永泽进入外务省当上了外交官，随后又被派往德国。而他的女友初美则在两年后和另外一个男人结婚。又过了两年，初美便用剃刀割腕自杀了。初美的自杀具有极强的悲剧色彩，因为初美实际上正是渡边内心中纯真自我的投影。而她的死既是纯真自我的幻灭，也是合理性自我对纯真的扼杀。因此，当渡边接到永泽的来信，告知初美已死的时候，那种对合理性自我的愤怒便爆发了出来。可以说正是初美的死促使渡边对那种合理性自我做了最彻底的否定。

　　不过，虽然小说中对投射到永泽身上的合理自我进行了否定，但一

---

① ［日］村上春树：《挪威的森林》，林少华译，上海译文出版社，2007年，第42页。

个不可改变的事实是：小说的叙述者——已经 37 岁的渡边实际上就是另一个永泽。在国家、社会这一无所不包的组织网中，只有合理性自我才有可能获得生存和发展的空间。走出校园的渡边尽管不是精英阶层的代表，但他无可选择地会走上"永泽们"所走的道路。因此，在某种意义上说，《挪威的森林》就是投射在永泽身上那个合理主义自我穿越时空去重新检视自己的"私人性质的小说"，是一个放逐平庸与封闭，发现纯真，呼唤内心中真实自我的一个过程。

4. 纯真自我的发现

在《挪威的森林》中，对永泽的女友初美的描写虽然只集中在整部小说中的一章，但却起着十分重要的作用。之所以如此是因为初美可以说是小说中一个接近完美的人物。娴静、理智、幽默、善良，穿着也总是华贵而高雅，在对初美的描写中，小说几乎使用了对一个女性可以使用的所有赞美。就连男友永泽也感叹说："配我太可惜了！"① 而事实上，这样去描写初美，并不是因为她自身的女性魅力，而是因为主人公渡边在她的身上发现了一个未曾被世俗所玷污的纯真自我。

对初美的描写集中在小说的第八章。为了庆祝永泽考上外务省，永泽、初美和渡边三个人一起到一家安静而高雅的法国餐厅用餐。席间永泽故意挑起初美对自己的不满，令初美伤心。饭后，初美提出希望让渡边送自己回家而不想让永泽送。初美和渡边先是一起去小酒吧喝了几杯，然后又打了台球，最后渡边护送初美到家。初美还热心地为渡边清洁了手上的伤口。在这一过程中，当两人一起乘出租车离开法国餐厅的时候，渡边感到初美身上有一种强烈的打动人心的力量。渡边那时虽然感觉这是可以引起对方心灵共振的力量，但却不清楚那究竟是什么。直到十二三年后，他来到新墨西哥州的圣菲城，在一片夺人心魄的暮色中才终于清醒地意识到那时的初美究竟给自己带来了怎样一种心灵的震颤：

它类似一种少年时代的憧憬，一种从来不曾实现而且永远不可能

---

① ［日］村上春树：《挪威的森林》，林少华译，上海译文出版社，2007 年，第 47 页。

实现的憧憬。这种直欲燃烧般的天真烂漫的憧憬，我在很早以前就已遗忘在什么地方了，甚至很长时间里我连它曾在我心中存在过都记不起了。而初美所摇撼的恰恰就是我身上长眠未醒的"我自身的一部分"。①

当渡边发现这一点时，初美早已自行中断了生命。而主人公自己也为这一迟来的发现悲怆不已，几欲涕零。可以说这一段的描写具有非常强的感染力。以圣菲城中气势恢宏的暮色来比喻初美身上所具有的纯真无疑仍是村上春树将抽象概念形象化的创作手法。不过圣菲城中那种可以将一切都染成红彤彤的暮色的确与初美身上的纯真性有相通之处。因为二者都未曾被世俗所侵染，且保持着原初而自然的个性。中文译者林少华曾以这段文字为例，来说明《挪威的森林》为什么既能博得青年人的好评，同时又能够吸引住中年读者。他讲："《挪》之所以能同时吸引住恐怕并不年轻的读者，奥妙之一大约就是因为它唤醒了他们深层意识中那部分沉睡未醒的憧憬，那便是男儿糅合着田园情结的永恒的青春之梦。"② 这段极具感染力的描写的确如林少华所分析的那样唤醒了人们深层意识中某一部分自己尚未察觉的憧憬。但这种本属于自身的"憧憬"并不专属于男性，也不能仅仅用"永恒的青春之梦"加以概括。事实上，每个人在初美身上都可以发现这一"憧憬"，而那其实就是隐藏在每个人身上的纯真自我。这种纯真自我如同初美的存在一样，表面看来普普通通，所拥有的力量也没有大到可以完全征服对方的程度。但是就是这样一种微不足道的力量在某个时刻却以纤细而柔弱的姿态展现出来，与人的内心世界中最敏感、最感性的部分发生共鸣。村上春树在《挪威的森林》中将主人公渡边内心中所拥有的这种纯真自我投射到了初美的身上，并在圣菲城中发现了一直隐藏于内心深处的那个纯真自我。

5. 真实自我的渴求

不论从哪个角度讲，绿子都是《挪威的森林》中一个极其特殊的人

---

① [日] 村上春树：《挪威的森林》，林少华译，上海译文出版社，2007 年，第 274 页。
② 林少华：《村上春树和他的作品》，宁夏人民出版社，2005 年，第 42 页。

物。因为她的出现带给《挪威的森林》这部略显静谧而哀伤的小说以某种灵动的色彩。

（前略）坐在我面前的她，全身迸发出无限活力和蓬勃生机，简直就像刚刚迎着春光蹦跳到世界上来的一只小动物。眸子宛如独立的生命体那样快活地转动不已，或笑或恼，或惊讶或气馁。我有好久没有目睹如此生动丰富的表情了，不禁出神地在她脸上注视了许久。①

这是渡边第一次与绿子近距离接触时对她的描写。从这一描写中可以看出，村上春树赋予了绿子这一人物更多的生机与活力。绿子的身上有着小说中其他女性人物所没有的东西。在《挪威的森林》中，直子娴静优雅，阿美寮中的疗养使她在舒缓精神压力的同时在身体上也更加具有女性的魅力。不过，正如村上所言，直子是那一边世界里的人物。从本质上讲，直子这一人物是不具有现实意义的。她与木月一样，都是渡边内心中那个封闭性自我的投影。在木月死后，直子的存在实际上成为渡边封闭自我的延伸。阿美寮中另一个重要人物玲子作为直子的好友，一直是沟通渡边与直子之间的媒介与桥梁。在小说接近结束的时候，玲子从阿美寮离开准备前往北海道的旭川。她穿着直子的衣服，来到东京见了渡边，并与之做爱。小说的这一处理就使得玲子在某种意义上成为直子的化身，同时也成为渡边对直子的记忆残片。随着玲子的离去，那种封闭性自我一方面保留在渡边的内心世界中，同时也被放逐到遥远的现实之外。而永泽的女友初美，虽然是一个纯真自我的化身，且渡边对这一纯真自我也有着强烈的渴望，但在合理性自我的遮蔽下，渡边最终没能及时发现那一未被侵染的纯真，初美也由此走上了毁灭之路。与这些女性人物相比，绿子在《挪威的森林》中不但本身具有生机和活力，推动着小说故事的发展，而且更像是一种现实世界中的救赎。她从不掩饰自己的好恶，也不用虚伪将自己包裹起来。许多话从绿子的嘴里说出

---

① [日]村上春树：《挪威的森林》，林少华译，上海译文出版社，2007年，第66—67页。

来虽然显得不可思议，但回味之后便觉得那正是一个人最真实的想法。在现实社会这样一种略带残酷的世界中，绿子的存在本身就像是对现实的抗争。正如她极度讨厌自己所上的那所初高中女校但却从没有迟到和缺课一样，对周围的一切绿子都以一种不能败下阵来的态度去面对。虽然她也孤独，也在火灾面前认为死了不见得是件坏事，但应该说绿子的生命一直向着生的现实性。而正是由于这种抗争的力量使绿子成为渡边内心中那个真实自我的投影。

《挪威的森林》是一部将自我投射到他者身上，进而探寻自我、追问自我的小说。而这种探寻和追问最终则表现在对真实自我的渴求上。小说的最后，渡边在上野车站送走玲子并给绿子打电话，告诉她："整个世界上除了她别无他求。想见她想同她说话，两人一切从头开始。"① 渡边在上野车站而非其他的地方给绿子打电话是非常具有象征意味的。绿子曾经两度离家出走。绿子离开东京，以及绿子的父亲把她从外地带回来时都经过了上野车站。上野车站由此成了绿子幼年时代反抗和逃离的一个符号，也成为绿子的父亲开导她"去哪里都一样"的一个记忆。渡边在上野车站打电话给绿子实际上暗示着在这样一个外部世界中，没有人能够逃离，也不可能回避周遭的一切。作为个体，以平庸、合理的方式活下去可能是生的唯一选择，但与此同时我们依然有可能对那种真实自我从内心中进行渴求。

小 结

追问自我、认识自我既是日本现代文学的一个重大主题，也是村上春树小说的一个核心内容。村上的创作一方面与日本现代文学有着主题上的承继关系，另一方面又在叙事手法上进行了创新和突破。而《世界尽头与冷酷仙境》、《挪威的森林》这两部作品，恰好代表了村上在表现自我主题时所采用的两种不同的叙事方法——自我的形象化与自我的他者化。

---

① ［日］村上春树：《挪威的森林》，林少华译，上海译文出版社，2007年，第376页。

第四章
历史的桥梁化与隐喻化

日本学者藤井省三认为：在 20 世纪的一百年中，日本有两位作家的作品具有强烈的历史感。其一是生活在 20 世纪初叶的夏目漱石，而另一位便是目前被世界所广泛接受的村上春树。① 的确，在村上春树的小说中，历史是自我这一主题之外另一个核心内容。不过，与后现代主义文学的历史文本化有所不同，村上春树小说中的历史指涉其目的不在于历史本身。尽管村上也曾创作出具有强烈的书写历史欲望的小说，但历史在村上的创作中更多的是作为一种工具。通过将历史桥梁化、隐喻化，村上春树勾连起过去、现在与将来，并通过历史的桥梁作用与隐喻作用更为深入地探究自我、追问自我与他者之间的相互关系。

本章将研究《奇鸟行状录》和《海边的卡夫卡》这两部作品。通过具体的文本分析，探讨村上春树如何将历史桥梁化和隐喻化，如何通过历史的桥梁作用和隐喻作用来探究自我。

---

① 参见［日］柴田元幸等编：《世界如何阅读村上春树》，文艺春秋，2006 年，第 204 页。

第一节　历史的桥梁作用——论《奇鸟行状录》①

《奇鸟行状录》是迄今为止村上春树小说中篇幅最为浩大的一部。小说的创作长达4年之久，共由三部分组成。第一部分《贼喜鹊篇》最初以连载的形式发表在1992年10月至1993年8月的《新潮》杂志上。1994年4月第一部分和第二部分《预言鸟篇》一起由新潮社出版单行本。一年之后，村上春树又推出小说的第三部分《捕鸟人篇》。《奇鸟行状录》描写处于失业状态的主人公冈田亨在一年半的时间里为了找寻突然失踪的妻子久美子而经历的种种故事。由于写作期间村上春树一直生活在美国，因此这一作品被公认为是作者站在异国的土地上遥望日本的转型之作。② 这部长篇小说在1995年获得了日本第47届读卖文学奖，并得到该奖评委大江健三郎的肯定。尽管我们不能以小说是否获得规格颇高的读卖文学奖与否作为评判优劣的标准，但《奇鸟行状录》在村上春树的作品中的确可以说是一部非常优秀的长篇小说。村上春树在其创作中不仅深化了自我这一主题，同时以历史作为沟通过去与现实的桥梁，聚焦于历史与现实中恶的集合点，从而在更为广域的视野中表现了个体与他者之间的相互关系。

一、连带感与自我主题的深化

1. 连带感的产生

《奇鸟行状录》内容庞杂，被村上春树自己定位为一部"开放式小说"③。不过复杂的内容中仍有一条比较清晰的脉络，那便是夫妇之间的相互关系。《奇鸟行状录》可以说是村上文学中第一次以较为正面的态

---

① 直译应为《发条年代记》。本节将具体探讨此书名的翻译问题。
② 相关论述可参见1. [日] 吉田春生：《转向的村上春树》，彩流社，1997年，第177—223页。2. [日] 黑古一夫：《村上春树从"丧失"到"转换"》，勉诚出版，2007年，第192—213页。
③ [日] 村上春树：《〈奇鸟行状录〉的创作过程》，载《新潮》1995年11月号，第274页。

度去面对家庭中夫妻间相互关系,进而探究自我的一部小说。

在以往的村上小说中,家庭、特别是家族间的相互关系几乎处于一种缺失的状态。主人公(多数情况是男性的"我")的身边虽然时常有女性出现,但这些女性与主人公之间多处于一种不安定状态,没有形成那种家庭中稳定的夫妻关系。而另一方面,家庭的解体、夫妻之间稳定关系的破裂却时常地出现在村上春树的小说之中。例如《寻羊冒险记》的第二章就描写了离婚后妻子到家里来时的情景。事实上,夫妻之间的关系并不是村上春树在创作中刻意回避的问题。只是村上在探究为什么无法与人建立相互理解的稳定关系时,更多地将目光投向了自己这一方。不过,在《奇鸟行状录》中这种情况却发生了根本性转变。小说一开始便是家庭中夫妻生活的写实性刻画。随着久美子的失踪以及久美子哥哥绵谷升的介入,小说逐渐演变成主人公冈田亨不惜一切代价也要"夺回"自己妻子的一场战斗。冈田亨的这种积极态度可以说源于一种夫妻间的连带感:

夜里,我在熄了灯的卧室里躺在久美子身旁,看着天花板暗问自己对这个女子究竟了解多少。

(中略)

何时我才能把握其全貌呢?莫非到老都对她稀里糊涂并稀里糊涂地死去不成?果真如此,我这进行中的婚姻生活到底算什么呢?同这位并不了解的配偶朝夕相处同床共寝的我的人生又算怎么回事呢?①

这一连串的问题与其说是由于夫妻二人因实际生活的龃龉而产生的,不如说是因为二者之间的连带感发生危机而引发的。在《奇鸟行状录》中,婚姻关系不仅是一种存在的形式,由形式本身而引导出的还有

---

① [日]村上春树:《奇鸟行状录》,林少华译,上海译文出版社,2002年,第33—34页。

夫妻关系中一方进入另一方内部世界的强烈渴望。而这不但是小说中一个核心问题，也改变了村上春树单方向探寻自我的创作风格。尽管主人公冈田对一个人能否完全理解另外一个人表示出怀疑，也承认在属于久美子一个人的世界里，他所能把握到的也许只是久美子那个世界中微不足道的一个小小入口，但在强烈的连带感中，对夫妻中一方的理解也就成了理解自身的一个必然途径。而在此基础上，小说中独特的理解自身的路径也成为连带感的另一种体现。

《奇鸟行状录》中间宫中尉以及主人公冈田在井底的描写引起了很多人的关注。据说在读卖文学奖的颁奖仪式上，大江健三郎曾朗读小说第二部第四章中间宫中尉在井底参透生死的那一段。大江还对村上春树一方面能够探索自我内心世界，同时又能够引起众多读者的共鸣大加赞赏。① 小说中冈田受到间宫中尉的启发，也下到井底。并通过那口枯井进入到另外一个空间，最终从黑暗中"夺回"了久美子。冈田下到井底"夺回"妻子无疑是受到俄耳普斯以及日本创世神话中为追赶妻子而下到阴间的故事的影响。不过，正如很多日本学者注意到的那样：《奇鸟行状录》中，井的意象实际上与《世界尽头与冷酷仙境》中那个叫"世界尽头"的小镇类似。日语中，"井"的发音与精神分析中"本我"的发音相同，因此"井"就成为自我意识世界、或者说成为一个进入自我意识世界的通道。日本心理学家、荣格派代表河合隼雄也对小说中井的意象十分关注。在他看来：《奇鸟行状录》正因为有下到井底的描写才使故事本身具有重要的意义。因为夫妻双方的婚姻关系可以视之为广义的人际关系。在维系这种婚姻的过程中，双方都要经常性地进行一种痛苦的"挖井"。② 在村上春树看来，人越是深入到自己的潜意识世界，就越是能够以某种方式与他者相连接。事实上，冈田下到井底所进入的另一个世界就不仅仅是他个人的自我意识世界。久美子不但存在于其中的

---

① 参见［美］杰·鲁宾：《倾听村上春树 村上春树的艺术世界》，冯涛译，上海译文出版社，2006 年，第 242 页。

② 参见［日］村上春树：《村上春树全作品 1990—2000 ⑦》，讲谈社，2003 年，第 299—308 页。

某个角落,而且强烈地渴求冈田能够到来。从这一点来讲,《奇鸟行状录》中井所代表的意义就与其他村上小说中自我意识的形象化有所不同。它不再是独立个体的自我意识世界,而是兼具了与他者的共通性。因此,由于夫妻间的连带感,冈田进入到自我意识世界也就意味着他介入到久美子的自我世界中;他从绵谷升手中"夺回"久美子也就意味着同时"夺回"了自己。

从这个意义上讲,《奇鸟行状录》的确可以称之为村上春树的转型之作。小说的自我探寻不再是以往的单向模式而是建立在夫妻间连带感的基础上。这正是村上春树小说中自我主题的一种深化。

2. 一部特殊的编年史

《奇鸟行状录》中自我主题的深化不仅表现在变单向式自我探寻到重视夫妻间所产生的连带感上。其实,从小说的标题上就可以看出村上春树尝试打通历史与现实之间的壁垒,在更为广域的视野中探寻自我的意图。这应该说是小说自我主题深化的另一层含义。

《奇鸟行状录》是大陆译者林少华对这部小说标题的翻译。由于本书所探讨的是作为"外国文学"而存在的村上春树小说而非"翻译文学"意义上的村上春树小说,因此,有关小说的翻译以及作为"翻译文学"而存在的村上小说等诸问题,原则上不在本书的研究范围之内。但由于《奇鸟行状录》的标题翻译涉及到对小说主题的理解,因此笔者认为有必要探讨翻译与文本阐释之间的相互关系,并以此作为解读该作品的切入点。

小说的原题『ねじまき鳥クロニクル』中,「ねじまき」是"拧发条"的意思,「ねじまき鳥」当然是村上春树杜撰出来的一种鸟。这个"拧发条鸟"的意象最早出现在短篇小说《拧发条鸟与星期二的女郎们》里。在短篇小说的标题翻译上,译者林少华采取了直译的方法,即将「ねじまき鳥」译为"拧发条鸟"。不过,在进行长篇小说的标题翻译时,林少华却使用了意译的方法,将其译为"奇鸟"。毋庸置疑,村上春树杜撰出的"拧发条鸟"的确是一只"奇鸟"。因为它发出的声音与拧发条声无异,而是何模样却谁也不知道。这只鸟每天都飞到主人公家

附近的树上,"拧动我们所属的这个静谧天地的发条"①,单凭这一点就可称之为"奇"。然而,不能否认的是,"奇鸟"的翻译实际上消解了"拧发条"这一意象。而小说中下面这段话则道出了"拧发条"这个意象的重要性:

"拧发条鸟是实际存在的鸟。什么样我不知道,我也没亲眼见到,只听过叫声。拧发条鸟落在那边树枝上一点一点拧世界发条,'吱吱吱吱'拧个不停。如果它不拧发条,世界就不动了。但这点谁也不晓得,世上所有的人都以为一座远为堂皇和复杂的巨大装置在稳稳驱动世界,其实不然,是拧发条鸟飞到各个地方,每到一处就一点点拧动小发条来驱动世界。发条很简单,和发条玩具上的差不多,只消拧发条即可,但那发条唯独拧发条鸟方能看到。"②

这段内容出现在小说第二部分的第十五章,是主人公冈田亨向加纳克里他解释自己的新名字——"拧发条鸟"时所讲的一段话。这里,主人公已经将自己与那只"拧发条"的鸟等同起来,而且拧动发条的目的在于驱动世界。可见,"拧发条"的意象是与绵谷升为代表的、要将人"身上的发条全都松缓脱落下来"③ 的势力相抗衡的一个存在。在小说中,正是因为冈田亨有意识地化身为"拧发条鸟",所以才有了对绵谷升的抗争,才有了推动故事前进的力量。

小说标题中另一关键词「クロニクル」在日语中是"年代记"、"编年史"的意思。林少华的翻译"行状录"一方面体现出译者对小说内容的理解,同时也使小说的解读重点发生了偏移。"行状"也叫"行述",是旧时文章的一种形式。行状用来记述死者世系、籍贯、生卒年

---

① [日]村上春树:《奇鸟行状录》,林少华译,上海译文出版社,2002 年,第 9 页。
② 同上书,第 328 页。
③ 同上书,第 313 页。

月和生平概略，一般由死者的亲属撰写。① "行状录"这一词语的选择首先就偏离了小说的基本内容。不过更为重要的是：「クロニクル」的原意——"年代记"或"编年史"都是与历史有关的词汇。『ねじまき鳥クロニクル』这一标题实际上是向读者暗示了这部作品是与时间有着紧密关联的个人史。尽管"行状录"本身也含有一定的时间意义，但重点则在事迹或行动本身。换言之，将「クロニクル」译为"行状录"不但体现出译者对小说内容理解的某些偏差，在结果上也大大弱化了原有的历史性要素。"奇鸟行状录"这一标题的翻译将小说的解读引向了另一个方向。

日本学者岛村辉认为『ねじまき鳥クロニクル』是一部与"时间"相抗争的小说。② 尽管岛村所说的"时间"是指希腊神话中克洛诺斯神以及由此而引申出的象征含义，但作为时间的具体化——历史在小说中无疑具有十分重要的作用。如果参考村上春树在第二次《全作品集》中对另一部作品《国境以南　太阳以西》的题解就可以知道：『ねじまき鳥クロニクル』这部长篇巨著的第一章最初正是《国境以南　太阳以西》的开篇。也就是说，村上春树原计划是以一种一般传记的写法去讲述一个人的历史。尽管现在呈现在读者面前的『ねじまき鳥クロニクル』并没有采用常规的年代记创作手法，但随着阅读的深入我们不难发现，主人公与小说中出现的其他人物之间存在着内在联系。在战争中失去一条胳膊的间宫中尉实际上就是在历史中的另一个冈田亨；而第三部中登场的肉豆蔻的父亲，脸上也与冈田一样有一块婴儿拳头大小的痣。因此『ねじまき鳥クロニクル』既是一部直面夫妻间相互关系的小说，同时又是一部特殊的编年史。在主人公探寻自我的过程中，夫妻间的连带感——这种人与人之间的相互关系的确是一条重要的途径，但同时打通历史与现实之间的壁垒也成为探寻自我的一个重要条件。《奇鸟行状

---

① 参见中国社会科学院语言研究所词典编辑室：《现代汉语词典》（修订本），商务印书馆，1996年，第1409页。
② 参见［日］岛村辉：《与〈时间〉的抗争》，载《村上春树研究04》，若草书房，1999年，第87—97页。

录》正是这样一部探寻自我的特殊的编年史。而在小说中,作为桥梁,起着沟通历史与现实作用的,则是一场在日本历史上被讳忌颇深的战争——诺门罕战役。

二、诺门罕战役的桥梁作用

1. 作为历史事件的诺门罕战役

诺门罕战役在日本被称为"诺门罕事件"或"诺门罕事变",而在蒙古和前苏联则被称之为"哈拉哈河战役"。尽管这场局部战争在军事界比较有名,但由于长期以来交战双方讳忌颇深,因而很多人并不了解这场战争的来龙去脉。

诺门罕战役的地点是我国内蒙古自治区呼伦贝尔盟新巴尔虎左旗诺门罕布尔德地区和蒙古国哈拉哈河中下游两岸。1939年5月4日至9月16日,在这里发生了日本关东军、伪满洲国军队与苏联及蒙古军队之间的一场局部战争。当时,日本通过1931年的"九·一八事变"在我国东北成立伪满洲国,将东北变成入侵华北和中国的战争基地。随后又在1937年发动"卢沟桥事变"开始全面入侵中国。其实日本的野心不仅在中国。当时驻扎在东北的关东军只是抽调了部分兵力参加华北作战,而主力则在伺机实施"北进计划",向苏联开战。日本的最低目标是要占领伊尔库茨克以东的苏联远东领土。一旦得手,他们便准备一直向西席卷,与希特勒的纳粹德军沿某条双方议定的界线分割苏联。诺门罕战役就是在这样一个大背景下进行的,这场战役的发生可以说是日本继日俄战争后与苏俄进行的第二次正面冲突。

其实在1939年的诺门罕战役之前,日军就曾发动了一次序战或称之为前哨战。那次作战发生在1937年,名为张鼓峰战斗。尽管在张鼓峰战斗中日军遭受苏联重兵重炮的反击,伤亡惨重,但日本的指挥机构并没有对入侵苏联的计划罢手。于是1939年5月便有了著名的诺门罕战役。

诺门罕战役共分两次,第一次的小规模战斗以日军败北而告终。其后展开的第二次战斗双方都投入了数以万人的军队,苏联方面还出动了大量的坦克和装甲车。诺门罕战役的第二次战斗进行得异常激烈。日军方面依靠夜间突袭、近战等传统战法取得一定的战果，而苏联方面则使用重型装备还以颜色。可以说交战双方都将自己的战术特点发挥得淋漓尽致，但毋庸置疑苏联明显占据了上风。苏联军队本身具有大兵团机动作战的特点，同时，依靠不断发展的重工业又实现了所谓机械化战法。与此相反，日本军队依然是旧时代的旧战法。而且高级指挥机构迷信精神力量，认为可以凭借所谓军人的"荣誉"无往不胜。

诺门罕战役的结果是日军主力遭受重创，不得不与苏联缔结停战协议。而在另一方面，交战双方都为此次战役付出了人员伤亡的惨重代价。由于日苏双方均未全面公开有关这次战役的资料，所以目前仅据不完全统计，日本方面的死者约为18300人，战伤约25900人，被俘464人，损耗率为66%。苏军方面，1980年公布的统计结果为：死亡3281人，战伤15286人，去向不明154人，被俘94人，损耗率33%。①

诺门罕战役可以说是日本陆军在近现代作战史上的第一次惨败。它使日本在第二次世界大战期间打消了长期以来意图攻占苏联远东地区的"北进计划"，而将战争向南延伸，最终于1941年12月发动袭击珍珠港的太平洋战争。而这次战役也令日本军队对苏联军队畏惧了三分。抗日战争临近结束时，在苏军解放东北的战役中许多日本关东军的部队在苏军面前一击即溃，可见当年的诺门罕战役在他们心中留下了怎样的"阴影"。

2. 作为文学素材的诺门罕战役

在日本，作为历史事件的诺门罕战役讳忌颇深，有关诺门罕战役的资料一直没有完全公开。尽管如此，在日本文学史上以这一战争作为题材的作品却依然存在。从附于《奇鸟行状录》第一、二部后面的参考资料中可以看到，有这样一些关于诺门罕战役的书籍：《诺门罕美谈录》（满洲图书株式会社，1942）、《诺门罕空战记　苏联空军将领回忆录》

---

① 参见［日］松本草平：《诺门罕，日本第一次战败——一个原日本关东军军医的战争回忆录》，华野、李兆晖译，山东人民出版社，2005年，第303页。

(弘文堂，1964)、《诺门罕战争 人类纪录 破灭篇》（德间书店，1977）、《诺门罕战记》（新往来人物社，1974)、《静静的诺门罕》（讲谈社，1986)、《诺门罕 上下—草原中的日苏战争—》（朝日新闻社，1989)。另据笔者调查，作家五味川纯平也曾以纪实文学的形式创作了《诺门罕》（文艺春秋，1975）。此外，著名历史小说家司马辽太郎也曾希望创作以诺门罕战役为题材的历史小说，并为此作了大量的采访和准备工作。不过遗憾的是司马辽太郎最终未能实现自己的心愿。

以诺门罕战役为题材的文学作品中除个别是在美化日本军国主义的侵略行径外，大部分以纪实的手法再现了日苏之间这场局部战争。其中，《静静的诺门罕》可以说是以诺门罕战役为素材、比较优秀的文学作品。它的作者是日本著名战记文学作家、诗人伊藤桂一。伊藤出生于1917年，1938年参军并被派往中国。1945年日本战败时，伊藤正在上海的郊区。长年的部队生活不但使伊藤更多地将战争本身作为写作素材，而且他自己也认识到"战争使人的本来面目发生改变"[1]。《静静的诺门罕》创作于1983年。在此之前，伊藤的另一部战争题材小说《云与植物的世界》获得了1952年芥川奖提名。而这部《静静的诺门罕》则在出版后的第二年获得了第34届文部大臣艺术奖以及第18届吉川英治文学奖。

与五味川纯平创作的纪实文学《诺门罕》有所不同，伊藤桂一在《静静的诺门罕》中没有采用全景式的纪实文学手法，而是通过三名普通的诺门罕战役参战士兵的眼去观察那场战争。这些普通士兵既是诺门罕战役的亲历者，也是那场残酷战役的幸存者。以这样一种视线来再现诺门罕战役本身就具有深刻的历史与现实意义，而小说中对战斗场面以及环境等细节的描写在今天读来仍有强大的震撼力：

那是有着红色条纹的非常大的苍蝇。一旦出现死者，马上就会将卵产在嘴和眼睛的角落里。如果是普通的银蝇，从卵变成蛆要三

---

[1] ［日］伊藤桂一:《静静的诺门罕》（文库本），讲谈社，2005年，第268页。

天的时间，可是诺门罕的苍蝇仅仅不到 10 分钟就变成了蛆。速度之快只能让人感觉是魔术一般。那些蛆一眨眼的功夫就爬到死尸上去，从柔软的部分开始蚕食。不仅是死尸，负伤者也难逃这一命运。①

伊藤桂一恐怕不知道，这段描写不但使当年阅读此书的读者印象深刻，而且令村上春树在多年后踏上诺门罕这片土地时，不由自主地感叹当年日本士兵所处的是怎样一种恶劣的环境。②

在《静静的诺门罕》的附录中，还刊载了伊藤桂一与司马辽太郎的对谈。伊藤讲：有关战场的描写，文字的表现力终归还是有限的。即使在写作过程中穷尽所能使用的表现手法，对那些没有亲身经历的人来讲，终究还是不能产生与战场上相同的的实际感受。而自己在《静静的诺门罕》中没有采用全景式手法，只是通过三名普通士兵的讲述去再现那场荒漠之中的战争，实际上是在替无数的死难者以及战争受害者代言。由于日本政府对诺门罕战役的讳忌，即使是在今天，也没有人真正去关注那些最底层的士兵，而他们的内心感受也无法通过语言引起更多人的共鸣。司马辽太郎在高度评价了《静静的诺门罕》的文学意义与资料价值后，也怒斥了作为指挥者的日军高级将领。在这位著名的历史小说作家看来：指挥者的无知、无能以及骄横的态度是造成上千万普通士兵无谓丧命的原因。他们是那场惨烈战役的罪魁祸首。③

可以说以伊藤桂一为代表的日本战记文学作家在以诺门罕战役为素材进行创作时，普遍运用写实的手法揭露出战争本身的残酷性。从某种意义上讲，《奇鸟行状录》也是以诺门罕战役作为素材的文学作品。尽管小说中没有出现有关战斗场面的直接描写，但小说中的血腥气息仍使很多读者为之侧目。不过，《奇鸟行状录》终究不是战记文学或历史小

---

① [日] 伊藤桂一：《静静的诺门罕》（文库本），讲谈社，2005 年，第 188 页。
② 参见 [日] 村上春树：《边境·近境》（文库本），新潮社，2000 年，第 197—198 页。
③ 参见 [日] 伊藤桂一：《静静的诺门罕》（文库本），讲谈社，2005 年，第 225—241 页。

说。诺门罕战役在《奇鸟行状录》中既不是一个单纯的历史事件也不仅仅作为文学创作的素材，它所起到的是战记文学以及历史小说中所不具备的特殊作用——作为桥梁，沟通起历史与现实。

3. 作为沟通桥梁的诺门罕战役

村上春树在《奇鸟行状录》的有关解说中讲，自己对诺门罕战役的好奇始于少年时代：

> 当我还是一个孩子的时候就对那场围绕着蒙古、满洲之间国境线而发生的关东军与苏联军队之间短暂但血腥的局部战争抱有不可名状的好奇心。①

也许正是源于少年时代的好奇心，1991年当村上春树在美国普林斯顿大学的图书馆里发现大量有关诺门罕战争的书籍时，便不由自主地沉浸在那一段历史之中。在村上看来，诺门罕战役是一场不可思议的残酷战争。虽然战役以苏联军队取得胜利而告终，但其实交战双方的伤亡都很惨重。在某种意义上，诺门罕战役也许可以说是一场没有输赢的战争。这场事后以种种理由暧昧化了的战役使成千上万的士兵丢掉性命，但大多数指挥者却没有被追究责任。正是基于这种对诺门罕战役的认识，村上春树决定将这一历史事件作为一个文学素材纳入自己的小说创作。不过，村上春树并没有停留在历史事件或文学素材本身，他对诺门罕战役做了更进一步的探究，使其成为小说中一座可以勾连历史与现实的特殊桥梁。

在游记《边境·近境》（1998）里，村上道出了他对诺门罕战役一直念念不忘的真正原因：

> 随着那场战争在我脑海中逐渐清晰而鲜明地浮现出具体的情形，我隐隐约约的感觉到自己为什么会被那场战争所强烈吸引。引

---

① [日] 村上春树：《村上春树全作品1990—2000④》，讲谈社，2003年，第556页。

起那场战争的东西在某种意义上是一种"非常日本式的、非常日本人式的"东西。

（中略）

不论在诺门罕，还是在新几内亚，很多士兵同样死得毫无意义。他们是在日本这样一个密闭的组织中作为无名的消耗品而被效率极其低下地抹煞的。而这种"低效率"或称为非合理性的东西，我们或许可以把它叫做亚洲性。①

"非常日本式的、非常日本人式的东西"是村上春树对诺门罕战役以及日本侵略战争背后所隐藏的深层原因的分析。所谓"日本式的"或"日本人式的"并不是指在对苏作战中，日军固守的陈旧战法以及指挥官冥顽不化，相信精神力量战无不胜的特点。这些固然是日本惨败、士兵无端送命的原因，然而村上所说的"日本式"或"日本人式"的东西则在于面对上述那些明显具有错误性质的指挥或观念，绝大多数日本人并没有自觉的反思以及反抗。非但没有反思、反抗，反而采取了一种无条件执行的态度。可以说日本民族这种缺乏个体反思的集体无意识特点才是真正导致日本走上军国主义道路，并最终遭受惨败的原因。然而遗憾的是，日本虽然在战后选择和平宪法、放弃战争，但并没有直面这种"日本式的"或"日本人式的"东西。即便是进入到后现代的语境中，日本这种缺乏个体反思的集体无意识特点依然顽固地存在着。

我隐约觉得即使在今天，在很多社会的局面下，我们也作为消耗品被静静地和平地抹煞。因此我（或者许多人）都无法彻底逃离。我们生活在日本这一和平的"民主国家"之中，相信自己作为人的基本权利被保障，然而的确如此吗？掀开表面的一层面纱，那里依然和以前一样，被封闭的国家组织以及理念还在呼吸。我一边

---

① ［日］村上春树：《边境·近境》（文库本），新潮社，2000年，第167—168页。

读着有关诺门罕战役的书籍一边实实在在地感受到那样一种恐怖。①

这其实是村上春树为什么要将诺门罕战役写入自己小说中的真正原因。那种"日本式的"或"日本人式的"东西不只存在于已成为历史的事件中。在当今的社会生活中它依然无处不在，且不易被人们所察觉，而这也许才是最可怕的。村上春树就是要通过《奇鸟行状录》中的诺门罕战役使人们直面这种民族的集体无意识。在这个意义上，诺门罕战役不再仅仅是一个历史事件，也不单单是一个文学创作的素材。它在村上春树的创作中真正成为一座沟通历史与现实的桥梁。

三、绵谷升——历史与现实的交集点

村上春树以诺门罕战役为桥梁沟通起历史与现实，并对日本民族的民族性进行了反思。不论是历史上的侵略战争还是发生于 1960 年代末的"全共斗"学生运动，其背后都可以发掘出日本民族集体无意识的特点。一个人不可能脱离社会，生活在绝对个体的世界里。然而，缺乏个体独立精神、缺乏反思的民族性是可怕的。这种民族性虽然可以造就上世纪六七十年代日本经济的高速发展，但在另一方面却给了那种无形暴力以存在的空间。村上春树在小说中通过久美子的哥哥——绵谷升揭示出那种无形暴力的可怕，并试图与之相抗衡。

出身于官僚世家的绵谷升毕业于东京大学经济系。在留学耶鲁后，他回到东大研究生院做了一名学者。作为学者，绵谷是成功的。他的经济学专著备受青睐，媒体也开始频繁关注这位年轻有为的经济学家。然而，绵谷似乎并不满足于只做一名学者。他在媒体中找到了更适合自己的位置，并很快成为颇有人气的公众人物。在绵谷升的伯父死后，他更成为其政治地盘的接班人，并成功当选众议员。这里特别值得关注的是绵谷升的家族背景。绵谷的伯父曾是在日本陆军参谋本部工作过的技术官僚，并且与历史上策划过"九·一八事变"的陆军中将石原莞尔关系

---

① ［日］村上春树：《边境·近境》（文库本），新潮社，2000 年，第 168—169 页。

密切。应该说绵谷升本人尽管生于战后,没有参加过日本所发动的侵略战争,但是这样一个家族背景的设定,使这一人物成为日本军国主义在现代社会中的阴魂。在当今的日本社会,正是像绵谷升这类的新兴政客在操控着国家。他们既是成长于战后的所谓精英阶层,同时又与日本历史上那些策划和发动侵略战争的势力有着千丝万缕的联系。可以说绵谷升这个人物,正代表了历史与现实的一个交集点。历史上,以绵谷家族为代表的陆军技术人员是日本军国主义的策划者和助推器;在当今社会他们又以无形暴力的方式对个体进行瓦解,对大众进行操控。

1. 对个体的瓦解

在《奇鸟行状录》发表后,不少读者对小说中出现的暴力描写侧目。与以往那种不介入他者式的、洗练的都市风格小说相比,《奇鸟行状录》确实显得过于血腥。小说中不但出现活剥人皮的场面,而且在非现实的空间里,冈田亨也与对手展开殊死搏斗,并用棒球棍给了对方致命的一击。日本评论家日置俊次就认为:《奇鸟行状录》不同于其他小说的重要一点就在于其中的暴力描写。① 村上春树在小说发表后确实曾讲:"暴力,就是打开日本的钥匙。"② 不过,与那些场面血腥的暴力相比,交集于绵谷升身上的无形暴力恐怕才是村上春树关注的焦点。在这个意义上,所谓"暴力,就是打开日本的钥匙"中的"暴力",指的并非是小说中那些血腥场面,而是更为可怕的无形暴力。

绵谷升所代表的无形暴力在历史上可以引发侵略战争,在现代社会中则首先表现在对个体进行瓦解上。《奇鸟行状录》中的重要人物——加纳克里他作为肉体娼妇接待的最后一位客人正是绵谷升。在绵谷的触摸下,本来对性毫无感觉的加纳产生了性兴奋,并体验到了从未有过的性快感。但与此同时,加纳感到自己的身体仿佛被人从中间一撕两半,

---

① 参见[日]日置俊次:《试论〈奇鸟行状录〉》,载《村上春树研究04》,若草书房,1999年,第98—119页。

② 转引自[美]杰·鲁宾:《倾听村上春树 村上春树的艺术世界》,冯涛译,上海译文出版社,2006年,第220页。

"好像亲眼看到自己的身体被剖开，五脏六腑被长拖拖地掏出"① 一般。而更为关键的在于，这种感觉不仅只是生理上的感受，绵谷升的"性行为"是撬开了加纳意识中某个封闭的部分：

> 我身上的**发条**全都松缓脱落下来。意识朦胧中，我痛切地感到自己这个人是何等孤独无依何等软弱无力。各种各样的附件从肉体上接二连三脱落而去。有形的，无形的，一切都如口水如尿水，化为液体拉不完扯不断地流出体外。不能听之任之地将一切排泄一空！我想，这是我自身，不能任其化为乌有！然而无能为力。②

在绵谷升对加纳克里他所进行的"性行为"中，其实并没有出现真正的两性交合，绵谷也没有真正通过性行为本身侵入加纳克里他的身体。在村上春树的小说中，性行为是一个与他人进行沟通的路径，性行为双方互相进入对方的身体也就意味着对他者进入自我内部世界的认可。在绵谷升与加纳克里他之间并没有出现真正的性行为本应是一种无法彼此进入自我内部世界的暗示，然而绵谷升由于本身所具有的特殊能力，使加纳在没有性行为出现的情况下也感到对方进入了自己的身体、进入了自我的内部世界。如果说在以性作为商品的交易过程中，性行为本身就存在有某种暴力倾向的话，那么绵谷升所进行的"性行为"就成了一种无形暴力的象征。他的这一无形暴力使本来不知性快感为何物的加纳克里他感到兴奋，但同时也令作为独立个体的加纳产生主体毁灭的危机。加纳克里他因为本身就是一个非正常的个体而逃离了被瓦解的命运，然而绵谷升的妹妹久美子却在绵谷的无形暴力下遁入黑暗的封闭世界。

绵谷升没有对久美子实施与对加纳克里他一样的"性行为"。但他对久美子的个体瓦解却显得更为彻底。久美子曾给冈田写信，讲自己与

---

① ［日］村上春树：《奇鸟行状录》，林少华译，上海译文出版社，2002年，第313页。
② 同上书，第313页。（黑体系原文）

多得不可胜数的男人交媾而毫无罪恶感:

> 我同很多别的男人睡过,多得无可胜数。连我自己也不理解究竟是什么所使然。如今想来,说不定是哥哥的影响力造成的。我觉得是他擅自打开我体内的抽屉,擅自从中拿出莫名其妙的东西,致使我同别的男人没完没了地交媾。哥哥有这样的能量。而且我们俩大概是在某个阴暗的角落连在一起的,尽管我不愿意承认。①

　　罪恶感是人得以区别于其他动物的一大特点。正是由于罪恶感的存在,个体才能对自身的行为进行反省,进而甄别哪些行为是可以做,哪些行为是不被允许的。丧失罪恶感就意味着个体缺失了自我反省的能力,由此而带来的必然是自我主体性的丧失。可以说久美子在绵谷升的影响下,与多得不可胜数的男人交媾而无罪恶感,正是绵谷依靠无形暴力对个体的主体性所进行的一种最彻底的瓦解。

2. 对大众的操控

　　绵谷升所代表的无形暴力并不只满足于对个体的瓦解。在现代社会中,这种无形暴力对大众的操控也达到前所未有的程度。如果说在对个体的瓦解过程中,无形暴力所借助的是性行为的话,那么在对大众的操控中,无所不在的现代传媒变成了利用工具。

　　《奇鸟行状录》中出现了两处有关 NHK 的描写。NHK 是日本广播放松协会的简称,同时也是日本唯一一家属于国营性质的传媒机构。NHK 与其他私营传媒机构最大的不同在于:其覆盖网络达到日本全境,在报道相关事件以及进行某些评论时,更多地代表了一种官方立场。有关 NHK 的描写一次出现在第一部的第四章。冈田和久美子结婚后定期去拜访一位"神灵附体者"——本田老人。在他家里有一台"不无威严之感的超大型彩电",电视里播放的总是 NHK 节目。有趣的是本田老人由于战争的原因耳朵几乎听不见,这让冈田觉得电视里总是 NHK 的节

---

① [日] 村上春树:《奇鸟行状录》,林少华译,上海译文出版社,2002 年,第 665 页。

目或许是本田老人特别钟爱 NHK，或者是懒得改换频道，又或者"电视机本身只能接受 NHK 的节目"。在日本，NHK 的电视节目是二十四小时不间断的。在特定的场合，例如召开国会、进行选举等时候还会现场直播。对处于后工业社会的大多数日本民众来讲，打开电视只是一种习惯性行为。就如同两耳失聪的本田老人那样，打开的电视，以及电视里播出的节目已经成为一个完全与现实生活相融合的背景，成为环绕在个体周围的一个无形网络。

绵谷升所代表的无形暴力正是利用了这种现代传媒无所不在的特点。小说第三部分第三十五章再一次出现电视以及 NHK 的描写。当冈田终于再一次进入到代表自我意识的那个世界里去的时候，他发现大厅里很多人正围坐在电视机前看 NHK 的新闻。新闻里出现绵谷升被人袭击的消息，"凶手"的特征则是：身穿藏青色短大衣，头戴藏青色毛线帽，太阳镜，右脸脸颊上有一块青痣的三十岁男子。而这些特征恰好与主人公相符，于是十几名对电视新闻笃信不疑的普通观众便一起去追赶冈田。

主人公下到井底而进入的异质世界虽然是非现实性的自我意识空间，但某种意义上正是现实世界的影像。绵谷升在以电视为代表的现代传媒那里，不但找到了自己合适的位置，而且通过电视壮大了自己的力量。实施着对普通大众的操控：

> 绵谷升那种暴力式能力在某一阶段在某种因素影响下得到了根本性的加强。他可以通过电视等各种传播媒介将其扩大了的力大面积施与社会，并且现在也正运用那种力把许多非特定的人无意识地隐藏于黑暗中的东西牵引出来，（中略）他所牵引的东西，注定是充满暴力和血腥的，而且同历史深处最为阴暗的部分直接相连，结果损害以至毁掉了很多人。①

---

① ［日］村上春树：《奇鸟行状录》，林少华译，上海译文出版社，2002 年，第 641 页。

这一段直白的议论几乎很难称得上是一种小说的描写。不过，正是通过这段文字，我们可以较为准确地理解绵谷升所代表的就是那种既存在于历史又存在于现实中的无形暴力。这一暴力在传媒极为发达的现代社会正在以各种方式向大众生活进行渗透，从而达到操控大众的目的。

小说中冈田亨与绵谷升的种种较量应该说并不是人物之间单纯的矛盾冲突，它是冈田这一独立个体对绵谷所代表的无形暴力的一种抗争。尽管这种抗争的力量微乎其微，但《奇鸟行状录》中冈田亨最后的致命一击以及笠原 May 为主人公找到的纯净水塘还是给读者带来了希望。在某种意义上讲，《奇鸟行状录》的创作本身就是个体对抗无形暴力的过程。它的出现不但反映出村上春树在探寻自我的过程中，已经由单向式的自我追问向更为重视与他人的连带感发展，而且也表明了村上试图依靠文学的力量，重构后现代语境中人们精神家园的决心。而在这一过程中，作为桥梁的历史成了村上春树深化主题的特殊工具。

第二节　历史的隐喻作用——论《海边的卡夫卡》

《海边的卡夫卡》是村上春树 2002 年推出的长篇小说。小说出版后不但在日本引起关注，同时也几乎以同步的速度被翻译成中、韩、英、法、德等多国语言出版。《海边的卡夫卡》在结构上与《世界尽头与冷酷仙境》相似，采用了双线推进的方式。主人公田村卡夫卡四岁的时候被母亲抛弃，此后又遭到父亲的诅咒——弑父娶母，并与姐姐交媾。他在自己十五岁生日的时候决定离家出走逃避命运的诅咒，并最终来到一个叫甲村图书馆的地方。奇数章节的内容正是他离家出走到再次返回东京期间的经历。而在偶数章节里，一个在战争中失去记忆的老人中田在卡车司机星野的帮助下，也从东京来到甲村图书馆。他见到了图书馆的馆长佐伯——一个被少年卡夫卡认为是自己母亲的中年女性，并在佐伯的要求下毁掉她写的回忆，自己也随后死去。

《海边的卡夫卡》也许是村上小说中最令人费解，同时也是引起争议最多的一部作品。2006 年日本著名文学评论家、东京大学教授小森阳一推出《村上春树论　精读〈海边的卡夫卡〉》一书，对这部小说作了非常严厉的批评。他认为这部小说的出版代表着村上春树在创作上出现了一个危险的转向。《村上春树论》虽然是一本研究村上文学的专著，但却以罕见的速度被迅速翻译成中文出版，并引起国内研究者的关注。由于小森阳一在日本文学批评界的重要地位及其理论方法的独特性，如何看待小森阳一的这本专著，就成为研究《海边的卡夫卡》时一个不可回避的前提。本节将从小森阳一的"精读"入手，分析《海边的卡夫卡》究竟是怎样一部作品。

一、小森阳一的"精读"

1.《村上春树论》的成书背景与主要内容

小森阳一1953年生于日本东京。少年时代，小森随父母侨居捷克斯洛伐克的布拉格，并在那里接受了以俄语为主的小学教育。这一独特的经历一方面令小森回国后经历了对本国语言——日语从抵抗到接受的过程，另一方面也使他在成年后能够充分吸收俄国形式主义、结构主义、后结构主义等西方有关文学形式的批评理论。上世纪80年代后期，小森阳一以日本现代文学研究者的身份进入学术界。他从日语中乏人问津的人称、时态、句法等构文形式出发，对日本现代文学作品进行解构分析。其中对夏目漱石的代表作《心》的研究在学术界引起轰动，并引发老一代学者石原千秋、三好行雄等人所谓"心"的争论。[①] 尽管在今天看来，小森阳一以结构主义叙述学和文体学对日本现代小说所进行的理论思考和文本分析已经成为文学研究的一般常识和普遍方法，但在1980年代后期，他的批评实践无疑颠覆了日本传统文学研究方法中"作家——作品——时代"的通行模式，带给日本文学研究以批评范式的转变。

1990年代后期，小森阳一的批评活动逐渐从文本理论为中心的文学

---

① 参见［日］岛村辉：《日本近现代文学研究界的现状及方法论的变迁》，载《外国文学研究》2002年第2期，第22—29页。

"内部批评"转向文化意识形态、历史研究为主的文学"外在批评"。通过对话语形式的研究,小森揭示出文学与历史、意识形态之间存在的隐秘关系,使文学研究也成为意识形态分析、历史批评的一种手段。小森阳一的这种批评转向既与国际理论批评界整体趋势走向相关,同时作为一名左翼知识分子,他所进行的批评活动也是为了与日本国内日趋严重的保守主义相抗衡。可以说 2006 年出版的《村上春树论 精读〈海边的卡夫卡〉》正是在这样一种背景下产生的。它的出版集中体现了小森阳一 2000 年以后的问题意识和他进行意识形态、历史批判时所贯用的理论方法。

《村上春树论》一书共分五章。在第一章中,小森分析了《海边的卡夫卡》与俄狄浦斯神话之间的相同与相异之处。由于《海边的卡夫卡》的主人公田村卡夫卡在 4 岁时被母亲抛弃,并被父亲诅咒将会弑父娶母、与姐姐交媾,所以小说的人物设定无疑与俄狄浦斯神话之间存在着内在的联系。小森通过分析认为:小说的主人公田村卡夫卡和失去记忆的中田老人均是神话中的俄狄浦斯,卡夫卡少年的父亲田村浩一、田村浩一的分身式人物琼尼·沃克则是拉伊俄斯。而甲村图书馆中的管理员大岛以及具有暴力性特征的琼尼·沃克相当于吞噬忒拜城市民的斯芬克司,卡夫卡少年想像中的姐姐樱花以及陪同中田老人的卡车司机星野则如同安提戈涅。不仅小说中的主要人物与俄狄浦斯神话中的人物存在对应关系,在这一章中,小森还进一步分析了人类的俄狄浦斯情结以及主人公 4 岁被母亲抛弃所引发的语言断裂和暴力倾向。

第二、三章中,小森出色地运用文本分析方法,对《海边的卡夫卡》中提及的众多文学作品进行梳理,揭示出这些文学作品在小说中所起的作用以及与小说故事之间的内在关联性。《海边的卡夫卡》中涉及到很多文学作品,应该说这在以往的村上文学中并不多见。尽管在小说《挪威的森林》中也有主人公对《了不起的盖茨比》的评论以及阅读《魔山》的描写,但在《海边的卡夫卡》中不但出现了外国文学作品,也出现了村上春树曾声称"从来不看"的日本文学作品。《海边的卡夫卡》中出现的文学作品主要包括:伯顿版《一千零一夜》(19 世纪)、弗朗茨·卡夫卡的《在流放地》(1919)，夏目漱石的《矿工》(1908)、《虞美人草》(1907)以及《三四郎》(1908)。此外，《源氏物语》(1001—1008)、《雨月物语》(1768 序，1776 刊)这样的古典文学作品也在小说中有所涉及。在一部小说中如此高密度地出现各种文学作品不能不使人思考这些作品与小说文本之间究竟存在着怎样的关联性。在这两章中，小森阳一充分发挥了他精于文本分析的特点，逐一对《海边的卡夫卡》中所出现的作品进行解读。在此基础上小森指出：这些作品出现在小说中并非偶然，它们被安排在特定的情节之内，与作者在文本中所要表现的女性憎恶，以及消解语言在文学中的作用等紧密相关。

在梳理了小说中出现的文学作品与小说之间的内在关系后，小森阳一在第四章和第五章分别就战争记忆与战后日本社会展开论述。如果说前三章是《村上春树论》一书的铺陈过程的话，那么这两章便是小森阳一写作本书的着眼点。如何正确对待历史，反思日本二战侵略责任是小森近年来作为一名左翼知识分子所进行的主要批评实践活动。为此，他积极参与大江健三郎、加藤周一等人发起的"九条会"①活动，在抵制日本新历史教科书、修改宪法等问题上与保守势力作不妥协的斗争。小森认为：《海边的卡夫卡》中另一个重要人物中田在二战中彻底失去了记忆，这也就意味着本应承担起反思历史职责的一代人在村上春树的作品中丧失了反思的能力。而且小说中隐藏着将罪责转嫁给女性的文本结构，这在事实上也是一种男性主导的意识在起作用。更为重要的是，《海边的卡夫卡》的文本结构与心理治疗中那种将记忆唤起又在瞬间将其消解的治疗手段有着惊人的相似之处。这样一来小说就顺应了"911"以后弥漫在日本以及对伊作战国家中大众的心理需求，成为一部提供"疗愈"的文学作品。小森阳一认为，文学语言所应承担的职责在于反思历史，持续与死者进行对话。文学作品不应该成为放弃思考的救赎，放弃反思不但是一种历史的倒退，也是对使用语言的人类的亵渎。

---

① 九条会是 2004 年 6 月由日本护宪派知识分子发起成立的民间组织。发起人共九名，分别是：井上厦、梅原猛、大江健三郎、奥田康弘、小田实、加藤周一、泽地久枝、鹤见俊辅以及三木睦子。九条会的宗旨是维护日本和平宪法，与日本修宪舆论做斗争。

2. 批评焦点一———抹煞女性的主体性

《村上春树论》一书中，有两个问题是小森阳一批评的焦点，其一是对女性的抹煞及嫌恶问题。小森将《海边的卡夫卡》称之为"处刑小说"。所谓"处刑"，意指中田亲手杀死了琼尼·沃克，即田村卡夫卡的父亲田村浩一的分身，又在见到佐伯后完成了销毁佐伯自传的使命，佐伯本人也随后死去。由此，中田便完成了对田村卡夫卡的父亲和母亲的"处刑"。而在深层含义上，小森认为《海边的卡夫卡》之所以是一部"处刑小说"，原因在于文本中隐藏着对"拥有精神的呼吸着"的女性的抹煞。因为在小说中，佐伯是唯一一个用文字记录了自己一生的人，而这些文字却被中田付之一炬。同时佐伯本人在没有任何理由的前提下随着那些未被公开的文字而死去。这种文本处理显示出作者对于拥有自主精神的女性的扼杀。不仅如此，小说中不论是佐伯还是在二战中打了中田的女教师冈持都将所有罪责归结到自己的身上，小森认为这实际上表现出一种女性嫌恶。

小森阳一在批评《海边的卡夫卡》时将焦点放到女性问题上并非偶然。从文学批评的角度来讲，日本自上世纪80年代便开始有从女性主义、性别论方面进行文学批评的研究者。进入1990年代以后，这类研究更是出现了大量令人瞩目的成果。例如江种满子和漆田和代编写的《女性眼中的日本现代文学》（新曜社，1992）、江种满子的《阅读男性作家》（新曜社，1994）、饭田佑子的《他们的小说——日本现代文学与性别》（名古屋大学出版会，1998）等。这些论著旗帜鲜明地从女性主义或性别论批评的角度出发，试图重新对日本现代文学予以阐释。作为一名不断吸收新鲜理论的文学评论家，小森阳一在批评中尝试从女性主义、性别论出发分析《海边的卡夫卡》有其一定的必然性。同时作为一名与日本保守势力相抗衡的左翼知识分子，日本的战争责任、特别是对二战中慰安妇的战争责任是小森阳一近年来进行意识形态批判以及历史研究时的一个重点。因此，不难理解小森何以在分析了《海边的卡夫卡》中女性嫌恶的倾向后将其与日本对二战中慰安妇的历史责任问题相联。

小森阳一从女性角度出发,对《海边的卡夫卡》所作的分析虽然体现了小森阳一本人关注女性地位的责任意识,但应该说在个别地方他的解读存在着牵强之处。例如小森在第四章中将《海边的卡夫卡》中女教师冈持打了中田的那天与大冈升平(1909—1988)的《莱特战记》(1971)中同一天的记述进行对比。1944年11月7日在《莱特战记》中是日本最高决策者作出莱特决战的日子,因为这个决定导致在菲律宾作战的众多士兵无谓丧命。而就在同一天,冈持老师因梦见与丈夫剧烈性交而意外来了月经。中田捡到了带血的手巾,于是在慌乱中冈持老师打了中田。冈持老师因为自己的暴力一直活在自责之中,当她听到自己的丈夫战死在菲律宾时觉得那正是由于自己的过错而带来的必然结果。这里,小森认为冈持丈夫的死本该由战争的最高统帅——天皇担负责任,但小说的描写却将责任转嫁到女性的性欲上。这样一来,其结果是在为昭和天皇进行战争责任的开脱。《海边的卡夫卡》不仅表现了女性嫌恶,同时也是在否认历史。

将纪实性的战记文学与虚构性作品放到同一层面上进行对比本身就存在着不妥之处,而且认真分析一下小森所提到的《海边的卡夫卡》中的那段就会发现,作者想要表现的内容并非如小森阳一分析的那样简单。战争固然是人类暴力的一种极端表现,而能够牵引出战争的无疑是一种观念上的无形物。它既可以作用于社会组织也会作用于个体。冈持老师对中田所实施的暴力事实上就潜藏于人类潜意识中。在村上春树看来,这种暴力与战争的那种极端暴力有相通之处。因此,这一情节的设定准确地说是在用个体暴力去隐喻国家暴力,而并非什么否认历史。

不过,正如小森所注意到的那样,在上面的那一段描写中,当村上春树试图通过个体暴力去隐喻战争暴力时,将诱发原因设定成了性行为以及女性的羞耻感。这一设定不能不使人反问,女性以及性行为本身在村上文学中究竟居于何种地位?

译者林少华认为:村上春树的作品中"既没有对女性有意无意的歧视,也不对女性抱有一厢情愿的幻想。女性在作品中是一个个独立体,而不是将她们作为把玩欣赏的清供"①。这一分析应该说颇为中的。不论在日本还是在中国大陆，村上作品都拥有广大的女性读者，其原因就在于村上文学中的女性不同于传统文学中女性的形象，男主人公在与女性的交往中也并非处于绝对强势的位置。但值得注意的是，村上文学中的性行为、特别是女性的性行为，其结果往往被处理得非常微妙。在村上春树的大多数作品中，性是与他者沟通的一个十分重要的路径，性行为也是对他者进入自我内部世界的一种认可。而这种与他者之间的关联性存在往往潜伏着主体毁灭的危机。《斯普特尼克恋人》中的女主人公之一敏正是在高架缆车中看到另一个自己主动迎合菲尔迪纳德的玷污而丧失了自我。在上一节有关《奇鸟行状录》的分析中，笔者也提到加纳克里他在作为"肉体娼妇"时，从绵谷升"玷污式"的性行为中感到了从未有过的性快感，但同时也觉得自己似乎要化为乌有。那种无形暴力在瓦解个体的时候也是选择性作为手段。此外，在《海边的卡夫卡》中，充当引导田村卡夫卡的大岛是一名"性同一障碍者"。他在身体结构上是女性，但其意识则是彻头彻尾的男性。在进行性行为时，"阴道一次也没用过，性行为通过肛门进行"②。村上春树在接受访谈时对这一人物的设定解释说："我觉得那个人（指大岛——笔者注）的设定只能是那样的。……大岛是一个纯粹的、未经污染的个体。我说不好，总之我强烈地感觉他是那种兼具两性特点而又没有污秽的个体。"③虽然村上只是在谈论《海边的卡夫卡》中的一个具体人物，但以上这段话依然可以让人感受到村上春树对性所抱有的某种不洁之感。

综上所述，应该说小森阳一对《海边的卡夫卡》中有关女性问题的批评尽管有不妥之处，但仍可以促使研究者今后以性别理论的视角重新审视村上小说中女性以及性行为的描写。

---

① 林少华：《村上春树和他的作品》，宁夏人民出版社，2005年，第32页。
② [日]村上春树：《海边的卡夫卡》，林少华译，上海译文出版社，2003年，第193页。
③ [日]村上春树：《长篇访谈 谈〈海边的卡夫卡〉》，载《文学界》2003年4月号，第36页。

3. 批评焦点二——消解语言的作用

小森阳一批评《海边的卡夫卡》的另一个焦点集中于历史记忆与文学语言的关系上。应该说这既是小森阳一批评《海边的卡夫卡》的切入点，同时也是其理论的核心所在。小森认为村上春树的这部作品其症结就在于消解了文学语言在小说这一文艺形式中所应承担的作用，而这种消解无异于颠覆了小说创作所应恪守的文学伦理性。小森在分析中认为：《海边的卡夫卡》是一部"消解了记忆"的小说，并通过与小说《矿工》的对比阐明了自己的这一理论核心及批判意识。

《矿工》是夏目漱石成为朝日新闻社社员后的第二部作品，连载于东京和大阪发行的《朝日新闻》。在夏目漱石的整体创作中，这部小说与同样出现在《海边的卡夫卡》中的《虞美人草》一样都不属于代表性作品。《海边的卡夫卡》的主人公田村卡夫卡在与大岛的对话中这样评论到《矿工》的主人公：

> 对于眼前出现的东西他只是看个没完没了，原封不动地接受而已。一时的感想之类诚然有，却都不是特别认真的东西。①

在大岛进一步提示出《矿工》不同于所谓日本现代文学中的成长小说后，卡夫卡少年将《矿工》的主人公与夏目漱石另一小说《三四郎》中的主人公作了一个对比：

> 三四郎在故事中成长。碰壁，碰壁后认真思考，争取跨越过去。不错吧？而《矿工》中的主人公则截然不同，（中略）也就是说，他几乎没有自己作出过判断或选择。②

不过，小森阳一通过分析认为虽然《矿工》里的主人公的确如卡夫

---

① ［日］村上春树：《海边的卡夫卡》，林少华译，上海译文出版社，2003年，第116页
② 同上。

卡少年所言"只是看个没完没了",但绝非是"原封不动地接受而已"。他认为《矿工》的核心是主人公对自我判断与选择的甄别,叙述的过程是使用语言重构人生经验、获取人格基础的过程。在《矿工》的叙述中明显存在着"微分与积分"、"部分与整体"、"内部与外部"、"分解与统合"等属于认识论范畴的矛盾关系,而且叙述者是主动地将每一瞬间的感受以及矛盾暴露了出来。也就是说叙述者将每一瞬间的感受、情感与意识的矛盾都转化为了语言的形式在作品中予以呈现。对于当下正在进行叙述的叙述者而言,这种将矛盾转化为语言的过程实际上是使自我获得了一种独特的统合。"在对'矛盾'与'性格分裂'的叙述行为得以实践的现在进行时的状态中,反而构建出了叙述者自己堪称为personality的性格与个性。"① 正因为《矿工》中的主人公将过去记忆中每一瞬间以语言进行外化,才使得一个"具有坚定的内省式自我意识"的个体形象展现在读者面前。与此相反,《海边的卡夫卡》的主人公,卡夫卡少年和中田都是失去了记忆的人。中田老人在9岁时从"毒气事件"后醒来就失去了全部记忆;卡夫卡少年在神社从昏迷中清醒后发现T恤衫上有血迹,却彻底失去了如何染上血迹的记忆。在小森阳一看来,小说中记忆的缺失意味着不可能使用语言对人生经验进行重构,那么基于语言使用上的判断与选择也就不可能得以实现。《海边的卡夫卡》与《矿工》决定性的不同如果概而言之,可以分别称二者为"消解记忆的小说"与"追溯记忆的小说"。

小森阳一的理论核心是语言在文学作品中的作用,而他批判《海边的卡夫卡》也正是从语言的作用入手。小森认为:语言是人类的本质性特征,人类对于是非的甄别及对历史的认识无一不是通过语言的作用而完成。作为一种以语言为工具进行思想表达、情感传递的艺术形式,文学本应肩负起反思人类自身的职责,将历史记忆与现实本身都以语言的方式进行外化,使人们最终可以通过严肃的文学创作提高自身的生存价

---

① [日]小森阳一:《村上春树论 精读〈海边的卡夫卡〉》,秦刚译,新星出版社,2007年,第90页。

值。而村上春树的这部小说恰恰没能完成文学自身的使命。由于村上与心理学家河合隼雄之间的互动，在创作中，村上春树更多地依靠了心理学中形象化的方法，将记忆以及作为日本民众应该反省的历史仅仅作为治疗创伤的对象。这种重形象轻语言的创作无疑消解了语言在小说中的作用，由此也便背离了基于文学语言所构建的小说的伦理性。《海边的卡夫卡》的创作"意味着对于构建了文学形式的语言的亵渎，意味着使用语言的人类对自身尊严的放弃"①。

在日本文学批评界，小森的理论方法一直处于一种开放状态，且与世界文学批评潮流同步。不过从衡量文学的价值观来看，小森阳一在对当代日本文学进行批评时，依然遵循了传统的、日本现代文学的价值评判标准。在现代文学的叙事传统中，叙述话语欠发达、重视语言、特别是日语本身在话语中的作用以及故事层面的现实性是笔者所概括出的三个基本特点。其中，重视语言在话语中的作用可以说是一个根本特点。正因为如此，很多作家都会有意无意地去利用日语语言的特殊性。不过，正如笔者在第二章中所指出的那样，村上春树的小说实际上对日本现代文学的叙事方法进行了"话语"和"故事"两个层面上的变革。而这种变革带来的正是村上春树对传统叙事中重语言轻形象的颠覆。村上春树的创作与现代文学叙事传统的矛盾最终反映在何谓文学，以及文学价值评价标准上。可以说小森的批评恰好代表了传统的文学观和价值观。这种文学观和价值观无疑是对纯文学严肃性的恪守，但问题在于，在后现代语境中，传统的文学观以及文学价值评判是否应成为唯一的标准？

不可否认，在日本，《海边的卡夫卡》由于解读的方向性问题的确使小说在某种程度上披上了自由史观的外衣。但断言这是一部消解记忆、否认历史的小说只能说明评论者自身价值观的单一化。事实上，《海边的卡夫卡》非但没有消解记忆，而且用种种隐喻的方式唤醒了人

---

① ［日］小森阳一：《村上春树论 精读〈海边的卡夫卡〉》，秦刚译，新星出版社，2007年，第10页。

们关于暴力的记忆。而它同时促使人们思考在后现代语境中，作为个体究竟应该如何把握自我，应该如何面对暴力。

二、隐喻——解读《海边的卡夫卡》的钥匙

小说中充当卡夫卡少年引领者的大岛曾引用了歌德的一句话："世间万物无一不是隐喻。"① 这句话某种意义上正是村上春树为解读该作品所预留的入口。在《海边的卡夫卡》中，隐喻无处不在且成为解读小说的关键。与《奇鸟行状录》中历史的桥梁作用相类似，在《海边的卡夫卡》里，历史成了一种隐喻。村上通过历史的隐喻化再现了人们对暴力的一种态度。其实，不仅仅是历史，与俄狄浦斯神话相似的诅咒、琼尼·沃克对猫的杀戮、甚至奇数章节的文体形式都起到了隐喻的作用。

1. 诅咒的隐喻作用

《海边的卡夫卡》发表后，很多数研究者都注意到小说中主人公田村卡夫卡受到的诅咒与俄狄浦斯神话之间所存在的相似性。卡夫卡少年4岁时，母亲带上并没有血缘关系的姐姐离家出走。在15岁之前，他不断地被父亲诅咒："你迟早要用那双手杀死父亲，迟早要同母亲交合"②。卡夫卡少年承载着与俄狄浦斯"弑父娶母"相类似的命运诅咒。小森阳一将这一诅咒称之为"拟似俄狄浦斯故事"③，并将小说中出现的主要人物与神话中的人物做了对照性分析。而国内有研究者认为：小说通过描写田村卡夫卡所承受的诅咒表现了人类的一种命运意识。15岁的少年离家出走，其经历也是他个人的一个成长过程。④

卡夫卡少年的命运的确烙上弑父娶母的诅咒式预言。但值得注意

---

① ［日］村上春树：《海边的卡夫卡》，林少华译，上海译文出版社，2003年，第116页。
② 同上书，第217页。
③ ［日］小森阳一：《村上春树论 精读〈海边的卡夫卡〉》，秦刚译，新星出版社，2007年，第10页。（小森之所以将小说主人公田村卡夫卡所受到的诅咒称之为"拟似俄狄浦斯故事"，是由于俄狄浦斯是在并不知情的状态下落入神谕限定的命运之中，而田村卡夫卡则是在记忆中铭刻了父亲对自己讲述的话。）
④ 参见刘青梅：《一部充满隐喻的成长小说——解读〈海边的卡夫卡〉》，载《绥化学院学报》2007年第1期，第105—108页。

是,在这个与俄狄浦斯神话相似的诅咒里有一个神话故事中不曾出现的要素——与自己的姐姐交合。从结果来看,卡夫卡少年虽然没有亲手杀死自己的父亲,但中田老人却替他完成了弑父的预言。卡夫卡少年则在甲村图书馆与假想中的母亲佐伯发生了性关系,此后又在梦中强行进入了想像中的姐姐——樱花的身体。小说的情节推进似乎印证了在命运面前人无法选择,是命运在选择人的古希腊悲剧主题。不过,如果换一个角度观察小说中出现的"弑父娶母,与姐姐交合"的诅咒,就会发现这个诅咒其实隐喻了当代社会中无所不在的暴力性。

在基于文明而建立起来的人类历史上,弑父、娶母以及兄妹、姐弟之间的交媾都是一种禁忌。在弗洛伊德初期的理论框架里,男孩的成长伴随着对父亲的抗争,而这种关系主要是围绕着母亲的存在而展开。进入青春期的男孩都有一种潜在的弑父意识。这种被父式存在所压抑的欲望集中在"无意识"领域,它受到"意识"的限制,并通过梦境反映到"潜意识"中。由此"意识"、"潜意识"、"无意识"的三重构造便成为弗洛伊德理论的基本构成。在这里,父亲或象征性的父亲式存在,是拉开母亲与男孩之间距离的基本前提。这种父亲式存在的意义在于确立文明社会中纵向的伦理关系。由于禁忌的存在,人类历史得以延续。也就是说,父式权威以及弑父、娶母的禁忌来自于维护历时性纵向人类关系的需要。因此那种弑父、娶母的诅咒可以说正是对人类纵向伦理关系禁忌的破坏,田村卡夫卡从小受到这一诅咒实际上正是一种来自历时性的无形暴力。而另一方面,兄妹或姐弟之间的性关系也在文明社会中受到禁止。这种禁忌所维护的是一种部族之间所建立起的横向人类关系。通过让自己部落的女性嫁到其它部落以及迎娶其它部落的女性成员,人类社会得以建立起集团与集团之间横向的沟通与联系。这是那种以父式权威为基础所确立的社会伦理外另一种横向的、共时性的人类文明规则。与弑父、娶母的禁忌相似,兄妹或姐弟之间的交媾就成为对横向伦理关系的挑战。那么"与姐姐交合"的诅咒实际上隐喻了来自于共时性的无形暴力。

弑父、娶母以及兄妹、姐弟交媾的禁忌是人类最原始的社会秩序。

这种横向与纵向交织在一起的社会规则成为维系历史与当下秩序所必须遵守的社会准则。那么，卡夫卡少年所受到的诅咒——弑父、并迟早要同母亲、姐姐交合正是对人类最原始的社会规则的破坏，同时也是外部世界强加给卡夫卡少年的无形暴力。由于诅咒源于社会秩序的纵向以及横向两方面，其结果也就成为一种历时性与共时性的暴力交集。值得注意的是，这一诅咒并非如俄狄浦斯王一样来自于神的预言，它来自卡夫卡少年的父亲——田村浩一。诅咒的发出者由神转变成了人，代表着人类进入后工业社会后暴力根源的改变。因此，卡夫卡少年所受到的诅咒，或者说其无法摆脱的暴力虽然以弑父娶母、与姐姐交合的极端形式出现，但那其实正是今天我们每个人所承受的无形暴力。从这一角度来讲，田村卡夫卡这一人物的塑造就正如村上春树在中文版序言中所说的那样："田村卡夫卡君是我自身也是您自身。"①

2. 历史的隐喻作用

在《海边的卡夫卡》的偶数章节里，村上春树利用前几章精心设定了一个二战时期日本小学生集体昏迷的事件。在第二、第四和第八章里，小说以美国国防部于1986年解密的绝密资料形式，再现了一份美国占领军对发生在日本山梨县这一神秘事件所做的调查报告。报告分别由几位当事者的证词组成，首先是带队老师冈持节子的证词。她的叙述大体再现了事件的全过程：冈持老师带着班上十几个孩子去野外实习。他们登上"木碗山"，并采摘蘑菇。没过多久，孩子们全都莫名其妙地倒在地上，既不发烧脉搏也都正常，只是没有知觉，身子软成一团。没有昏迷的只有带队的冈持老师一个人。第四和第八章分别是两位医生的证词。中泽医生是当地的一名大夫，事件发生后他赶往现场，目睹了当时的情景。另一位医生是日本精神医学领域的代表学者冢山教授，他在事件发生后曾负责一直昏迷的中田。这两位医生虽然从不同角度参加了集体昏迷事件的处理，但两人同时否认这次昏迷事件与毒气有关。

村上春树在这个虚构的调查报告里反复将集体昏迷是否与毒气有关

---

① ［日］村上春树：《海边的卡夫卡》，林少华译，上海译文出版社，2003年，第2页。

的问题提示出来,无疑是在暗示发生在 1995 年 1 月的东京地铁沙林毒气事件。而这种通过当事者证词再现事件的创作手法恐怕也得益于他对沙林事件受害者以及奥姆真理教信众或原信众所做的采访。村上春树曾讲:东京地铁沙林事件以及其后所进行的采访给了他很大震动。《海边的卡夫卡》的创作与那次毒气事件、以及其后所进行的采访有着很大关联。① 在村上春树看来,由奥姆真理教所策划的东京地铁沙林毒气事件代表了现代社会中的一种暴力。不过,与那种将暴力与非暴力对立起来的二元论不同,村上春树认为如果深入到我们每个人的内心世界,那种能够牵引出暴力的阴暗面就存在于个体之中。因此,当第十二章冈持老师以信函的方式将自己打了中田的真相和盘托出时,小说试图通过个体暴力去隐喻集团暴力的目的便清晰地显露了出来。

不过,在这一精心设定的昏迷事件中,历史不仅仅是在隐喻现代暴力。小说在第十二章中以冈持老师给冢山教授的信函形式,说明发生在山梨县的学生昏迷事件是由于在那之前自己打了中田。这一真相的说明固然是为了以个体暴力去隐喻集体暴力,但更为重要的恐怕应该是暴力面前学生们所出现的反应:

当我回过神来时,发现孩子们全都一动不动地盯着我。(中略)好长时间我们就像冻僵在了那里,谁也不动,谁也不开口。孩子们的脸上没有表情,俨然青铜铸成的脸谱。②

孩子们的错愕从这一段的描写中可见一斑。平时待自己如同亲人的老师突然变身为失去理智的恶魔,这种突兀之感在孩子们幼小的心灵中所造成的冲击可想而知。然而,孩子们没有在老师的暴力面前挺身而出,对打中田的行为进行制止,而是一个接一个地昏迷了过去,以至醒

---

① 参见[日]村上春树:《长篇访谈 谈〈海边的卡夫卡〉》,载《文学界》2003 年 4 月号,第 27 页。

② [日]村上春树:《海边的卡夫卡》,林少华译,上海译文出版社,2003 年,第 109 页。

来之后全体失去了老师对中田施加暴力的记忆。这可以说是比暴力本身更为可怕的一件事。由于失忆便不可能对暴力以及牵引出暴力的阴暗面进行反思。学生们的集体失忆实际上正是隐喻了日本战后以及东京沙林毒气事件过后人们的麻木。

在《海边的卡夫卡》中，村上春树通过解密资料以及当事者信函的形式重构了一段二战时期的历史事件。这个事件虽与诺门罕战役那样的历史事件在真实性上相去甚远，但从中却可以看到二者相通的一点：即村上小说中出现的历史指涉并不是为了再现历史。与《奇鸟行状录》中历史的桥梁作用相似，在《海边的卡夫卡》中，历史成了一种隐喻。

3. 杀戮的隐喻作用

如果说发生在山梨县的学生集体失忆事件隐喻了历史以及现实中人们对暴力的一种失忆状态的话，那么琼尼·沃克杀猫以及中田在忍无可忍的情况下将琼尼·沃克杀死的血腥描写则隐喻了另外一种面对暴力的态度。

《海边的卡夫卡》的第十四、十六两章描写一只黑狗将中田老人带到一处幽静的古老住宅，与等在那里的琼尼·沃克见面的情景。当时，中田正在为寻找走失的猫每天守在一片空地，而这个琼尼·沃克正是在那个空地将猫捉来杀掉并吞食它们心脏的可怕家伙。在琼尼·沃克连杀了三只猫，并准备杀掉一只名为"咪咪"的短毛猫时，中田忍无可忍地抄起桌上一把大刀，将刀刃捅进琼尼·沃克的胸膛。

小说中琼尼·沃克杀猫以及中田又将琼尼·沃克杀掉的部分可以说是非常血腥的一段。村上春树将每个细节都刻画得非常细致入微，以至于有的读者抱怨不应该出现如此残忍的情节。[①] 血腥的场面以及杀戮的描写无疑是一种暴力的体现。《海边的卡夫卡》中这一杀戮场面可以说是《奇鸟行状录》中间宫中尉所描述的诺门罕战场上那种暴力的延续。在《海边的卡夫卡》中，暴力无所不在。正如笔者前面所分析的那样，主人公卡夫卡少年所受到的"弑父、娶母与姐姐交合"的诅咒其实就是

---

① 参见［日］村上春树：《少年卡夫卡》，新潮社，2003 年，第 65 页。

一种无形的暴力。而这里琼尼·沃克的杀猫行为则是一种更为直接的有形的暴力。

在小森阳一看来，杀猫与杀人并不是等价的暴力行为。琼尼·沃克所说的"是我来杀猫，还是你来杀我，二者必居其一"①，不过是村上春树所设定的一个杀猫还是杀人的伪命题。② 如果说在对有关女性嫌恶问题进行分析时，小森阳一就曾混淆纪实性文学作品与虚构性文学作品之间的界线，将其放在同一层面上做比较的话，那么这里，小森的分析再一次出现了同样的问题。不管是猫还是其他的动物，在虚构性文学作品中都不可能不具有某种隐喻的作用。《海边的卡夫卡》中那个名叫"咪咪"的短毛猫对猫这一动物有过简短而精辟的总结：

  猫是身心俱弱易受伤害不足为道的动物，没有龟那样的硬壳，没有鸟那样的翅膀，不能像鼹鼠那样钻入土中，不能像变色蜥蜴那样改变颜色。不知有多少猫每日受尽摧残白白丢掉性命。③

这段话虽然是在讲猫这一动物本身的特点，但其实是在强调猫的隐喻作用。猫这种动物实际上象征了社会集团中的弱势群体。他们没有任何可以自我保护的屏障，一旦发生变故，首当其冲成为受害者的便是这些弱势群体的人们。应该说《海边的卡夫卡》中选择猫作为杀戮的对象而非其他是有其隐喻作用的。而忽视文学中的这种隐喻作用，无异于消解了文学欣赏的可能性。

其实，小说中不论是琼尼·沃克的杀猫还是中田的杀人都不只是为了表现杀戮这一行为本身。与着力渲染的暴力场面相比，中田在这一过程中的内心变化应该成为解读的重点。在琼尼·沃克杀第一只猫的时

---

① ［日］村上春树：《海边的卡夫卡》，林少华译，上海译文出版社，2003年，第155页。
② 参见［日］小森阳一：《村上春树论 精读〈海边的卡夫卡〉》，秦刚译，新星出版社，2007年，第71页。
③ ［日］村上春树：《海边的卡夫卡》，林少华译，上海译文出版社，2003年，第89页。

候,中田"哑口无言地注视着这一切。移一下眼睛都不可能。感觉像有什么开始在脑袋里动了",而且还"动个不停"。琼尼·沃克以同样的动作杀死第二只猫的时候,中田则"深深陷进沙发,闭起眼睛,双手抱头,指尖扣进太阳穴"。他感到自己的身上"显然开始发生了什么"。当琼尼·沃克将第三只猫——曾经与中田交谈过的"川村"杀掉的时候,中田觉得自己的手在簌簌发抖。他祈求琼尼·沃克不要再进行下去了,因为他"好像再也忍受不下去了"。然而琼尼·沃克并没有罢手,他从书包里取出了第四只猫——曾经对猫的特点做过总结的"咪咪"。这时的中田觉得自己要疯了,他祈求对方不要再继续下去,否则"中田我好像不是中田我了"。只是这种哀求并没有奏效,琼尼·沃克依旧拿起了一把新手术刀。于是中田无声地从沙发上站起来,走上前毫不犹豫地操起台面上的刀捅进琼尼·沃克的身体。

在琼尼·沃克杀猫的过程中,中田的内心一直发生着变化。而变化的结果就如同他自己所说的"中田不再是中田"。这种个体的变化其实正说明在有形或无形的暴力面前,人有可能释放内心隐藏的暴力倾向,人有可能成为一个杀戮的机器。而更为重要的是,中田内心的变化最终导致他以杀人的暴力方式终结了琼尼·沃克的暴力行为,从而将这场杀戮最终隐喻为面对暴力的另一种态度——以暴制暴。

《海边的卡夫卡》出版于2002年9月。此前一年发生了震惊世界的美国"911事件"。如果将那次恐怖袭击也作为小说的背景之一的话,那么美国以反恐名义所发动的对伊战争在某种意义上就成为小说中以暴制暴的现实反映。与小森阳一所谓忘却的作用相反,村上春树实际上通过杀戮的隐喻提起了一个非常严肃的问题:当面对有形或无形的暴力时,我们是否可以用另一种暴力的形式将其终结?

4. 文体的隐喻作用

对于这个问题,村上春树虽然在小说中有所暗示,但却没有给出明确的答案。《海边的卡夫卡》设定了一个暴力无处不在的外部世界,又通过历史上的集体昏迷事件和杀猫与杀人的杀戮隐喻了两种面对暴力的态度。那么,个体到底应该如何把握自己,如何面对暴力,村上春树将思考与选择权留给了读者。

在《海边的卡夫卡》这部小说中，隐喻不处不在，且发挥着巨大作用。不过，其中一个至关重要的隐喻却为很多人所忽视，那便是小说的文体。

小说的奇数章节是以卡夫卡少年为主线，使用第一人称进行叙述的故事。在这些章节中有一个很明显的文体特点，那就是几乎所有的表达都使用了日语的"非过去时"。"非过去时"这一语法术语并不是传统的学校语法概念。不过目前在专业的日语教学中，由于该表述的科学性，"非过去时"的提法正逐渐被大家所采纳。"非过去时"与"过去时"相对，主要表示将来，还可以表示现在或习惯动作以及永恒的运动。当主语是第一人称的时候，动词的"非过去时"还可以表示说话人的意志。① 美国学者杰·鲁宾曾指出：《海边的卡夫卡》在奇数章节的叙述中几乎全部采用"非过去时"，很可能与此前《世界尽头与冷酷仙境》的英文翻译有关。②《世界尽头与冷酷仙境》同样采取了双线结构。在小说的两个故事里，村上春树利用日语中"我"这一人称代词的不同表达区分开两个故事中的同一主人公。由于英语中不存在同一人称代词的不同表达，英译者阿尔弗瑞德·伯恩鲍姆便想出用英语的现在时去翻译"世界尽头"部分的办法，以区别小说的另一部分"冷酷仙境"。阿尔弗瑞德·伯恩鲍姆的做法虽然是为了解决小说中不同人称代词的问题，但以时态的不同来区分两个故事却使其中的"世界尽头"部分有了某种无始无终的语感。

村上春树改变了以往小说中惯用的过去时文体，在《海边的卡夫卡》的奇数章节中采用"非过去时"恐怕正是受了这种英语时态的启发。不过，"非过去时"毕竟不同于英语的现在时态。如果说英语的现

---

① 对这一语法概念的详细解释可参见朱春跃、彭广陆编写的《基础日语教程》（外语教学与研究出版社，1998年）第一册第79页的解释。此外，彭广陆、守屋三千代主编的《综合日语》（北京大学出版社，2005年）也采用了"非过去时"的语法概念。

② 参见［美］杰·鲁宾：《倾听村上春树 村上春树的艺术世界》，冯涛译，上海译文出版社，2006年，第282页。

在时态在小说中能够让读者有一种无始无终的感觉,那么日语的"非过去时"一般能够产生一种临场感。换言之,当小说采用"非过去时"的时候,小说中所发生的故事就不是一个已经发生的事件。读者随着阅读会产生与故事中情节同步的感觉。使用日语进行创作的作家在营造一种现场感的时候,通常会使用"非过去时"。与那些只在个别表达使用"非过去时"的小说不同,《海边的卡夫卡》的奇数章节几乎全部使用了这一具有临场感的时态。这样一来,就使得时态本身除了语法作用之外还具有了某种隐喻的作用。

笔者认为隐喻作用之一在于将阅读的自由交给读者,从而实现村上春树所希望达到的"开放式"小说的目的。而更为重要的则在于,村上春树试图通过文体的隐喻作用来强调,面对暴力究竟该有怎样的态度,其实答案就掌握在作为个体的每个人手中。如前所述,当一句话的主语是第一人称时,"非过去时"还表示说话人的意志。而《海边的卡夫卡》的奇数章节正是以主人公田村卡夫卡为第一人称进行叙述的故事。因此,在小说的这部分里,几乎所有的表达都用"非过去时"就含有一种抉择、意志的含义。主人公田村卡夫卡的每个动作都表示他将要采取的行动,从而使这个十五岁的少年在面对暴力时有了一种自我选择的可能。

村上春树在接受采访时,对这部小说的文体是这样讲的:"我想为了写各种形式的故事就不得不让文章变得中性化。所以就变成了那样(指《海边的卡夫卡》的文体——笔者注)。"① 所谓中性化其实正是这种"非过去时"文体的隐喻作用。应该说,使用"非过去时"文体,意味着作家放弃小说中行动的选择权,而将权力交给故事中的主人公以及读者。《海边的卡夫卡》通过十五岁的主人公所受到的诅咒刻画出一个暴力无处不在的外部世界。又通过历史上集体昏迷事件隐喻了面对暴力日本民众的集体失忆。而琼尼·沃克杀猫和中田杀死琼尼·沃克的血腥杀戮则隐喻了正发生在我们周围的以暴制暴。那么,作为个体究竟应该

---

① [日]村上春树:《长篇访谈 谈〈海边的卡夫卡〉》,载《文学界》2003年4月号,第36页。

如何面对无所不在的暴力呢？小说通过奇数章节的文体给了每个人选择的空间。而从小说的内容上看，村上春树实际是在暗示：在后现代的语境中，尽管我们身处的外部世界有可能充满有形或无形的暴力，但个体依然可以通过艺术的力量、亲情的抚慰[①]最终得到救赎。面对无所不在的暴力，只要个体拥有坚强而独立的精神就可以与之相抗衡。《海边的卡夫卡》正是村上春树在后现代语境中，对文学存在的意义以及文学所具有的可能性进行的又一次新的探索。

然而不容忽视的是，在日本特定的历史背景以及日益趋于保守的政治环境下，这部小说的文本开放性也为自由史观留下了进入文本结构的空间。荣格派心理学家、时任日本文化厅长官的河合隼雄对《海边的卡夫卡》的极力推崇便是较为典型的一例。河合曾在演讲中称《海边的卡夫卡》是"一部伟大的物语小说"[②]，而河合所代表的京都学派正是试图利用日本国粹文化推进国民改造的一股势力。因此，《海边的卡夫卡》虽然在小说中将隐喻的作用发挥到极致，但不能不说这是一部兼具艺术感染力与现实破坏力的问题之作。

小　结

历史指涉是后现代主义文学的重要特征之一。作为日本后现代主义文学作品，在村上春树的小说中，历史同样是一个重要内容。尽管村上春树在创作中也表现出强烈的书写历史的欲望，但村上小说中出现历史指涉最终是为了加深对自我的认知和把握。《奇鸟行状录》和《海边的卡夫卡》便是这样的典型作品。在这两部小说中，村上春树将历史桥梁化、隐喻化，并通过历史的桥梁作用与隐喻作用，实现了更深层次上的自我认知。

[①] 小说中卡夫卡少年最终能够回到现实中来正是依靠了佐伯的鼓励。同时佐伯要求少年卡夫卡通过看画去明白活着的意义也意在说明艺术的力量。

[②] 参见［日］河合隼雄：《讲述临界体验的故事——读村上春树的〈海边的卡夫卡〉》，载《新潮》2002 年 12 月号，第 234 页。

结　论

　　通过本书一至四章的论述，可以说笔者在绪论中所提出的问题已经有了答案。在此，我们不妨一起回顾这些问题以及本书的论证过程，并重新思考村上文学的价值以及对其进行研究的意义。

　　在情报信息泛滥、宏大叙事缺失的后现代语境中，传统意义的文学正在受到挑战。文学作品似乎已经由一种教养、或起着教化作用的严肃读物贬值为一般商品。在这样一种文化背景下，出现全球范围热读村上春树的作品既是一种罕见的文化现象也是一个值得深入思索的问题。因为尽管村上文学在各国的热销离不开商业运作、社会环境等诸多外部因素的制约，但归根结底村上文学本身的文学要素起到了决定性作用。笔者认为探讨村上文学所拥有的特质必须对村上春树个人的成长经历以及日本后现代语境的形成进行梳理。正如美国学者韦勒克所言："我们既应该承认文学的独立自主性，也应该承认它和现实——自然、人类、社会——之间的意味深长的联系。"① 可以说日本的后现代语境为思考村上文学所具有的后现代主义文学特征以及艺术突破提供了一个重要前提。在本书的第一章，笔

---

① ［美］雷纳·韦勒克：《近代文学批评史第 4 卷》，杨自伍译，上海译文出版社，1997年，第 544 页。

者首先对村上春树的成长以及日本后现代语境的形成进行了梳理。村上春树属于战后大量出生的一代。这代人在1960年代普遍参加过学生运动，其后又大多就职于创造日本经济高速增长的大型企业。村上春树虽然与大多数同龄人的经历不同，但"全共斗"的学生运动经历使他对发生于1960年代末的民主运动及其背后的价值观进行了反思。而纵观上世纪60年代到80年代，正是日本社会由工业化向后工业化过渡的时期。情报信息的发展带动了社会方方面面的变化，日本的后现代语境也随之产生。这一语境除带给村上文学反思现代性这一后现代文学的本质特征外，还使村上春树的作品增添了后现代文化的整体氛围。

在本书的第一章，笔者一方面对村上春树的个人经历与日本后现代语境之间的相互关系进行梳理，另一方面也就村上春树的整体创作以及所从事的文学翻译予以了概括。从整体发展脉络来看，村上春树的创作大体可以分为三个时期。第一个十年的创作，即1979年至1989年的创作是第一个时期。这一时期的村上文学可以用"洗练的都市文学"加以概括。而到了1990年至2000年的第二个十年里，村上春树有意识地改变了前一阶段不介入他者式的创作姿态，转为一种积极的介入他者式的创作。进入新世纪后，村上春树的介入意识向着寻求责任与救赎发展，在深入探讨自我存在的基础上，对于他们这代人所应肩负的历史责任有了更加清醒的认识。在进行创作的同时，村上春树还翻译了大量美国当代文学作品。翻译带给村上的不仅仅是语言转换、文化越境的乐趣，更有一种方法论上的意义。不论是文体还是小说的内部结构，可以说翻译都对村上春树的创作产生了极大的影响。村上文学之所以能够在叙事上有质的突破正是借助了这种外来文化的力量。

在全面梳理了村上春树的生平、整体创作以及所受的外来影响后，本书的第二章将研究重点放到了村上文学中的小说部分。村上春树的创作形式是多样的，但小说的创作无疑是村上文学的核心。笔者在第二章以宏观的视角从思想内容上探讨了村上春树小说所具有的后现代主义文学特征，同时从艺术形式上对其叙事特点进行了研究。日本的后现代语境是理解村上春树小说中后现代文学特征的一个重要前提，而村上春树的小说也弥漫着后现代文化的整体氛围。不过，村上小说中并没有出现后现代主义文学作品的典型创作手法，如戏仿、互文性等等。那么村上小说的后现代主义特征究竟体现在哪里就成为一个必须重新思考的问题。在第二章，笔者运用后现代诗学的理论从三方面论述了村上春树小说中的后现代主义特征。首先是反思现代性。这既是后现代主义文学的本质性特征，也是村上春树小说的核心要素。同时这一特征也体现出日本后现代语境在形成过程中带给村上春树本人的思考。村上小说的第二个后现代主义文学特征表现在历史指涉上。村上春树的小说中历史是一个重要内容。不过与那些"历史叙述式小说"相比，村上春树虽然在某些作品中表现出较为强烈的书写历史的欲望，但更多的是将历史作为一种手段。小说中出现历史的最终目的在于通过历史的桥梁作用或隐喻作用更深入地认识自我这一存在。事实上对自我主题的处理是村上春树小说中第三个体现出后现代主义文学特征的地方。后现代主义文学与现代文学之间并非呈现出断裂的关系。村上春树的小说在思想内容方面就与日本现代文学在主题上有一种承继关系。这恐怕也是日本后现代主义文学的一个独特之处。

在对村上小说的后现代主义文学特征进行研究后，在第二章，笔者还以叙事理论为基础对村上春树小说的叙事特点进行了分析。笔者首先以叙事理论中"故事"、"话语"的二分法对日本现代文学的叙事传统进行了考察。结果发现，日本现代文学存在着三个叙事方面的特点：叙述话语欠发达，重视语言、特别是日语本身在话语中的作用以及故事层面的现实性。与日本现代文学的叙事传统相比，村上春树在"话语"和"故事"两方面对传统的叙事进行了变革。在"话语"方面，早期的村上小说注重叙述话语的前卫性，其后双线推进的文本结构成为村上小说新的话语形式。除此之外，相对于利用日语本身语言特性的现代文学，村上春树借助外来文化对语言形式进行了革新。而在"故事"方面，村上春树的叙事变革首先便体现在强化趣味性上。这一变革虽然是叙事方面的革新，但同时也是打破现代文学精英主义的一种努力。村上春树在"故事"方面的变革还体现在现实性要素与非现实性要素的巧妙融合上。

村上小说中的"故事"不是现实生活的彻底异化，但非现实性要素却起到决定性作用。可以说正是依靠虚实相生的故事，村上春树在小说的创作中确立起主题和意义。

在探讨了村上春树小说的后现代主义文学特征以及叙事方面的艺术突破后，本书的第三章和第四章选取了村上春树的四部作品进行具体的文本研究。在第二章，笔者就村上小说的思想内容与艺术形式分别进行了研究，但事实上文学作品在内容与形式上不可能完全剥离。村上春树小说的后现代主义文学特征正是通过叙事方面的艺术突破表现出来，而村上春树之所以能够在创作中有不同于日本现代文学的艺术突破其根源正在于思想内容上的后现代主义特征。因此，在对思想内容、艺术形式进行相对独立的探讨后，笔者认为必须通过具体的文本分析，对村上春树的小说创作做更进一步的研究。此外，进行这种个案研究的目的还在于重新解读文学作品。在以往对村上春树小说的个案研究中，孤立地研究一部作品而导致误读的情况非常严重。笔者在第三章和第四章所进行的个案研究并非是孤立地解读某一部作品，而是将这四部小说分别放到村上文学的整体脉络中进行文本分析。这一前提的设定对正确解读村上作品具有重要意义。

村上小说继承了日本现代文学探寻自我的重要主题。同时在后现代语境下，反思现代性这一后现代主义文学的本质特征又令村上春树对历史保持高度的关注，并通过历史指涉实现更深层面上的认识自我。因此本书的第三章和第四章中就分别从自我与历史这两大核心出发研究村上春树的小说创作。第三章选取了《世界尽头与冷酷仙境》和《挪威的森林》两部作品。两部作品的主题都在于探寻自我意识世界，但两部小说的叙事方法却有很大不同。《世界尽头与冷酷仙境》是将自我意识世界形象化，通过非现实性的故事再现自我意识世界，并实现自我认识的多元化；而《挪威的森林》则是将主人公的多重自我投射到主人公以外的其他人物身上，运用现实主义表现手法，通过刻画他人进行自我观照，实现一种自我的他者化。应该说《世界尽头与冷酷仙境》中自我形象化的叙事手法是村上小说中对自我意识世界进行处理的主要方法。它颠覆了利用语言外化自我意识世界的传统创作模式。而《挪威的森林》中那种运用现实主义表现手法实现自我的他者化,则带有极强的个人超越意识。村上春树通过创作《挪威的森林》完成了他所谓对现实主义创作手法的挑战。

在第四章里笔者选取了《奇鸟行状录》和《海边的卡夫卡》两部长篇小说进行分析。这两部作品的共同特点在于:小说中所出现的历史要素均起到某种特殊的作用。在早期的小说创作中村上春树曾表现出独特的书写历史的欲望。不过,这种对历史的关注既不同于将历史事件作为素材而进行创作的历史小说,也不同于将历史文本化的后现代主义文学作品。村上春树的小说中出现历史归根结底是为了能够更深入地认知自我以及探讨自我与他者之间的相互关系。因此历史在村上春树的创作中常常是一种工具和手段。在《奇鸟行状录》中,村上春树将发生在1939年的诺门罕战役作为一个桥梁,借助历史的桥梁作用将隐藏于黑暗之所的无形暴力显现了出来,并尝试以个体的力量与那种无形暴力相抗衡。而在《海边的卡夫卡》中,历史则与其他相关事物一起成了隐喻。通过这些隐喻村上春树一方面刻画出一个暴力无所不在的外部世界,同时也将对待暴力的不同态度呈现在读者面前。而最终《海边的卡夫卡》并没有对个体应如何把握自身、如何选择给予明确的答案。村上春树将这一选择权交给读者,实现了一种开放的文本阅读结构。《奇鸟行状录》和《海边的卡夫卡》这两部作品是村上春树将历史纳入自己创作,并将其工具化的典型文本。在这两部长篇小说中,历史事件是文学创作的素材,但又不仅仅是素材。它们成为了一座桥梁、成为了一种隐喻。

通过以上论证过程的回顾,可以看出村上文学、特别是村上春树的小说之所以能够赢得世界范围内广大读者的青睐,其主要原因并不在于商业运作以及社会环境等外部因素的作用。文学自身的规律、村上春树创作的独特性才是村上文学能够赢得读者的关键。村上春树的创作在主题上从未脱离日本现代文学的重大主题,毋宁说村上文学的主题正是对日本现代文学的一种承继。而这种对于个体存在的思索、对自我内部世界的探寻也是文学创作中一个永恒的内容。因此,当村上文学跨出日本国门走向世界后,各国读者固然首先注意到作品中存在的国际性均质文化,但更重要的则是在阅读过程中产生了一种对自身存在的思索。这种共鸣的产生无疑能够使村上文学在世界范围赢得读者。从创作手法来看,村上春树的小说虽然在主题上继承了日本现代文学的传统,但却在叙事上对"话语"和"故事"进行了变革。这种叙事变革就使得村上小说一方面在外部形态上具有大众文学的流行要素,同时又在思想内涵上具有纯文学严肃而深刻的内涵,由此而呈现出一种迥异于日本传统文学的独特风格。事实上,村上春树的小说创作某种意义上正是拆除了纯文学与大众文学之间的藩篱,打破了日本现代文学的精英主义。而村上文学本身所具有的这种将流行要素与严肃主题相融合的特点也为我们思考后现代语境中文学的价值以及文学研究的意义提供了一个范例。

现代化的进程是一个建立宏大叙事并受其支配的过程。而在后现代语境中,宏大叙事已经不再起着支撑社会整体的作用,宏大叙事弱化以至于缺失成为后现代的一个显著特点。在日本,1970年代的经济增长与所谓"政治季节"的结束,包括其后发生的石油危机、连合赤军事件等无疑进一步加速了宏大叙事的弱化。在这种宏大叙事弱化以至于缺失的后现代语境中,不可否认价值多元化是另一个显著的特点。人们不再以单一标准衡量事物,多元化甚至不确定化在进行价值判断时发挥着愈发明显的作用。然而在这一多元价值观的大潮中,文学的批判标准却显得相对单一。这其实在小森阳一批判《海边的卡夫卡》的那本专著中已得到充分印证。小森阳一虽然注意到《海边的卡夫卡》所具有的文本开放性给日本自由史观的代言者们留下了利用的空间,但同时却对村上文学中形象化的叙事特点给予了严厉批评。而在笔者看来,依靠语言外化自我意识世界的方法并非是文学创作唯一的方法,而它也不应成为文学价值评判的唯一标准。以传统的、单一的文学价值观评价村上春树的小说必然将村上文学引向轻质化方向。而事实上,村上春树非但无意取悦大众,而且是一位清醒地意识到后现代语境特点,并努力赋予文学新的可能性的作家。他在1985年接受川本三郎的采访时讲:

不过明确地说，当今是一个不存在故事的时代，或者说不是一个能以单纯的形式讲述故事的时代。①

这里出现的"故事"一词实际上前后有着不同的含义。所谓"不存在故事的时代"中的"故事"指的应为宏大叙事，而"讲述故事"中的"故事"则是指小说本身。可以说村上春树清醒地认识到：日本已经进入到一个缺少宏大叙事的后现代语境，价值多元化的特点以及社会整体的阅读变化使得作家不能再以传统的叙事模式进行小说的创作。在这个意义上，村上春树的小说创作正是他在后现代语境中对文学意义所进行的一个全新思索。

在本书的撰写期间，村上春树接受了华语圈中村上文学三大译者②的联合采访。村上讲：自己新的长篇小说已经完成，将会在2009年春夏与读者见面。③ 而在此前接受每日新闻社的采访时，他还曾表示自己的小说正在向第三人称的叙述方式转移。④ 其实，自2000年开始，村上春树就有意识地改变他惯用的第一人称写作手法。这种创作视角的变化能否为读者带来全新的阅读体验，我们将拭目以待。

村上文学的出现不仅促使人们重新认识和思索后现代语境中的文学创作，对于后现代语境中的文学研究同样意义重大。忽视村上文学中具有决定意义的文学本质要素，将文学研究简单化的倾向固不可取，囿于

---

① ［日］村上春树：《访谈为了『故事』的冒险》，载《文学界》1985年8月号，第77页。

② 指中国大陆译者林少华、台湾地区译者赖明珠以及香港地区译者叶蕙。

③ 参见［日］藤井省三：《东亚所阅读的村上春树》，载《文学界》2009年1月号，第232页。（村上春树最新的长篇小说《1Q84》上、下两册于2009年5月29日在日本出版，短时间内即创下百万册的销售记录。小说沿用了《世界尽头与冷酷仙境》、《海边的卡夫卡》的创作手法，即单数章节与双数章节各为一条独立的故事线索。但与前两部不同的是，《1Q84》采用了第三人称的叙述方式。第三人称的叙述方式使小说在刻画人物时较第一人称有了更为自由的话语空间，也令读者更能深入到主人公的内心世界。这部最新的长篇小说在某种意义上可以看做村上春树文学理念的具体阐释。即在宏大叙事缺失的后现代语境中，文学应以其独特的力量重构人们的精神家园，以对抗集权体制对人们精神的荼毒与戕害。）

④ 参见［日］村上春树：《我的〈世界文学〉以及〈世界〉》，载《每日新闻网》2008年10月20日。http://mainichi.jp/select/wadai/news/20081020mog00m040026000c3.html

传统的、单一化的文学价值观恐怕也应成为禁忌。面对不同的文学作品，深入挖掘其内涵，充分发现其所具有的文学价值应该是文学研究者的责任。而笔者在本书中所做的，正是打破单一价值取向，重新认识和评价村上文学的一个小小的努力。

参考文献

中文部分

专著：

叶渭渠：《日本文学思潮史》，经济日报出版社，1997年。

王向远：《中日现代文学比较论》，湖南教育出版社，1998年。

张福贵、靳丛林：《中日近现代文学关系比较研究》，吉林大学出版社，1999年。

叶渭渠、唐月梅：《日本文学史》，经济日报出版社，2000年。

稻草人编：《遇见100%的村上春树》，当代世界出版社，2001年。

[日] 柄谷行人：《日本现代文学的起源》（第二版），赵京华译，三联书店，2003年。

申丹：《叙述学与小说文体学研究》（第三版），北京大学出版社，2004年。

王昕：《村上春树音乐之旅》，南海出版公司，2004年。

[美] 勒内·韦勒克、奥斯汀·沃伦：《文学理论》（修订版），刘象愚等译，江苏教育出版社，2005年。

林少华:《村上春树和他的作品》,宁夏人民出版社,2005年。

雷世文编:《相约挪威的森林:村上春树的世界》,华夏出版社,2005年。

苏静、江江编:《嗨,村上春树》,朝华出版社,2005年

赵一凡、张中载、李德恩主编:《西方文论关键词》,外语教学与研究出版社,2006年。

岑郎天:《村上春树与后虚无年代》,新星出版社,2006年。

[美]杰·鲁宾:《倾听村上春树 村上春树的艺术世界》,冯涛译,上海译文出版社,2006年。

赵一凡: 《西方文论讲稿 从胡塞尔到德里达》,三联书店,2007年。

赵京华:《日本后现代与知识左翼》,三联书店,2007年。

[日]小森阳一:《村上春树论精读〈海边的卡夫卡〉》,秦刚译,新星出版社,2007年。

[日]黑古一夫:《村上春树 转换中的迷失》,秦刚、王海蓝译,中国广播电视出版社,2008年。

论文:

李德纯:《物欲世界中的异化——日本都市文学分析》,载《世界博览》1989年第4期。

王向远:《日本后现代主义文学与村上春树》,载《北京师范大学学报》1994年第5期。

何乃英:《谈"村上春树现象"》,载《百科知识》1997年第3期。

孙树林:《风为何歌——论村上春树〈听风歌〉的时代观》,载《外国文学评论》1998年第1期。

孙树林:《论"村上春树现象"》,载《外国文学》1998年第5期。

陆新之:《属于这一代的村上春树》,载《周口师范高等专科学校学报》1999年第1期。

林少华:《村上春树作品的艺术魅力》,载《解放军外国语学院学

报》1999 年第 3 期。

林少华：《比较中见特色：村上春树作品探悉》，载《外国文学评论》2001 年第 2 期。

钟旭：《妥协与反叛：论村上春树小说中人物的两难处境》，载《贵州教育学院学报：社科版》2001 年第 3 期。

龙文虎：《被传统文学批评遗忘的村上春树》，载《日本研究》2001 年第 3 期。

马军：《也谈村上春树的创作》，载《日本学论坛》2001 年第 3 期。

钟旭：《村上春树长篇小说的发展》，载《华东师范大学学报：哲社版》2001 年第 4 期。

许金龙：《从大江健三郎眼中的村上春树说开去》，载《外国文学评论》2001 年第 4 期。

刘信宏：《试论村上春树小说中的比喻》，载《修辞学习》2001 年第 5 期。

卢芳：《寻找"森林"中的精灵——村上春树〈挪威的森林〉作品分析》，载《焦作教育学院学报》（综合版）2001 年第 6 期。

赵仁伟、陶欢：《"现实是凑合性而不是绝对性的"——论村上春树小说中的非现实性因素和现实性因素》，载《外国文学研究》2002 年第 1 期。

李柯：《试论〈挪威的森林〉与〈了不起的盖茨比〉中象征手法比较》，载《东北亚论坛》2002 年第 3 期。

乔丽华：《青春是一部被禁的电影——重读〈挪威的森林〉》，载《名作欣赏》2002 年第 3 期。

叶岗：《〈挪威的森林〉的象征色彩》，载《四川外语学院学报》2002 年第 6 期。

林磊、朱朝晖：《试论邱华栋与村上春树作品的艺术特色》，载《韶关学院学报》2002 年第 8 期。

韦晴川：《现代与传统的〈挪威的森林〉》，载《广西广播电视大学学报》2002 年第 9 期。

祝建伟：《理想主义的失落与坚持——村上春树小说人物的统一和分裂》，载《解放军艺术学院学报》2003年第2期。

吴雨平：《村上春树：文化混杂现象的表现者》，载《外国文学研究》2003年第5期。

阎保平：《村上春树的现代寓言：自我的森损毁与死亡》，载《日本研究》2004年第3期。

谢志宇：《从姓名谈小说人物的生存范式的变迁——解读安部公房和村上春树》，载《外国文学研究》2004年第3期。

谢志宇：《解读〈挪威的森林〉的种种象征意义》，载《外语研究》2004年第4期。

阎保平、吴金梅：《村上春树的现代爱情寓言——分裂的性爱与爱情》，载《大连大学学报》2004年第10期。

朱颖：《试论翻译对村上春树创作的影响》，载《绍兴文理学院学报》2005年第2期。

魏大海：《村上春树小说的异质特色解读〈海边的卡夫卡〉》，载《外国文学评论》2005年第3期。

吴世娟：《虚构的真实和真实的虚构——浅论村上春树〈世界尽头与冷酷仙境〉的艺术境界》，载《美与时代》2005年第6期（下）。

张昕宇：《岁月的歌谣：〈且听风吟〉时间主题研究》，载《解放军外国语学院学报》2006年第1期。

林少华：《村上春树在中国——全球化和本土化进程中的村上春树》，载《外国文学评论》2006年第3期。

曹志明：《村上春树与日本"内向代"文学的异同》，载《解放军外国语学院学报》2006年第4期。

赵爱华：《生存、死亡、性爱——从三位代表作家看当代日本文学走向》，载《世界文化》2006年第4期。

刘青梅：《一部充满隐喻的成长小说——解读〈海边的卡夫卡〉》，载《绥化学院学报》2007年第1期。

尚一鸥：《日本的村上春树研究》，载《日本学刊》2008年第1期。

林少华：《村上文学经典化的可能性——以语言或文体为中心》，载《外国文学》2008 年第 4 期。

杨炳菁：《历史记忆与文学语言——评小森阳一的〈村上春树论〉》，载《外国文学》2008 年第 4 期。

杨炳菁：《试析村上春树的处女作〈且听风吟〉》，载《解放军外国语学院学报》2008 年 6 期。

林少华：《文体的翻译和翻译文体》，载《日语学习与研究》2009 年第 1 期。

日文部分

专著：

高橋丁未子編：『Happy Jack 鼠の心－村上春樹の研究読本』，北宋社，1984 年。

鈴村和成：『未だ/既に 村上春樹とハードボイルド・ワンダーランド』，洋泉社，1985 年。

久原伶編：『シーク＆ファインド 村上春樹』，青銅社，1986 年。

蓮實重彥：『小説から遠く離れて』，日本文芸社，1989 年。

今井清人：『村上春樹―OFFの感覚』，国研出版，1990 年。

黒古一夫：『村上春樹と同時代の文学』，河合出版，1990 年。

深海遥：『村上春樹の歌』，青弓社，1990 年。

久居つばき、かわ正人：『象が平原に還った日 キーワードで読む村上春樹』，新潮社，1991 年。

村上啓二：『「ノルウェイの森」を通り抜けて』，JICC 出版局，1991 年。

横尾和博：『村上春樹の二元的世界』，鳥影社，1992 年。

黒古一夫：『村上春樹―ザ・ロスト・ワールド』，第三書館，1993 年。

横尾和博：『村上春樹×九〇年代 再生の根拠』, 第三書館, 1994年。

久居つばき：『ねじまき鳥の探し方―村上春樹の種あかし』, 太田出版, 1994年。

鈴村和成：『村上春樹クロニクル 1983-1995』, 洋泉社, 1994年。

小西慶太：『村上春樹の音楽図鑑』, ジャパン・ミックス, 1995年。

高橋丁未子：『羊のレストラン―村上春樹の食卓』, 講談社α文庫, 1996年。

加藤典洋編：『イエローページ 村上春樹』, 荒地出版社, 1996年。

加藤典洋編：『群像日本の作家 村上春樹』, 小学館, 1997年。

吉田春生：『村上春樹、転換する』, 彩流社, 1997年。

木股知史編：『日本文學研究論文集成46 村上春樹』, 若草書房, 1998年。

深海遥など編：『探訪村上春樹の世界 東京編 1968―1997』, ゼスト, 1998年。

久居つばき：『ノンフィクションと華麗な虚偽』, マガジンハウス, 1998年。

石倉美智子：『村上春樹 サーカス団の行方』, 専修大学出版局, 1998年。

小林正明：『村上春樹・塔と海の彼方に』, 森話社, 1998年。

栗坪良樹, 柘植光彦編：『村上春樹スタディーズ01』, 若草書房, 1999年。

栗坪良樹, 柘植光彦編：『村上春樹スタディーズ02』, 若草書房, 1999年。

栗坪良樹, 柘植光彦編：『村上春樹スタディーズ03』, 若草書房, 1999年。

栗坪良樹, 柘植光彦編：『村上春樹スタディーズ04』, 若草書房, 1999年。

栗坪良樹，柘植光彦編：『村上春樹スタディーズ05』，若草書房，1999年。

井上義夫：『村上春樹と日本の記憶』，新潮社，1999年。

飯塚恒雄：『ぽぴゅらりてぃーのレッスン 村上春樹長編小説音楽ガイド』，シンコー・ミュージック，2000年。

浦澄彬：『村上春樹を歩く―作品の舞台と暴力の影』，彩流社，2000年。

松岡祥男：『哀愁のストーカー―村上龍・村上春樹を超えて―』，ボーダーイング，2001年。

酒井英行：『村上春樹 分身との戯れ』，翰林書房，2001年。

平野芳信：『村上春樹と《最初の夫の死ぬ物語》』，翰林書房，2001年。

村上春樹研究会：『村上春樹作品研究事典』，鼎書房，2001年。

吉田春生：『村上春樹とアメリカ―暴力性の由来』，彩流社，2001年。

林正：『村上春樹論 コミュニケーションの物語』，専修大学出版局，2002年。

三浦雅士：『村上春樹と柴田元幸のもう一つのアメリカ』，新書館，2003年。

加藤典洋編：『イエローページ村上春樹 PART2 作品別 1995～2004』，荒地出版社，2004年。

今井清人編：『村上春樹スタディーズ2000－2004』，若草書房，2005年。

加藤典洋：『村上春樹論集①』，若草書房，2006年。

加藤典洋：『村上春樹論集②』，若草書房，2006年。

佐藤幹夫：『村上春樹の隣には三島由紀夫がいつもいる』，PHP研究所，2006年。

小森陽一：『村上春樹論「海辺のカフカ」を精読する』，平凡社，2006年。

風丸良彦：『越境する「僕」村上春樹、翻訳文体と語り手』，試論社，2006年。

大塚英志：『村上春樹論－サブカルチャーと論理』，若草書房，2006年。

川村湊：『村上春樹をどう読むか』，作品社，2006年。

清水良典：『村上春樹はくせになる』，朝日新聞社，2006年。

宮脇俊文：『村上春樹ワンダーランド』，いそっぷ社，2006年。

柴田元幸など編：『世界は村上春樹をどう読むか』，文藝春秋，2006年。

川本三郎：『村上春樹論集成』，若草書房，2006年。

山根由美恵：『村上春樹＜物語＞の認識システム』，若草書房，2007年。

半田淳子：『村上春樹、夏目漱石と出会う』，若草書房，2007年。

黒谷一夫：『村上春樹「喪失」の物語から「転換」の物語へ』，勉誠出版，2007年。

藤井省三：『村上春樹のなかの中国』，朝日新聞社，2007年。

石原千秋：『謎とき村上春樹』，光文社，2007年。

内田樹：『村上春樹にご用心』，アルテスパブリッシング，2007年。

風丸良彦：『村上春樹短編再読』，みすず書房，2007年。

小西慶太：『「村上春樹」を聴く。ムラカミワールドの旋律』，株式会社阪急コミュニケーションズ，2007年。

明里千章：『村上春樹の映画記号学』，若草書房，2008年。

杂志特集：

『中上健次と村上春樹――都市と反都市』，『国文学』1985年3月号。

『総特集・村上春樹の世界』，『ユリイカ』臨時増刊号，1989年1月。

『村上春樹ブック』,『文学界』臨時増刊号,1991年4月。

『村上春樹——予知する文学』,『国文学』1995年3月号。

『ハイパーテクスト・村上春樹』,『国文学』臨時増刊号,1998年2月。

『総特集 村上春樹を読む』,『ユリイカ』臨時増刊号,2000年3月。

『村上春樹がわかる』,『アエラ ムック』2001年12月号。

『世界は村上春樹をどう読んでいるか』,『遠近』2006年8・9月号。

『アジアで村上春樹はどう読まれているか』,『東亜』2006年10月号。

『村上春樹 テーマ・装置・キャラクター』,『国文学解釈と鑑賞別冊』,2008年1月。

附录一
在日本出版的村上春树作品目录

本目录收录在日本出版的村上春树作品。目录由三部分组成，分别是：1）村上春树原作目录（全集、单行本、未收入单行本的随笔、对谈等）、2）村上春树译作目录（全集、系列集、各类单行本）、3）在日本出版的村上春树作品英译本目录。所录原作、译作、英译本的出版时间截止到2009年6月。本目录的编辑参考了日本国立国会图书馆网站和日本相关专著的附录部分。

村上春树原作目录

全作品集

『村上春樹全作品 1979～1989① 風の歌を聴け/1973年のピンボール』，講談社，1990年。

『村上春樹全作品 1979～1989② 羊をめぐる冒険』，講談社，1990年。

『村上春樹全作品 1979～1989③ 短編集Ⅰ』，講談社，1990年。

『村上春樹全作品 1979～1989④ 世界の終わりとハードボイル・ワンダーランド』，講談社，1990年。

『村上春樹全作品 1979～1989⑤ 短編集Ⅱ』，講談社，1991 年。

『村上春樹全作品 1979～1989⑥ ノルウェイの森』，講談社，1991 年。

『村上春樹全作品 1979～1989⑦ ダンス・ダンス・ダンス』，講談社，1991 年。

『村上春樹全作品 1979～1989⑧ 短編集Ⅲ』，講談社，1991 年。

『村上春樹全作品 1990～2000① 短編集Ⅰ』，講談社，2002 年。

『村上春樹全作品 1990～2000② スプートニク恋人／国境の南、太陽の西』，講談社，2003 年。

『村上春樹全作品 1990～2000③ 短編集Ⅱ』，講談社，2003 年。

『村上春樹全作品 1990～2000④ ねじまき鳥クロニクル1』，講談社，2003 年。

『村上春樹全作品 1990～2000⑤ ねじまき鳥クロニクル2』，講談社，2003 年。

『村上春樹全作品 1990～2000⑥ アンダーグラウンド』，講談社，2003 年。

『村上春樹全作品 1990～2000⑦ 約束された場所で／村上春樹、河合隼雄に会いに行く』，講談社，2003 年。

单行本

（一）长篇小说

『風の歌を聴け』，講談社，1979 年，講談社文庫，1982 年，講談社文庫再版，2004 年。

『1973 年のピンボール』，講談社，1980 年，講談社文庫，1983 年，講談社文庫再版，2004 年。

『羊をめぐる冒険』，講談社，1982 年，講談社文庫，1985 年，講談社文庫再版，2004 年。

『世界の終わりとハードボイル・ワンダーランド』，新潮社，1985 年，新潮文庫，1988 年，新潮社新装版，2005 年。

『ノルウェイの森』上・下，講談社，1987年，講談社文庫，1991年，講談社文庫再版，2004年。

『ダンス・ダンス・ダンス』上・下，講談社，1988年，講談社文庫，1991年，講談社文庫再版，2004年。

『国境の南・太陽の西』，講談社，1992年，講談社文庫，1995年。

『ねじまき鳥クロニクル』第一部・第二部，新潮社，1994年，新潮文庫，1997年，講談社文庫，1999年。

『ねじまき鳥クロニクル』第三部，新潮社，1995年，新潮文庫，1997年。

『スプートニクの恋人』，講談社，1999年，講談社文庫，2001年。

『海辺のカフカ』上・下，新潮社，2002年，新潮文庫，2005年。

『アフターダーク―』，講談社，2004年，講談社文庫，2006年。

『1Q84』上・下，新潮社，2009年。

（二）短篇小説集

『中国行きのスロウ・ボート』，中央公論社，1983年，中公文庫，1986年。

『夢で会いましょう』，糸井重里と共著，講談社文庫，1986年。

『カンガルー日和』，平凡社，1983年，講談社文庫，1986年。

『蛍・納屋を焼く・そのほかの短編』，新潮社，1984年，新潮文庫，1987年。

『回転木馬のデッド・ヒート』，講談社，1985年，講談社文庫，1988年，講談社文庫再版，2004年。

『パン屋再襲撃』，文藝春秋，1986年。

『集団読書テキスト・第Ⅱ期B112 沈黙』，全国学校図書館協議会，1993年。

『TVピープル』，文藝春秋，1990年，文春文庫，1993年。

『夜のくもざる』，安西水丸絵，平凡社，1995年，新潮文庫，1998年。

『レキシントンの幽霊』，文藝春秋，1996年。

『神の子どもたちはみな踊る』，新潮社，2000 年，新潮文庫，2002 年。

『象の消滅』，新潮社，2005 年。

『東京奇譚集』，新潮社，2005 年，新潮文庫 2007 年。

『村上春樹（初めての文学）』，文藝春秋，2006 年。

（三）童话、插图本

『象工場のハッピーエンド』，安西水丸絵，CBSソニー出版，1983 年。

『羊男のクリスマス』，佐々木マキ絵，講談社，1985 年，講談社文庫，1989 年。

『ラングルハンス島の午後』，安西水丸絵，光文社，1986 年，新潮文庫，1990 年。

『ポシェット童話』，糸井重里、三木卓、かんべむさし、なだいなだ、阿刀田高共著，北宋社，1995 年。

『ふわふわ』，安西水丸絵，講談社，1998 年。

『新版 象工場のハッピーエンド』，安西水丸絵，講談社，1999 年。

『ふしぎな図書館』，佐々木マキ絵，講談社，2005 年，講談社文庫，2008 年。

『うさぎおいし―フランス人』，安西水丸絵，文藝春秋，2007 年。

（四）随笔、游记、対谈集及其他

『ウォーク・ドント・ラン』，村上龍と共著，講談社，1981 年。

『波の絵・波の話』，稲越功一と共著，文藝春秋，1984 年。

『五人十色』，インタビュー集，橋本治、村上龍、金井美恵子、山川健一他共著，フィクション・インク，1984 年。

『村上朝日堂』，若林出版企畫，1984 年，新潮文庫，1987 年。

『話せばわかるか』，糸井重里と共著，角川文庫，1984 年。

『'85 年版ベスト・エッセイ集 人の匂い』，日本エッセイスト・クラブ編，文春文庫，1988 年。

『映画をめぐる冒険』，川本三郎と共著，講談社，1985 年。

『風の対話集』，五木寛之著の対談集，ブロンズ新社，1986年。

『村上朝日堂の逆襲』，朝日新聞社，1986年，新潮文庫，1989年，新潮文庫19刷改版，2006年。

『'The Scrap'懐かしの1980年代』，文藝春秋，1985年。

『日出る国の工場』，平凡社，1985年，新潮文庫，1990年。

『村上朝日堂 はいほー!』，文化出版局，1989年，新潮文庫，1992年。

『遠い太鼓』，紀行文，講談社，1990年，講談社文庫，1995年。

『雨天炎天』，紀行文，新潮社，1990年，講談社文庫，1991年，新潮社新装版，2008年。

『やがて哀しき外国語』，講談社，1994年，講談社文庫，1997年。

『使いみちのない風景』，朝日出版社，1994年。

『うずまき猫のみつけかた』，新潮社，1996年，新潮社新装版，2008年。

『村上春樹、河合隼雄に会いにいく』，岩波書店，1996年。

『アンダーグラウンド』，講談社，1997年，講談社文庫，1999年。

『村上朝日堂はいかにして鍛えられたか』，朝日新聞社，1997年。

『若い読者のための短編小説案内』，文藝春秋，1997年，文春文庫，2004年。

『ポートレイト・イン・ジャズ』，和田誠と共著，新潮社，1997年，新潮文庫，2004年。

『辺境・近境』，新潮社，1998年，新潮文庫，2000年，新潮社新装版，2008年。

『辺境・近境 写真篇』，松村映三と共著，新潮社，1998年。

『CD―ROM版 村上朝日堂 夢のサーフシティー』，朝日新聞社，1998年。

『約束された場所で underground2』，文藝春秋，1998年，文春文庫，2001年。

『もし僕らのことばがウイスキーであったなら』，新潮社，1999

年，新潮文庫，2002 年。

『「そうだ、村上さんに聞いてみよう」』，朝日新聞社，2000 年。

『またたび浴びたタマ』，文藝春秋，2000 年。

『翻訳夜話』，柴田元幸氏と共著，文春新書，2000 年。

『CD—ROM 版 村上朝日堂 スメルジャコフ対織田信長家臣団』，朝日新聞社，2001 年。

『シドニー!』，文藝春秋，2001 年，文春文庫，2004 年。

『ポートレイト・イン・ジャズ 2』，和田誠と共著，新潮社，2001 年。

『私という迷宮』，大庭健著、村上の「小説家にとって自己とはなにか（あるいはおいしい牡蠣フライの食べ方）」というコメントが掲載されている，專修大学出版局，2001 年。

『村上ラジオ』，マガジンハウス，2001 年，新潮文庫，2003 年。

『からくり民主主義』，高橋秀実著、村上の「解説」が掲載されている，草思社，2002 年。

『少年カフカ』，新潮社，2003 年。

『サリンジャー戦記』，柴田元幸と共著，文藝春秋，2003 年。

『地球のはぐれ方』，吉本由美、都築響一と共著，文藝春秋，2004 年，文春文庫，2008 年。

『柴田元幸と 9 人の作家たち』，柴田元幸著、村上のインタビューが掲載されている，アルク，2004 年。

『翻訳文学ブックカフェ』，新元良一著、村上のインタビューが掲載されている，本の雑誌社，2004 年。

『意味がなければスイングはない』，文藝春秋，2005 年。

『「これだけは、村上さんに言っておこう」と世間の人々が村上春樹にとりあえずぶっつける 330 の質問に果たして村上さんはちゃんと答らるのか?』，朝日新聞社，2006 年。

『「ひとつ、村上さんでやってみるか」と世間の人々が村上春樹にとりあえずぶっつける 490 の質問に果たして村上さんはちゃんと答えられるのか?』，朝日新聞社，2006 年。

『走ることについて語るときに僕の語ること』，文藝春秋，2007 年。

『村上ソング』，和田誠と共著，中央公論新社，2007 年。

未收入单行本的作品

(一) 中篇小说

『街と、その不確かな壁』，『文学界』，1980 年 9 月号。

(二) 随笔、评论

『親子間のジェネレーション・ギャップは危険なテーマ』，『キネマ旬報』，1980 年 3 月下旬号。

『ピンボール後日譚』，『海』，1980 年 9 月号。

『フィッツジェラルドの魅力』，『朝日新聞』，1980 年 11 月 12 日夕刊。

『ニューヨーク・ステイト・オブ・マインド』，『芸術新潮』，1981 年 5 月号。

『同時代としてのアメリカ』，『海』，1981 年 7 月号— 1982 年 7 月号。

『ドウ・ワップ・ララバイの時代』，『ユリイカ』，1981 年 8 月号。

『麦畑』，『文芸』，1981 年 9 月号。

『八月の庵 僕の「方丈記」体験』，『太陽』，1981 年 11 月号。

『友達と永久運動と夏の終わり』，『文学界』，1981 年 11 月号。

『北海道におけるゲイ・タリーズ』，『すばる』，1982 年 1 月号。

『ハード・ボイルド風少数民族小説の映画化』，『キネマ旬報』，1982 年 1 月号。

『豊田四郎・オールナイト四本立て』，『すばる』，1982 年 2 月号。

『300 万人の大学 青山学院大学 危機に瀕した自治とキリスト教精神』，『朝日ジャーナル』，1982 年 2 月号。

『文庫本と女性作家について』，『すばる』，1982 年 3 月号。

『マンハッタン・トランスファーと絞首刑について』,『すばる』,1982年4月号。

『日記から』,『朝日新聞』,1982年4月1日~10日夕刊。

『北方領土と「ベルリン日記」』,『すばる』,1982年5月号。

『卑猥と良識について』,『すばる』,1982年6月号。

『新人賞前後』,『群像』,1982年6月号。

『季語暦語』,『群像』,1983年1月号~3月号。

『「E.T」をE.T的に観る』,『中央公論』,1983年3月号。

『記号としてのアメリカ』,『群像』,1983年4月号。

『最初の短編集』,『海』,1983年7月。

『ロックのレコードにおける誤訳の研究』,『新潮』,1983年9月号。

『制服を着た人々について』,『群像』,1983年11月号。

『レイモンド・カーヴァーと新しい保守回帰(ニュー・コンサヴァティズム)の波』,『新潮』,1985年1月号。

『怒りとその響きかた』,『文学界』,1986年1月号。

『ヒューマン・インタレスト』,『群像』,1986年1月号—3月号。

『ローマよ、ローマ、我々は冬を越す準備をしなくてはならないのだ』,『新潮』,1988年2月号。

『レイモンド・カーヴァーの早すぎた死』,『新潮』,1989年4月号。

『上質のくせ玉』,『新潮』,1989年10月号。

『ジャック・ロンドンの入れ歯』,『朝日新聞』,1990年5月21日夕刊。

『偉そうじゃない小説のなりたち』,『朝日新聞』,1993年1月7日夕刊。

『神話力、1963、1983、そして』,『Art EXPRESS』,1994年夏号。

『表紙絵』,『波』,2000年7月号。

『共生を求める人々求めない人々 上』,『中国新聞』,2002年3月

18 日。

『共生を求める人々求めない人々 下』,『中国新聞』, 2002 年 3 月 25 日。

『レイモンド・カーヴァー、わが文学的同行者』,『中央公論』, 2004 年 9 月号。

『あれから25 年』,『本』, 2004 年 10 月号。

『生原稿流出事件 50 枚 ある編集者の生と死——安原顯氏のこと』,『文藝春秋』, 2006 年 4 月号。

（三）対談、采访

『私の文学を語る』, 川本三郎との対談,『カイエ』, 1979 年 6 月号。

『若い世代に静かな人気作家村上春樹氏に聞く』,『朝日新聞』, 1980 年 5 月 17 日夕刊。

『大衆化した「大学」はどこへ行く』,『朝日ジャーナル』, 1982 年 4 月号。

『R・チャンドラー あるいは都市小説について』,『ユリイカ』, 1982 年 7 月号。

『同時代作家に聞く 1 村上春樹編』,『図書新聞』, 1983 年 1 月 15 日。

『CLOSE UP』,『海』, 1983 年 8 月号。

『若者たちの神々』,『朝日ジャーナル』, 1984 年 5 月号。

『「物語」のための冒険』,『文学界』, 1985 年 8 月号。

『ひとひと』,『朝日新聞』, 1985 年 10 月 20 日。

『物語の力について ジョン・アーヴィング』,『文学界』, 1986 年 1 月号。

『村上春樹「ワールズ・エンド（世界の果て）」を語る』,『文藝春秋』, 1987 年 10 月号。

『村上春樹大インタビュー・「ノルウェイの森」の秘密』,『文藝春秋』, 1989 年 4 月号。

『村上春樹氏区切りの年を語る』,『朝日新聞』,1989年5月2日夕刊。

『芭蕉を遠く離れて 新しい日本の文学について』,ジェイ・マキナニーとの対談,『すばる』,1994年3月号。

『現代の物語とは何か』,河合隼雄との対談,『新潮』,1994年7月号。

『メイキング・オブ・「ねじまき鳥クロニクル」』,『新潮』,1995年11月号。

『「トラウマのクロニクル」を語る』,『ダ・ヴィンチ』,1996年12月号。

『村上春樹 変化を語る 上』,『朝日新聞』,1997年6月4日。

『村上春樹 変化を語る 下』,『朝日新聞』,1997年6月5日。

『村上春樹クロニクル』,『来るべき作家たち 海外作家の仕事場1998』,新潮ムック,1998年。

『村上春樹インタビュー』,『週刊文春』,1998年12月号。

『村上春樹ロングインタビュー「物語はいつも自発的でなければならない」』,『広告批評』,1999年10月。

『村上春樹に独占ネットインタビュー』,『週刊朝日』,2000年7月号。

『Eメール・インタヴュー 村上春樹 言葉という激しい武器』,『ユリイカ』,2000年3月号。

『レイ・カーヴァーが求めていたもの——カーヴァーの死に至る10年の共生者、テス・ギャラガーへのインタビュー』,『中央公論』,2001年1月号。

『インタビュー 村上春樹に同時テロの意味を聞く』,『NEWSWEEK』,2001年10月10日。

『村上春樹/「海辺のカフカ」について』,『波』,2002年9月号。

『ロング・インタビュー 村上春樹「海辺のカフカ」を語る』,『文学界』,2003年4月号。

『連続対談 河合隼雄×村上春樹 京都での対話（上）臨床心理学者と作家が語り合った2日間』，『Foreight』，2003年10月号。

『連続対談 河合隼雄×村上春樹 京都での対話（下）臨床心理学者と作家が語り合った2日間』，『Foreight』，2003年11月号。

『村上春樹、レイモンド・カーヴァーについて語る』，『文学界』，2004年9月号。

『ロング・インタビュー「アフターダーク」をめぐって』，『文学界』，2005年4月号。

『「好きなもの」について』，『毎日新聞』，2007年4月15日。

『ぼくは自分の国から逃れることはできない』，『クーリエ・ジャポン』，2007年10月号。

『著者インタビュー「走る」ことを軸にした僕の個人史（メモワール）』，『本の話』，2007年11月号。

『物語は世界共通言語』，『信濃毎日新聞』，2008年3月30日。

『吉本由美の連載「するめ映画館」で和田誠と鼎談』，『TITLe』，2008年4月号。

『独占インタビュー＆受賞スピーチ「僕はなぜエルサレムに行ったのか」』，『文藝春秋』，2009年4月号。

『古川日出男による村上春樹インタビュー』，『モンキービジネス』，2009年5月対話号。

村上春树译作目录

全集（『**レイモンド・カーヴァー全集**』）

『頼むから静かにしてくれ レイモンド・カーヴァー全集1』，中央公論社，1991年。

『愛について語るときに我々の語ること レイモンド・カーヴァー全集2』，中央公論社，1990年。

『大聖堂 レイモンド・カーヴァー全集 3』，中央公論社，1990 年。

『ファイアズ（炎）レイモンド・カーヴァー全集 4』，中央公論社，1992 年。

『水と水とが出会うところ/ウルトラマリン レイモンド・カーヴァー全集 5』，中央公論社，1997 年。

『象/滝への新しい小径 レイモンド・カーヴァー全集 6』，中央公論社，1994 年。

『英雄を謳うまい レイモンド・カーヴァー全集 7』，中央公論新社，2002 年。

系列集（『村上春樹翻訳ライブラリー』）

『バースデイ・ストーリーズ』，短編小説集，中央公論新社，2006 年。

『月曜日は最悪だとみんなは言うけれど。』，エッセイ集，中央公論新社，2006 年。

『頼むから静かにしてくれ I』レイモンド・カーヴァー，中央公論新社，2006 年。

『頼むから静かにしてくれ（II）』レイモンド・カーヴァー，中央公論新社，2006 年。

『マイ・ロスト・シティー』スコット・フィッツジェラルド，中央公論新社，2006 年。

『愛について語るとき我々の語ること』レイモンド・カーヴァー，中央公論新社，2006 年。

『偉大なるデスリフ』C・D・B・ブライアン，中央公論新社，2006 年。

『グレート・ギャツビー』スコット・フィッツジェラルド，中央公論新社，2006 年。

『水と水とが出会うところ』レイモンド・カーヴァー，中央公論新社，2007 年。

『大聖堂』レイモンド・カーヴァー，中央公論新社，2007年。

『ファイアズ』レイモンド・カーヴァー，中央公論新社，2007年。

『ザ・スコット・フィッツジェラルド・ブック』スコット・フィッツジェラルド，中央公論新社，2007年。

『ウルトラマリン』レイモンド・カーヴァー，中央公論新社，2007年。

『ワールズ・エンド（世界の果て）』ポール・セロー，中央公論新社，2007年。

『象』レイモンド・カーヴァー，中央公論新社，2008年。

『滝への新しい小径』レイモンド・カーヴァー，中央公論新社，2008年。

『英雄を謳うまい』レイモンド・カーヴァー，中央公論新社，2008年。

『必要になったら電話をかけて』レイモンド・カーヴァー，中央公論新社，2008年。

『バビロンに帰る』スコット・フィッツジェラルド，中央公論新社，2008年。『熊を放つ』（上、下）ジョン・アーヴィング，中央公論新社，2008年。

『犬の人生』マーク・ストランド，中央公論新社，2008年。

『滝への新しい小径』レイモンド・カーヴァー，中央公論新社，2009年。

『私たちの隣人、レイモンド・カーヴァー』，中央公論新社，2009年。

单行本

（一）小说类

『マイ・ロスト・シティー』スコット・フィッツジェラルド，中央公論社，1981年，中公文庫，1984年。

『ぼくが電話をかけている場所』レイモンド・カーヴァー，中央

公論社，1983 年，中公文庫，1986 年。

『夜になると鮭・・・』レイモンド・カーヴァー，中央公論社，1985 年，中公文庫，1988 年。

『熊を放つ』ジョン・アーヴィング，中央公論社，1986 年，中公文庫，1989 年。

『ワールズ・エンド（世界の果て）』ポール・セロー，文藝春秋，1987 年。

『偉大なるデスリフ』C・D・B・ブライアン，新潮社，1987 年，新潮文庫，1990 年。

『And Other Stories とっておきのアメリカ小説 12 篇』，柴田元幸、畑中佳樹、斉藤英治、川本三郎共著，文藝春秋，1988 年。

『ささやかだけど、役に立つこと』レイモンド・カーヴァー，中央公論社，1989 年。

『ニュークリア・エイジ』ティム・オブライエン，文藝春秋，1989 年。

『本当の戦争の話をしよう』ティム・オブライエン，文藝春秋，1990 年。

『Sudden Fiction 超短編小説 70』，小川高義共訳，文春文庫，1994 年。

『Caver's Dozen レイモンド・カーヴァー傑作選』，中央公論社，1994 年。

『さよならバートランド あるジャズ・ミュージシャンの回想』ビル・クロウ，新潮社，1996 年。

『心臓を貫かれて』マイケル・ギルモア，文藝春秋，1996 年。

『犬の人生』マーク・ストランド，中央公論社，1998 年。

『最後の瞬間のすごく大きな変化』グレイス・ペイリー，文藝春秋，1999 年，文春文庫，2005 年。

『ジャズ・アネクドーツ』ビル・クロウ，新潮社，2000 年，新潮文庫，2005 年。

『必要になったら電話をかけて』レイモンド・カーヴァー，中央公論新社，2000年。

『誕生日の子どもたち』トルーマン・カポーティ，文藝春秋，2002年，文春文庫，2009年。

『バースデイ・ストーリーズ』，中央公論新社，2002年。

『キャッチャー・イン・ザ・ライ』J. D. サリンジャー，白水社，2003年，ペーパーバック・エディション，2006年。

『世界のすべての七月』ティム・オブライエン，文藝春秋，2004年，文春文庫，2009年。

『ポテト・スープが大好きな猫』テリー・ファリッシュ，講談社，2005年。

『人生のちょっとした煩い』グレイス・ペイリー，文藝春秋，2005年，文春文庫，2009年。

『グレート・ギャツビー』スコット・フィッツジェラルド，中央公論新社愛蔵版，2006年。

『ロング・グッドバイ』レイモンド・チャンドラー，早川書房，2007年，軽装版，2009年。

『ティファニーで朝食を』トルーマン・カポーティ，新潮社，2008年，新潮文庫，2008年

。『ペット・サウンズ』ジム・フジーリ，新潮社，2008年。

『村上春樹ハイブ・リット』，村上春樹編訳した短編小説集，アルク，2008年。

『さよなら、愛しい人』レイモンド・チャンドラー，早川書房，2009年。

（二）评论及随笔

『ザ・スコット・フィッツジェラルド・ブック』，TBSブリタニカ，1988年，中公文庫，1991年。

『カーヴァー・カントリー』，中央公論社，1994年。

『バビロンに帰るーザ・スコット・フィッツジェラルド・ブック

2』，中央公論社，1996年。

『月曜日は最悪だとみんなは言うけれど』，アメリカの雑誌・評論などの翻訳，中央公論新社，2000年。

（三）童话、插图本

『西風号の遭難』クリス・ヴァン・オールズバーグ，河出書房新社，1985年。

『急行「北極号」』クリス・ヴァン・オールズバーグ，河出書房新社，1987年，あすなろ書房，2003年。

『おじさんの思い出』トルーマン・カポーティー，文藝春秋，1988年。

『名前のない人』クリス・ヴァン・オールズバーグ，河出書房新社，1989年。

『あるクリスマス』トルーマン・カポーティー，文藝春秋，1989年。

『クリスマスの思い出』トルーマン・カポーティー，文藝春秋，1990年。

『ハリス・バーディックの謎』クリス・ヴァン・オールズバーグ，河出書房新社，1990年。

『白鳥湖』クリス・ヴァン・オールズバーグ，河出書房新社，1991年。

『空飛び猫』アーシュラ・K.ル・グウィン著，S・D・シンドラー絵，講談社，1993年，講談社文庫，1996年。

『魔法のホウキ』クリス・ヴァン・オールズバーグ，河出書房新社，1993年。

『帰ってきた空飛び猫』アーシュラ・K.ル・グウィン著，S・D・シンドラー絵，講談社，1993年，講談社文庫，1996年。

『まさ夢いちじく』クリス・ヴァン・オールズバーグ，河出書房新社，1994年。

『ベンの見た夢』クリス・ヴァン・オールズバーグ，河出書房新社，1996 年。

『素晴らしいアレキサンダーと、空飛び猫たち』アーシュラ・K・ル＝グウィン著，S・D・シンドラー絵，講談社，1997 年，講談社文庫，2000 年。

『空を駆けるジェーン』アーシュラ・K・ル＝グウィン著、S・D・シンドラー絵，講談社，2001 年，講談社文庫，2005 年。

『いまいましい石』クリス・ヴァン・オールズバーグ，河出書房新社，2003 年。

『2ひきのいけないアリ』クリス・ヴァン・オールズバーグ，あすなろ書房，2004 年。

『魔術師アブドゥル・ガサツィの庭園』クリス・ヴァン・オールズバーグ，あすなろ書房，2005 年。

『さあ、犬になるんだ！』クリス・ヴァン・オールズバーグ，河出書房新社，2006 年。

（四）其他

『村上春樹ハイブ・リット』，村上春樹編訳、柴田元幸総合監修，アルク，2008 年。

未收入单行本的译作

『レイモンド・カーヴァーの十編の詩』，『文学界』，1987 年 10 月号。

『ブラックバード・パイ レイモンド・カーヴァー』，『新潮』，1993 年 1 月号。

村上春树作品英译本（在日出版）目录

"Pinball, 1973" 訳アルフレッド・バーンバウム，講談社英語文庫，1985 年。

"Hear the Wind Sing" 訳アルフレッド・バーンバウム，講談社英語文庫，1987年。

"NORWEGIAN WOOD" Ⅰ、Ⅱ 訳アルフレッド・バーンバウム，講談社英語文庫，1989年。

"A Wild Sheep Chase" Ⅰ、Ⅱ 訳アルフレッド・バーンバウム，講談社英語文庫，1990年。

"The Wind-Up Bird Chronicle", Jay Rubin (Translator), Hardcover, 1997, Published by Knopf。

附录二
村上春树中文译本目录

本目录所录村上春树中译本是指在中国大陆地区出版的译本，不包括在港台两地出版的译本。收录时间截止到 2009 年 6 月。鉴于 1989 年至 2001 年曾有多家出版社出版村上春树作品，故 1989 至 2001 年的译本以时间排序。2001 年后上海译文出版社购得村上春树译作在大陆地区的版权（南海出版社购得随笔集『走ることについて語るときに僕の語ること』的版权并于 2009 年 1 月出版。），因此 2001 年后以译本类型排序。本目录的编辑参考了中国国家图书馆馆藏目录。

（一）1989～2001 年出版物

《挪威的森林》，林少华译，漓江出版社，1989 年。
《挪威的森林：告别处女世界》，钟宏杰、马述祯译，北方文艺出版社，1990 年。
《青春的舞步》（外国名人新作丛书），林少华译，译林出版社，1991 年。
《舞吧！舞吧！舞吧！》，张孔群译，百花文艺出版社，1991 年。
《跳！跳！跳！》，冯建新、洪虹译，漓江出版社，1991 年。

《世界尽头与冷酷仙境》，林少华译，漓江出版社，1991年。

《好风长吟》，林少华等译，漓江出版社，1992年。

村上春树精品集：共三部。

  《青春的舞步》，林少华译，漓江出版社，1996年。

  《挪威的森林》，林少华译，漓江出版社，1996年。

  《世界尽头与冷酷仙境》，林少华译，漓江出版社，1996年。

《奇鸟行状录》（当代外国流行小说名篇丛书），林少华译，译林出版社，1997年。

村上春树精品集：共五部。

  《寻羊冒险记》，林少华译，漓江出版社，1999年。

  《世界尽头与冷酷仙境》，林少华译，漓江出版社，1999年。

  《象的失踪》，林少华译，漓江出版社，1999年。

  《舞！舞！舞！》，林少华译，漓江出版社，1999年。

  《挪威的森林》，林少华译，漓江出版社，1999年。

村上春树作品集：共四部。

  《听风的歌》，高翔翰译，北方文艺出版社，1999年。

  《袋鼠通信》，高翔翰译，北方文艺出版社，1999年。

  《发条鸟年代记1 鹊贼篇 预言鸟篇》，高翔翰译，北方文艺出版社，1999年。

  《发条鸟年代记2 刺鸟人篇》，高翔翰译，北方文艺出版社，1999年。

《挪威的森林》（世界名家名著经典文库第二辑 世界畅销名著6），张斌译，内蒙古人民出版社，2001年。

村上春树作品精选集：共四部。

  《挪威的森林》，林少华译，漓江出版社，2001年。

  《开往中国的慢船》，雪蕻译，漓江出版社，2001年。

  《再袭面包店》，成城译，漓江出版社，2001年。

  《遇见100%的女孩》，柳又村译，漓江出版社，2001年。

(二) 2001~2009 年出版物

村上春树文集

长篇小说

《挪威的森林》(全译本),林少华译,上海译文出版社,2001 年,2007 年新版。

《寻羊冒险记》,林少华译,上海译文出版社,2001 年,2007 年新版。

《斯普特尼克恋人》,林少华译,上海译文出版社,2001 年,2008 年新版。

《一九七三年的弹子球》,林少华译,上海译文出版社,2001 年,2008 年新版。

《国境以南 太阳以西》,林少华译,上海译文出版社,2001 年,2004 年精装版,2007 年新版。

《且听风吟》,林少华译,上海译文出版社,2001 年,2007 年新版。

《舞!舞!舞!》,林少华译,上海译文出版社,2002 年,2004 年精装版,2007 年新版。

《奇鸟行状录》,林少华译,上海译文出版社,2002 年。

《世界尽头与冷酷仙境》,林少华译,上海译文出版社,2002 年,2004 年精装版,2007 年新版。

《海边的卡夫卡》,林少华译,上海译文出版社,2003 年,2007 年新版。

《天黑以后》,林少华译,上海译文出版社,2005 年,2007 年新版。

短篇小说集

《再袭面包店》,林少华译,上海译文出版社,2001 年,2008 年新版。

《去中国的小船》，林少华译，上海译文出版社，2002年，2004年精装版，2008年新版。

《旋转木马鏖战记》，林少华译，上海译文出版社，2002年。

《电视人》，林少华译，上海译文出版社，2002年。

《列克星敦的幽灵》，林少华译，上海译文出版社，2002年。

《萤》，林少华译，上海译文出版社，2002年。

《遇到百分之百的女孩》，少林华译，上海译文出版社，2002年，2003年精装版，2008年新版。

《神的孩子全跳舞》，林少华译，上海译文出版社，2002年。

《东京奇谭集》，林少华译，上海译文出版社，2006年。

村上春树随笔系列

《终究悲哀的外国语》，林少华译，上海译文出版社，2004年。

《村上朝日堂的卷土重来》，林少华译，上海译文出版社，2004年。

《村上朝日堂嗨嗬!》，林少华译，上海译文出版社，2004年。

《村上朝日堂》，林少华译，上海译文出版社，2005年。

《村上朝日堂是如何锻造的》，林少华译，上海译文出版社，2005年。

《村上朝日堂日记 漩涡猫的找法》，林少华译，上海译文出版社，2005年。

《当我谈跑步时 我谈些什么》，施小炜译，南海出版社，2009年。（此随笔集不属于上海译文出版社出版的村上春树随笔系列。）

游记

《雨天炎天：希腊、土耳其边境纪行》，林少华译，上海译文出版社，2007年。

其他

《象厂喜剧》，林少华译，上海译文出版社，2002年。

《爵士乐群英谱》，林少华译，上海译文出版社，2002 年。

《夜半蜘蛛猴》，林少华译，上海译文出版社，2001 年，2002 年精装版。

《朗格汉岛的午后》，林少华译，上海译文出版社，2004 年。

《如果我们的语言是威士忌》，林少华译，上海译文出版社，2004 年。

《羊男的圣诞节》，林少华译，上海译文出版社，2004 年。

附录三
村上春树略年谱

本年谱为村上春树除创作外（创作内容详见附录一）其他主要活动的年谱。编写时间截止到2009年6月。略年谱的编辑参考了林少华著《村上春树和他的作品》（宁夏人民出版社，2005年），栗坪良树、拓植光彦编《村上春树研究05》（若草书房，1999年）等相关资料。

时　　间	村上春树主要活动
1949年 1月12日	生于日本关西京都市伏见区。是国语教师村上千秋、村上美幸夫妇的长子。 出生后不久，全家迁至兵库县西宫市夙川。
1955年（6岁） 4月	入西宫市立香栌园小学就读。
1961年（12岁） 4月	入芦屋市立精道初级中学就读。
1964年（15岁） 4月	入兵库县神户高级中学就读。参加该校新闻委员会。
1967年（18岁）	高考落榜。复读准备再考。
1968年（19岁） 4月 9月左右	入早稻田大学第一文学部戏剧专业就读。入住民营宿舍"和敬塾"。 搬至位于练马区的公寓。

1969年（20岁） 4月	在《早稻田》校刊发表影评《问题只此一个，没有交流——1968年电影观感》。 迁入位于三鹰市的宿舍。
1971年（22岁）	以学生身份与阳子结婚。婚后居住在文京区千石的岳父家。
1974年（25岁）	在国分寺开爵士乐酒吧"彼得猫"。
1975年（26岁） 3月	毕业于早稻田大学第一文学部戏剧专业。毕业论文题目为《美国电影中的旅行思想》。
1977年（28岁）	将爵士乐酒吧"彼得猫"迁到位于涩谷区的千驮谷。
1978年（29岁）	在经营酒吧的同时开始创作小说《且听风吟》，并投向"群像新人奖"。
1979年（30岁） 6月 7月	处女作《且听风吟》获第22届"群像新人文学奖"。 《且听风吟》出版单行本。这是村上的第一本单行本小说。
1980年（31岁） 7月，11月	一边经营酒吧一边从事创作。同时进行英文作品的翻译。所发表的第一篇译作是菲茨杰拉德的《失却的三小时》（《Happy End通讯》3月号）。 与作家村上龙进行两次对谈，后出版单行本《慢慢走，别跑》（讲谈社，1981）。
1981年（32岁）	决心从事专业写作。将酒吧卖掉并移居至千叶县船桥市。 《且听风吟》被改编成电影。导演大森一树。
1982年（33岁） 10月	长篇小说《寻羊冒险记》出版单行本，并获第4届"野间文艺新人奖"。
1983年（34岁） 7月	首次赴海外旅行，并在雅典参加马拉松比赛。
1984年（35岁） 夏天 12月	赴美国旅行约6个星期。 与作家中上健次对谈，这次谈话的内容发表于《国文学》1985年3月号。

1985年（36岁） 6月 10月	长篇小说《世界尽头与冷酷仙境》由新潮出版社出版单行本。这是村上春树的长篇小说首次作为单行本直接发行。 长篇小说《世界尽头与冷酷仙境》获第21届"谷崎润一郎奖"。
1986年（37岁） 2月 3月 10月 11月	移居神奈川县大矶町。 参加明日香桃花节马拉松大赛。 在意大利罗马滞留10日，后赴希腊。 旅居希腊米克诺斯岛。
1987年（38岁） 1月 2月 3月 4月 6月 9月 10月	旅居意大利西西里岛。 旅居罗马。 赴博洛尼斯。 赴科西嘉岛和希腊克里特岛。 返回日本。 再赴罗马。长篇小说《挪威的森林》由讲谈社出版。上下册热销430万册。 参加雅典马拉松赛。
1988年（39岁） 3月 4月 8月	赴伦敦。 返回日本并考取汽车驾照。 返回罗马。与摄影师松村映三结伴赴希腊、土耳其采访旅行。
1989年（40岁） 5月 7月 10月 12月	赴希腊旅行。 驾车赴德国南部、奥地利旅行。 返回日本，并赴纽约。 参加富士小山20公里赛。
1990年（41岁） 1月 2月 3月 4月 8月 12月	返回日本。 参加青梅马拉松赛。在涩谷区千驮谷目睹奥姆真理教竞选众议院议员。 参加小田原半程马拉松赛。 参加小笠·挂川全程马拉松赛。 在山口县无人岛露营。 参加富士小山20公里赛。

1991年（42岁）		
1月	在馆山参加马拉松赛。赴美国新泽西州普林斯顿大学任客座研究员。	
4月	在美国波士顿参加马拉松赛。	
11月	在纽约参加马拉松赛。	
1992年（43岁）		
1月	延长在美滞留期，以客座教授身份在普林斯顿大学研究生院教授现代日本文学，内容为"第三新人"。	
3月	参加美国新泽西州马拉松赛。	
7月	开始在墨西哥旅行。	
1993年（44岁）		
7月	赴马萨诸塞州剑桥城的塔夫茨大学任职。	
12月	参加富士小山20公里赛。	
1994年（45岁）		
4月	在普林斯顿大学与该校客座教授、心理学家河合隼雄进行公开对谈。这次谈话的内容后以《什么是现代物语》为题刊登在《新潮》1994年7月号上。	
6月	赴中国、蒙古边境的诺门罕战役遗址采访。	
7月	与夫人阳子、画家安西水丸一起在千叶县千仓町旅行。	
1995年（46岁）		
3月	美国大学春假期间临时回国，在神奈川县大矶家中得知东京地铁沙林毒气事件。	
6月	退掉剑桥寓所，驱车横穿美国大陆至加利福尼亚，之后在夏威夷考爱岛逗留一个半月后回国。	
9月	在神户与芦屋市举行自选作品朗诵会。	
11月	参加国立道路10公里赛。与河合隼雄再次对谈，这次的谈话后以《村上春树去见河合隼雄》（岩波书店，1996）为题出版单行本。	
12月	参加富士小山20公里赛。	

1996 年（47 岁） 1 月 2 月 4 月 6 月 11 月 12 月	全年采访东京地铁沙林毒气受害者。 在馆山参加马拉松赛。 长篇小说《奇鸟行状录》获第 47 届"读卖文学奖"。 参加小笠·挂川马拉松赛。 参加北海道潟湖 100 公里马拉松赛。 与东京大学副教授、翻译家柴田元幸及翻译专业学生对谈。以这次的谈话为契机，村上与柴田共同完成了随笔《翻译夜话》（文艺春秋，2000）。 参加圣诞节马拉松赛。
1997 年（48 岁） 1 月 4 月 9 月	 在馆山参加马拉松赛。 在夏威夷参加 15 公里赛。在波士顿参加马拉松赛。 参加新潟举行的国际铁人大赛。
1998 年（49 岁） 6 月 7 月 10 月 11 月	 作为伴跑者参加夏威夷盲人马拉松赛。 参加在夏威夷举办的国际铁人赛。 参加儿童马拉松接力赛。 参加纽约马拉松赛。
1999 年（50 岁） 5 月 6 月	 赴北欧旅行。 纪实文学《在约定的场所》获第 2 届"桑原武夫学艺文学奖"。
2002 年（53 岁） 9 月	 长篇小说《海边的卡夫卡》由新潮社出版，村上同时建立临时网站，接受读者提问。这些邮件往来后以《少年卡夫卡》为题出版漫画形式的单行本。
2003 年（54 岁） 4 月 6 月	 与柴田元幸围绕《麦田里的守望者》进行两次对谈。这两次的谈话后以《翻译夜话 2 塞林格战记》（文艺春秋，2003）为题出版单行本。
2005 年（56 岁） 3 月	 短篇小说集《象的失踪》由新潮社出版。这一短篇小说集原为在美国出版的村上春树短篇作品选，后被日本重新"引进"。

2006年（57岁） 3月 9月	获捷克设立的2006年度弗朗茨·卡夫卡奖。是该奖的第6位获奖者。 以短篇小说集《盲柳 睡女》赢得第二届弗兰克·奥康纳国际短篇小说奖。
2007年（58岁） 1月 6月 9月	获2006年度"朝日奖"（文学、艺术、体育、教育类）。 被比利时列日大学授予名誉博士称号。 获第1届"早稻田大学坪内逍遥奖"大奖。
2008年（59岁） 6月 10月	被美国普林斯顿大学授予名誉博士（文学）称号。 接受华语圈三大译者（林少华、赖明珠、叶蕙）的联合采访。村上披露自己已完成下一部长篇小说的创作，作品将于2009年春夏左右出版。
2009年（60岁） 2月 5月	获耶路撒冷奖。前往以色列领奖并发表演讲。 长篇小说《1Q84》（上、下）由新潮社出版。短时间内即创下百万册的销售记录。

后　记

　　本书是我对自己的博士论文整理后完成的一部有关村上春树的学术研究专著。同时也是北京外国语大学2008至2009年度校级科研课题"后现代语境中的村上春树小说研究"的成果。

　　在本书即将付梓之际，我首先要感谢我的两位恩师——吉林大学文学院的靳丛林教授和东京大学文学部中文科的藤井省三教授。我于2005年进入吉林大学文学院比较文学与世界文学攻读博士学位。吉林大学的学术氛围以及靳丛林教授的严格要求使我从怕写文章到爱写文章，从怕做研究到爱做研究。因此，我十分感谢靳丛林教授给了我这样一个提高自己的平台。东京大学的藤井省三教授是我2006年赴日研修时经靳丛林教授介绍认识的。不论在日期间还是回国之后，藤井老师都对我的研究给予了无私的帮助。2007年我有幸加入藤井老师组织的"东亚与村上春树"国际共同研究团队，并于2008年参加了由东大中文学科组织的"东亚与村上春树国际研讨会"。通过参与国际共同研究，我提升了自己的研究水平，同时也找到了今后研究的方向。而藤井老师更是以他严谨而认真的学术态度时刻提醒着我，要努力做一名真正的学者。

　　我还要感谢吉林大学外国语学院的宿久高教授、于长敏教授、文学院的杨冬教授、付景川教授。没有他们的帮助就不会有这部专著的产生。记得在撰写硕士论文期间,以及硕士毕业后的很长时间里我常常感到一种困惑。这种困惑一方面来自对文学研究方法的懵懂,另一方面则是对文学研究本身的疑问。进入吉大之后的学习可以说为我打开了一扇文学研究之门。而为更重要的是,在吉大的求学经历给了我一笔宝贵的精神财富。它让我有勇气质疑已成定论的某些观点,在面对权威或者国内外知名学者时,有了一种基于自身独立思考的挑战精神。在本书稿的撰写过程中,尽管也有遇到阻力的时候,但我从未像写硕士论文那样感到困惑。不仅不再困惑而且时刻感到某种精神上的愉悦。我想如果不是有各位老师的教诲,不是有吉林大学给我的精神财富,我恐怕很难有现在的心境去完成一部十几万字的书稿。

我还要感谢我的同学以及北京外国语大学日语系的各位老师。因为有与他们的讨论及交流,使我的文学研究之路不再孤独。而本书的顺利出版亦得到日本学研究中心郭连友教授与中央编译出版社曲建文编审的大力协助,在此一并致谢!

把村上文学作为自己的研究对象,对我来讲含有某种必然。我至今还记得11年前第一次读完《挪威的森林》时的感觉。虽然小说的主人公是男性,且与我的个人经历完全不同,但我却觉得那是一个我"自己的故事"。这种强烈的共鸣是以前读任何一本日本小说都没有体验过的。这种共鸣不仅使我在以后的11年时间里几乎读完了村上春树的所有作品,而且对村上文学那扇"虚无之门"后面所隐藏的东西产生了强烈的探求欲望。因此,研究村上春树并非仅仅由于他是一名重要而有影响的作家、是一个值得研究的对象,我自己对村上文学的某种执着应该说是一个更为主要的原因。尽管呈现在这里的书稿还多有不尽如人意之处,但希望这部专著能够对国内村上春树的研究有所帮助。

从一名普通读者成长为一名研究者,我想这可能是与我年龄相仿的村上文学研究者的一个共同特点。这11年来,我在阅读村上文学的过程中常常会想到自己,也常常会发现一个以前从未被自己认知的、陌生的自己。某种意义上,阅读与研究村上文学成了阅读与理解我个人人生的一个过程。这种感觉异常奇妙,也带给我很多思索与快乐。在实用主义占据主流的今天，文学已经失去了往昔神圣的光环。时常有人问我：文学或文学研究究竟有什么用？对这个问题，我想我很难作出令所有人都满意的回答。只是就我个人经历而言，我想文学以及文学研究带来一种认识世界、认识自我的途径。而这，也许就是文学和文学研究的意义之所在。

最后，我要将此书献给我的爸爸妈妈。他们从不要求我做到什么，却总是在背后默默地支持着我。尽管他们都与研究无缘，但这部专著的产生也同样凝聚着他们的辛劳。作为女儿，我能为他们做的实在太少太少，就让这部专著的出版成为一种特殊的回报吧。

杨炳菁

2009 年于北京

图书在版编目(CIP)数据

后现代语境中的村上春树/杨炳菁著.
—北京：中央编译出版社,2009.9
ISBN 978－7－5117－0014－8

Ⅰ．后⋯
Ⅱ．杨⋯
Ⅲ．村上春树－文学研究
Ⅳ．I313.065
中国版本图书馆 CIP 数据核字(2009)第 157203 号

后现代语境中的村上春树

出 版 人	和　龑
责任编辑	曲建文
责任印制	尹　珺
出版发行	中央编译出版社
地　　址	北京西单西斜街 36 号(100032)
电　　话	(010)66509360(总编室)　(010)66509353(编辑室)
	(010)66161011(团购部)　(010)66130345(网络销售)
	(010)66509364(发行部)　(010)66509618(读者服务部)
网　　址	www.cctpbook.com
经　　销	全国新华书店
印　　刷	北京蓝海印刷有限公司
开　　本	787 毫米 × 960 毫米　1/16
字　　数	198 千字
印　　张	14.25
版　　次	2009 年 9 月第 1 版第 1 次印刷
定　　价	38.00 元

本社常年法律顾问：北京大成律师事务所首席顾问律师　鲁哈达
凡有印装质量问题，本社负责调换。电话：(010)66509618